나는 너의 죽음을 기원한다

The Death Wish

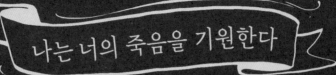

나는 너의 죽음을 기원한다

The Death Wish

Elisabeth Sanxay Holding

엘리자베스 생크세이 홀딩 지음 | 최호정 옮김

등장인물

쇼 델란시 : 연상의 부유한 과부와 결혼한 30대 중반의 사업가

조세핀 델란시 : 쇼의 아내

로버트 화이트스톤 : 화가이자 광고회사 직원

로절린드 화이트스톤 : 로버트의 아내

엘시 새킷 : 불운한 음악가의 딸로서 스무 살 가량의 어린 아가씨

휴 애치슨 : 백만장자의 젊은 엘리트 아들

애나벨 러프 : 쇼의 이웃이자 휴와 엘시가 방문 중인 집의 안주인

조 러프 : 애나벨의 남편

헬렌 필립스 : 조세핀이 초대한 젊은 여자 손님

1

화이트스톤의 고백

델란시는 담배에 불을 붙였다. 그리고 의자에 기대앉아 아침 식탁 너머로 창문을 바라봤다. 창을 통해 초여름의 싱그러운 초록색 정원이 보였다. 그는 식욕이 왕성했고 밤새 푹 잤으며 편안하고 기분이 좋았다. 지금 그는 청명한 파란 하늘을 즐기면서 오목조목하고 발그스레한 얼굴의 작은 가정부가 식탁 주변을 재바르게 움직이는 모습을 지켜보는 게 좋았다.

그래서 그는, 최대한 오래, 식탁 맞은편에 있는 아내를 쳐다보지 않을 작정이었다. 아내의 눈에 눈물이 맺혀 있다는 것, 그리고 그 눈물을 자기에게 보이고 싶어 한다는 것을 그는 너무나 잘 알고 있었다. 또한, 그가 말을 건다면 서글픈 목소리로 책망하며 대답하리라는 것도 알고 있었다. 물론 그는, 이제 곧, 그녀에게 관심을 표해야만 할 것이다.

델란시는 들리지 않게 한숨을 쉬었다. 그는 크게 웃고, 편하고 느긋하게, 그리고 기분 좋게 있고 싶었다. 그런데 조세핀은 최대한 효과적으로 그가 그렇게 하지 못하도록 하는 것이었다. 그녀의 가식적인 태도와 오락가락하는 기분, 물고 빨듯이 애정을 퍼붓다가 느닷없이 적의를 보이는 식의 변덕 때문에 그의 가정생활은 불편의 연속이었다. 그럼에도 그는 그녀에게 응어리진 마음도, 원망하는 마음도 느끼지 않았다.

'이 세상에서 자기가 제일 비참한 사람이 되려고 자청하고 있어.' 그는 생각했다.

그는 인내심이 대단한 남자였다. 서른다섯 정도의 나이에 크고 건장하며 잘생긴 그는 웃음을 머금은 파란 눈과 굵직굵직한 이목구비의 소유자였다. 윗입술이 켈트족처럼 다소 긴 탓에 그의 입은 반은 익살스럽고 반은 우수에 찬 느낌을 풍겼는데, 그 입술이 아니었다면 그의 이목구비는 너무 평범했을지도 모른다. 특유의 태연자약한 그의 태도에는 뭔가 철학자 같은 구석이 있었다. 그는 살면서 좋은 점을 발견하면 무엇이든 즐기고 불쾌한 것은 흔쾌히 견뎌내곤 했다.

그는 담배를 다 피우고는 끝이 빨갛게 타들어 가는 꽁초를 커피잔 안에 떨어뜨렸다. 살짝 지글거리는 소리가 났다.

"자 이제⋯." 그가 쾌활하게 말했다. "난 일을 좀 하는 게 좋겠어. 그렇지?"

그는 이제 그녀를 쳐다봐야만 했다. 그 초췌한 밝은 갈색 얼굴과 다크서클이 내려앉은 눈을.

"이제⋯." 그가 다시 말했다.

"점심 먹으러 집에 올 거야?" 그녀는 그가 정확히 예상했던, 바로 그 도전적이고 책망하는 듯한 말투로 물었다.

"그러도록 해볼게, 여보." 그는 그녀를 안심시켰다.

"아니!" 그녀가 말했다. "당신이 '해보려고' 해야 한다면, 그게 노력해야 하는 일이면, 난 당신이 안 오는 게 좋아. 당신은 사실 나랑 아침을 같이 먹고 **싶지도** 않았잖아!"

"여보, 난 당신이 잠을 좀 잤으면 했던 거야." 그가 항변했다.

"내 생각엔 —."

"끔찍했어!" 그녀가 갑자기 격렬하게 소리를 질렀다. "눈을 떴더니 당신이 살금살금 방을 나가는 게 보였어. 그런 식으로 은근슬쩍…. 형편없는 꼬락서니로!"

"저기, 여보, 그건 좀 —."

"당신 때문에 난 무서웠단 말이야!" 그녀가 말했다. "당신은 끔찍해 보였다고! 마치 —."

"알겠어!" 그가 말을 끊었다. "이쯤에서 그만하자. 내가 이따가 전화할게, 점심때쯤."

그는 식탁을 빙 돌아가서 그녀의 뺨에 건성으로 입을 맞췄다. 뺨은 눈물로 젖어 있었다. 그런 다음 그는 서둘러서 현관으로 갔다. 조금만 더 있었으면 더는 그녀를 참아내지 못했을 것이다. 그가 자기 집에서 아침을 먹으려고 그냥 조용히 내려온 것을 두고 '은근슬쩍'이니 '형편없어' 보였다고 말한 건 너무 많이 나간 것이었다. 은근슬쩍, 그리고 형편없다니, 그게 말이 돼?

'조세핀은 작가가 돼야 해.' 그는 혼잣말을 했다. '진짜 이상한 말을 고른다니까….'

그는 중절모를 집어 들어 머리에 쓰고 나가다가 무심히 거울에 시선을 던졌다. 그리고 거울을 응시하며 잠깐 멈춰 섰다.

거울 속에 중절모를 깊숙이 눌러쓰고 곁눈을 뜬 남자가 보였다. 현관 조명이 좀 그래서인지 햇볕에 그을린 건강한 그 얼굴은 뭔가 이상하게 창백해 보였다. 모자챙으로 인해 눈에 그늘이 드리워진 그의 모습은 —.

'이건 아니야, 빌어먹을!' 그는 속으로 소리를 질렀다. '이건…

이렇게는 안 돼!'

그는 이제 서둘러 햇빛 속으로 나갔다. 차고로 향하는 진입로에 그의 발걸음 소리가 씩씩하게 울려 퍼졌다. 운전기사가 위쪽에 있는 거처에서 계단을 달려 내려왔다. 그는 오면서 코트를 걸쳐 입었다.

"일찍 나오시네요." 그가 말했다. 살짝 비난하는 느낌이었다. "아시겠지만, 저는 정시에 나와 있었답니다."

"알고 있네, 린니." 그가 호쾌하게 대답했다. "그런데, 음, 이봐! 내가 일찍 나왔으니, 화이트스톤 씨 집에 잠깐 들렀다 가는 게 좋겠는데?"

그가 차에 타자 린니는 출발했다. 훌륭한 운전기사였다. 조심성 있고, 확실하고, 빨랐다. 델란시는 담배 한 개비에 다시 불을 붙였다가 이내 던져 버렸다.

'나쁜 습관이야.' 그는 속으로 말했다. '난 한 번도 골초였던 적이 없는데 인제 와서 시작하지는 않을 거야. 신경이 날카로워지고 숨이 차게 될 거고…. 건강을 유지하는 게 중요하지."

건강을 유지한다고? 뭘 위해서? 마치 바깥의 어떤 목소리가 그에게 묻는 것 같았다. 그는 마음이 더없이 심란해졌다. 그의 파란 눈에 당혹스러운 기운이 어렸다. 무엇이건 자문하는 습관 같은 것은 그에게 없었다. 그는 지극히 건강하고 차분하고 느긋했으며 인생을 그 자체로 기꺼이 받아들이는 사람이었다.

'조세핀이야.' 그는 생각했다. '내 말은… 신경이 예민하고 변덕스러운 사람과 살게 되면 그런 영향을 받게 돼 있다는 말을 항상 들어왔잖아.'

그는 살짝 꺼림칙하고 불편한 느낌이 엄습해 와서 얼굴을 찌푸렸다. 자신의 유쾌하고 건강한 마음이 다칠지도 모른다고, 열정적이고 활기찬 생활에 그림자가 드리워질지도 모른다고 생각하자 우울해졌다. 그러나 그것은 지나가는 기분이었고 그는 너그러운 마음을 되찾았다.

'나보다는 아내에게 더 안 좋은 일인걸.' 그는 생각했다.

그녀는 언제나 그보다 상황을 더 힘들게 받아들였다. 그가 아는 바로는, 젊고 부유한 과부였던 그녀에게 그가 용감하게 처음 관심을 표현했던 초창기에도 그녀는 그와 달리 모든 상황을 너무나 심각하게 받아들였었다. 그는 그녀를 좋아했었다. 사실, 그는 자기 방식으로 그녀를 사랑했지만, 그것은 그녀와 같은 유형의 사랑은 아니었다. 그렇게 격렬하고, 질투심에 불타고, 어두운 열정은 아니었던 것이다.

'난 그런 건 못하는 사람이야.' 그는 한숨을 쉬며 생각했다. '누구도 그런 식으로 좋아해 본 적은 없으니까…. 난 최선을 다해왔어. 아내에게 충실했지. 아내를 배려하고 노력해 왔고…. 하지만 그녀는 그런 걸로는 모자라는 거야. 그럼 뭐….'

어쨌든 그는 자기에게 없는 것은 줄 수가 없었다. 그는 그녀를 아주 좋아했다. 그리고 지금은 처음보다 조금 덜 좋아하기는 하지만 그래도 그런 티를 내지는 않았다. 어떤 남자도 그만큼 최선을 다할 수는 없었을 것이다. 그러니까 그가 그녀를 행복하게 해주지 못했다면, 그건 사실 그의 잘못이기도 하겠지만 마찬가지로 그녀의 잘못이기도 했다. 그는 그녀의 돈 덕분에 자기 인생이 더 순조로웠다는 것을 부인하지는 않을 것이다. 그러나 그 역시도 어쨌거나 3년이라는 절대로 쉽지 않은 시간 동안 한결같은 애정으로, 인내하며 그에 응당한 보답을 해왔다.

"글쎄…." 그가 다시 혼잣말을 했다. "어쨌건, 나는… 뭐랄까, 하루에 14시간만 집에 있을 뿐이고, 그중 8시간은 잠들어 있는 걸. 하루에 6시간만 가엾은 아내에게 성질을 부리지 않으면 되는 거지. 토요일과 일요일을 제외하면 말이야."

운 나쁘게도 오늘은 토요일이었다. 그는 점심을 먹으러 집으로 가야 할 것이고, 만일 조세핀이 외식을 원한다면 데리고 나가야 할 것이었다.

그는 생각을 중단했다. 그는 그렇게 할 수 있는 사람이었다. 그는 마음만 먹으면 언제라도 마음을 텅 비우고 반쯤 동물적인 순진무구한 상태가 되어 그저 주위의 광경과 소리, 냄새에 몰입할 수 있었다. 그들은 지금 러프 씨의 집을 지나가고 있었다. 그 집은 그가 항상 감탄하던 곳이었다. 뭔가 매력적이고 느긋한 분위기가, 격식을 차리는 자기 집에는 전혀 없는 뭔가가 여기 있었다. 그는 나무들 사이로 굽어져 들어가는 러프 씨네 진입로가 마음에 들었다.

'저건 누구지?' 그는 생각했다. 그리고 곧바로 운전기사에게 그 질문을 되풀이했다. "저게 누군지 아나, 린니?"

"러프 씨 부인의 친척입니다, 사장님." 린니가 대답했다. 그리고 그는 잠시 도로에서 눈을 떼고 델란시가 보고 있던 곳을 쳐다봤다. 줄무늬 원피스를 입고 챙이 넓은 모자를 쓴 젊고 키 큰 어떤 여자가 잔디밭을 가로지르며 거닐고 있었다. 그녀의 얼굴은 델란시의 눈에 아주 잠깐 스쳐 지나갔을 뿐이지만 눈이 까맣고 입매가 진지하면서 아름다웠다. 다음 순간 그들은 도로에서 방향을 틀었고 그녀는 기이하게 매력적인 인상을 그에게 남긴 채 사라졌다. 그녀는 아무것도 의식하지 않는 아이 같은 무심한 시선을 그들에게 던졌었다. 다른 생명체에게 바라는 것이 아무것도 없는, 존재 자체가 완벽한 어떤 생명체가 보이는 무심함이었다.

'조세핀이 러프 씨 부인과 다툰 게 너무 안타깝군.' 그는 생각했다. 그리고 다시 한번 한숨을 쉬었다. 체념의 한숨이었다. 조세핀은 언제나 다툼을 벌이고, 그가 다정한 얼굴로 보고 있는 앞에서 문을 쾅 닫곤 했다. 심지어 가엾은 화이트스톤은….

'그를 왜 그렇게 업신여기는지 도무지 모르겠어.' 그는 생각했다. '그는 항상 그녀에게 정말 예의 바르게 구는데 말이지.'

이제 나무들 사이로 화이트스톤의 집이 그의 눈에 들어왔다. 쥐꼬리만큼 작은 집이야, 그는 생각했다. 타일로 만든 싸구려 벽난로, 붙박이 현관 벤치들, 온갖 종류의 '예술 흉내'를 내며 날림으로 지은 그 작은 집은 시커먼 소나무들에 둘러싸여 축축한 느낌이었다. 가엾은 화이트스톤은 그 집을 혐오했음에도 그 집에서 살아야만 했다. 멋진 그림을 그리는 대신 광고 회사에 다녀야만 했던 것도 마찬가지 일이었다.

'그림을 그릴 줄 아는 친구인데 말이지, 그렇고 말고.' 델란시는 생각했다. '내 생각에 그는 천재성이 있어.' 친구를 향한 그의 찬사는 비판을 모르는 절대적인 것이었다. 그는 화이트스톤과 사립 고등학교를 함께 다닐 때부터 그를 쭉 좋아하고 대단하게 생각해 왔다. 화이트스톤이 자기보다 지적으로 월등하다는 것, 그리고 자기가 그토록 많은 것을 누리고 사는 데 반해 화이트스톤은 누리는 게 거의 없는 상황이 불공평하다는 것을 그는 솔직하게 인정하고 있었다. 그는 진정으로 화이트스톤을 돕고 싶었고, 조세핀이 몹시도 못마땅해하지 않았다면 많은 것을 해줄 수도 있었을 것이었다. 사정이 그런 까닭에 그는 수시로 2~30달러씩 꿍쳐뒀다가 그 돈으로 그 불쌍한 친구의 클럽 요금과 차량 정비 요금 같은 것들을 내주었다.

"아, 됐어!" 화이트스톤이 그에게 감사의 말을 하려고 하면 그는 이렇게 말하곤 했다. "언젠가 자네가 유명해지면 내 초상화를 그려주면 돼."

차가 그 작은 집 바깥에서 멈췄다. 그리고 린니가 경적을 울렸다. 이러면 보통, 버스를 타지 않고 자동차로 편안하게 기차역까지 가게 된 것에 기뻐하며 화이트스톤이 서둘러 나오는 것이었다. 그러나 오늘 아침에 그는 나오지 않았다. 경적을 여러 번 울려봤으나 결과는 마찬가지였다.

"내가 들어가서 보고 오겠네." 델란시가 말했다.

"기차 시간까지 딱 15분 남았습니다, 사장님." 린니가 그에게 주의를 줬다.

델란시는 마음속으로 그 기차를 타든 다음 기차를 타든 별반 차이가 없다는 것을 잘 알고 있었다. 그는 책상이 딸린 사무실을 시내에 하나 두고서 그곳으로 매일 출근하며 단추 고정장치 회사 주소로 온 서신들을 개봉하고 답장을 보내는 일을 했다. 그가 발명한 이 장치는 모든 종류의 재료에 단추를 고정시켜 분리되는 일이 없도록 만드는 것이었다. 구상은 훌륭했지만 그리 성공적이지는 못했다. 시간을 낼 수 있을 때 몇몇 부분을 개선해야 할 것이었다.

그는 벽돌이 깔린 길을 걸어 좁은 현관 계단을 올라갔고 초인종을 눌렀다.

'나가고 없을 리는 없어.' 그는 생각했다. '그랬으면 버스 정류장에서 내가 봤겠지.'

안에서 가볍고 빠른 발걸음 소리가 났다. 그 소리를 들으며 그는 미소를 지었다. 물론 그건 로절린드였다. 가엾은 화이트스톤의 인생에 주어진 한 가지 보상인 그녀를 생각하면 기분이 좋았다.

'게다가 큰 보상이기도 하지.' 델란시는 다소 유감스러운 마음으로 생각했다.

그의 상상으로는, 가난이 주는 괴로움이 아무리 크다 해도 로절린드같이 쾌활하고 용감하고 예쁜 동지와 그 괴로움을 나눈다면 견디지 못할 것도 아니었다. 서로에 대한 그들의 헌신은 아름답기 그지없는데….

"어서 와요, 쇼!" 그녀가 명랑하게 말했다. "들어와요! 오늘 로버트는 사무실에 가지 않을 거예요. 두통이 또 생겨서…. 들어와서 커피 —." 그녀의 목소리가 끊어졌다. 그녀는 침을 삼키고는 다시 명랑하게 말을 계속했다. "커피 한잔해요."

델란시는 연민을 느끼며 그녀를 응시했다. 그 가엾은 여자는 뭔가 속상해하고 있었다. 지금 보니 그녀는 눈이 충혈되어 있었다. 그렇지만 여전히 아주 예뻤다. 그녀는 면 소재 홈웨어를 입고 있어도 항상 아주 예쁘고 깔끔했다. 금발의 머리카락이 물결치고 손은 곱게 손질되어 있었다. 그녀는 날씬하고 올곧은 자세를 유지했다.

"고마워요, 로절린드." 그가 말했다. "그러니까 로버트에게 또 그렇게 두통이 생겼다는 거군요? 제 생각엔, 안과 전문의에게 진료받아 봐야 할 것 같은데요."

"제가 볼 땐 신경성 두통인 것 같아요." 그녀가 목소리를 낮추며 말했다. "그는 잠을 잘 자지 못하고 있거든요. 그리고 모든 것에 화를 내곤 해요."

"예술가의 기질이죠!" 델란시가 진지하게 말했다. "어디 있어요? 침대에?"

"아뇨. 식당 방에 있어요. 커피를 너무 많이 마시네요. 그래도 들어와요, 쇼!"

그는 그녀를 따라 좁은 현관을 지나 작은 식당 방으로 갔다. 천장은 낮고 값싼 가구가 놓여 있었지만, 그는 언제나 그곳이 매력적이라고 생각했다. 봄의 햇살이 비치는 가운데 파랑과 하양이 어우러진 상쾌한 식탁보와 버들 무늬 도자기 그릇들, 튤립이 담긴 꽃병이 놓여 있는 지금은 그 어느 때보다 더 그랬다.

'세상에나!' 그는 한숨을 쉬며 생각했다. '돈이 전부가 아닌데…. 화이트스톤이 그걸 깨달을 수 있다면….'

그러나 화이트스톤은 오늘 아침 확실히 기분이 나빠 보였다. 그는 구부정한 자세로 의자에 앉아 있었다. 검은 머리카락은 헝클어져 있었다. 서른 살 남짓한 나이에 여위고 초췌한 그에게는 뭔가 이해가 되지 않을 만큼 소년 같은 어떤 분위기가 있었다.

"어이, 친구!" 델란시가 말했다. "지금 들으니까 머리가 —?"

"차가 저기 있지?" 화이트스톤이 말을 끊었다. "나를 역까지 데려가 주겠나, 쇼?"

"어머, 로버트!" 그의 아내가 소리쳤다. "일하러 갈 생각은 하지 마. 당신이 느끼기에 —."

"난 브리스톨 도화지를 몇 장 사고 싶어." 그가 퉁명스럽게 말했다.

"하지만 —." 그녀는 말을 시작하다가 중단했고, 델란시는 그녀가 의아한 듯 강렬한 눈빛으로 자기 남편을 쳐다보는 것을 봤다.

'그를 걱정하고 있군.' 그는 생각했다. '가엾은 사람….'

화이트스톤이 일어나서 현관으로 걸어갔다.

"자, 어서!" 그가 참을성 없이 소리를 질렀다.

델란시는 고개를 돌려 로절린드에게 위로의 미소를 보내려고 했으나 미소는 결코 나오지 못했다. 그녀의 얼굴에서 전에는 한 번도 본 적이 없는 모습을 본 것이었다. 그녀가 이렇게 보일 **수 있다고는** 상상도 하지 못했었다. 전에 그는 그녀를 항상 젊은 여자로 생각했었다. 그러나 지금은 아니었다. 그녀의 피부는 메마르고 화장 아래서 창백한 모습이었으며 눈에는 긴장감이 어려 있고 눈꺼풀은 약간 주름이 잡혀 있었다. 그는 그녀가 쾌활하지 않고 미소도 짓지 않고 있으며, 그다지 예쁘지 않다는 것을 깨달으며 놀랐다. 물론, 깔끔하고 매력적이며 착한 얼굴이었지만 그다지 예쁘지 않았고, 젊지도 않았다. 그가 봤던, 러프 씨의 정원을 거닐던 그 여자와는 달랐다. 저항할 수 없고 뭐라고 정의를 내릴 수 없는 진정한 젊음이 거기 있었다. 가녀린 목으로 고개를 돌리던 그녀의 모습, 완전히 무심한 그녀의 태도, 바로 그런 것이…. 그 여자가 그토록 잘 기억난다는 것은 이상한 일이었다.

"쇼…." 로절린드가 그의 바로 옆에 서서 최대한 낮은 소리로 말했다. "가엾은 로버트…. 오늘 아침 저 사람이 제정신이 아니라는 걸 기억하시겠죠?"

델란시는 안심하라는 듯 다정하게 고개를 끄덕였다. 그러나 그는 그때만은 로절린드를 다시 쳐다보고 싶지 않았다. 그는 죄책감이 들었고 그녀가 젊지 않다는 것을 알아차린 것이 부끄러웠다. 그는 그녀에게 너무 미안한 마음이 들었다.

"제발, **어서** 가자고!" 화이트스톤이 불같이 고함을 질렀다.

"저 친구 기질이 좀 그렇죠?" 델란시는 로절린드를 향해 미소를 지으며 말하고는 서둘러 친구를 쫓아갔다. 그들은 벽돌이 깔린 길을 우스꽝스러운 속도로 걸어갔다. 화이트스톤은 거의 뛰다시피 가고 있었다.

"자, 여기잖아!" 델란시가 반쯤 웃으면서 말했다. "뭘 할 생각이야?"

"나하고 같이 걸어가." 화이트스톤이 말했다. "린니는 우리를 태우러 오면 돼."

"오케이!" 유순한 성격의 델란시가 말했다. "자네 두통에는 그게 더 좋을지도 모르겠군. 그늘 속에 있는 시간이 좀 더 길어질 테니까. 만약 우리가 —."

그러나 화이트스톤은 이미 먼지 날리는 큰길을 따라 성큼성큼 걸어가고 있었다. 그래서 델란시는 린니에게 말을 남긴 후 그를 쫓아 출발했다.

'돈이 문제라면,' 그는 생각했다. '지금 난 사실 가진 게 거의 없지. 내가 조세핀을 위해 저 크래독 주식을 처분할 수 있다면 그녀가 내게 수수료를 줄 거고, 그러면 돈이 좀 생길 텐데…. 문제는 화이트스톤이 일을 어렵게 만든다는 거야. 그가 돈이 부족한 건 사실이야. 그리고 그건 심각한 일이지. 하지만 그에게는 로절린드가 있고, 이상적인 가정생활, 공감과 동지애, 그 모든 게 다 있어. 그리고 재능도.'

그는 친구를 따라잡았다. 그리고 팔을 붙잡아서 그가 좀 더 합리적인 속도로 걷도록 했다. 그들은 한동안 말없이 걸어갔다. 델란시는 건장하고 혈색 좋고 잘생겼으며 그의 친구는 초췌하고 신경질적이었다.

"이것 봐, 친구!" 얼마 지나지 않아, 친구의 공허하고 무심한 태도가 불편해진 델란시가 말했다. "자네가 할 일은 무슨 일이든 좀 더 편하게 받아들이는 거네. 자네가 화가 나면 로절린드가 속상할 거고 —."

"로절린드?" 화이트스톤이 갑자기 그를 향해 돌아서며 말했다. "로절린드가 속상해? 난 방금 생각하고 있었어. 그녀를 진짜 죽일 수 있으면 좋겠다고 말이야."

2

델란시를 향한 비난

델란시는 충격을 받고 길에서 잠깐 멈춰 섰다.

"로버트…." 그가 말했다. "자네는…. 열 받는 일이 좀 있어도 그런 말은 하면 안 되지."

"안 된다고?" 화이트스톤이 미소를 지으며 말했다.

그러자 그 미소에 델란시는 겁이 났다. 여기 도로 위에서, 화창한 봄날 아침에 그는 등줄기가 서늘해지는 느낌이 들었다.

'그게 가능해?' 그는 생각했다. '그러니까, 이 예술가라는 사람들은… 신경질적이고 온갖 그런 것들 때문에… 그러니까, 그런 것 때문에 마음이 이상해지는 게 가능한 걸까?'

그는 조심스럽게 자기 친구에게 시선을 보냈다. 하지만 화이트스톤은 여전히 그 이상하고 속을 알 수 없는 미소를 띤 채 그를 쳐다보고 있었다.

"이것 봐, 로버트," 그가 단호하게 말했다. "자네는 어디로든 훌쩍 떠나는 게 좋겠어, 휴식차 말일세. 잠깐 여행을 가는 거지."

"난 떠나지 않을 거야." 화이트스톤이 말했다. "인생이 살 가치가 있다고 여기게 해준 유일한 대상이 여기 있는 시점에서는 말이야."

"그게 무슨 말인가, 로버트?"

"말해주지." 화이트스톤이 말했다. "자네에게는 말해야 해, 그 모든 걸 말이야. 그러지 않으면 내가 미쳐버릴 거야. 난 사랑에 빠졌다네."

"맙소사!" 델란시는 끝 모를 마음의 동요를 느끼며 중얼거렸다. "그건… 가엾은 로절린드는…."

"아, 닥치라고!" 화이트스톤이 소리쳤다. 너무 큰 소리여서 델란시는 행여 누가 듣기라도 했을까 봐 뒤를 돌아봤다. "알고 있어," 화이트스톤이 계속 말했다. "자네는 보고 싶지 않은 건 잘도 보지 않으며 지낸다는 걸 말이야. 하지만 자네도 이미 눈치챘을 텐데…. 내가 얼마나 지옥 같은 생활을 하고 있는지 알아차렸을 거라고 ―."

그는 델란시를 움찔하게 만든 단어를 썼다.

"로버트," 그가 말했다. "자네는 이걸 후회하게 될 거야. 자네가 일시적으로 다른 어떤 여자와 사랑에 빠졌다는 사실은 ―."

"어떤 여자가 아니야." 화이트스톤이 말했다. "그녀는 아직 어린 아가씨일 뿐이야, 아이라고. 더없이 사랑스러워. 오, 주여! 그리고 지금, 이 순간, 그녀는 우리 집에서 몇백 미터도 안 되는 곳에 있다네!"

"로버트, 이봐! 혹시 러프 씨 집에 와 있는 그 아가씨를 말하는 건 아니겠지?"

"그러니까 자네는 알고 있었군그래?" 화이트스톤이 짤막하게 웃음을 터트리며 말했다. "온 동네에 다 퍼졌겠군. 그렇다고 내가 상관할 것 같아? 2주 전에 그녀를 처음 만났을 때 내가 어땠는지 모든 사람이 알 수 있었을 거야. 그래서 말하는 건데, 난 **아무 상관도 없어!**"

"상관이 있어야지. 좋건 싫건, 자네는 아내를 생각해야 하잖아."

"이리 와봐!" 화이트스톤이 그의 팔을 잡고 그를 길가의 자작나무 공터로 끌고 갔다. "이제 자네는 큰일났어, 쇼. 자네는 모든 걸 다 듣게 될 거야. 난 말을 해야겠는데 자네는 내 제일 친한 친구란 말이지."

델란시는 정말이지 더는 듣고 싶지 않았다.

'별 탈 없이 지나갈 거야.' 그는 생각했다. '그러니까 내 말은… 내가 이 친구를 잠시 다른 데로 떠나게 할 수 있다면 말이야. 불안이라든지 그 모든 건 다….'

여러 일들이 정말 별 탈 없이 끝나곤 했다. 그것은 경험으로 충분히 깨달은 것이었다. 정말 많은 일들이 그랬다. 조세핀의 눈물과 신경질, 드물긴 했지만 알 수 없이 비참했던 자신의 기분, 그 모든 게 별 탈 없이 끝나곤 했고, 그러면 하늘은 다시 맑게 개었다.

'이 친구를 멀리 보낼 수 있을 만한 돈을 빌릴 수 있을지도 몰라.' 그는 생각했다. '크루즈 여행을 보내야지.'

화이트스톤은 담배에 불을 붙이고는 깊이 들이마셨다. '화가가 아니었다면 칼라를 풀어헤친 셔츠 바람의 저 모습은 부랑아처럼 보였을 거야. 오늘 아침엔 면도조차 안 했군그래.' 델란시는 생각했다.

"난 덫에 걸렸던 거야." 화이트스톤이 말을 시작했다. "난 그녀와 절대로 결혼하고 싶지 않았다고. 그녀도 그걸 알고 있었어. 하지만 그녀는 '자기가 나를 크게 도울 수 있을 거로 느꼈던' 거야. … 그녀는 그런 식으로 말하곤 했어. … 그리고 나를 유혹했지.

… 난 내가 어디로 가고 있는지 깨닫지 못했고 너무 늦게야 그걸 깨달았어. 그녀는 모든 사람이 우리가 결혼하는 걸 당연하게 생각하도록 만들었다고. … 내가 자기를 좋아한다고 그녀가 생각할 만한 어떤 말을 내가 한 게 틀림없다는 생각이 들었지. 발뺌하는 건 부끄러웠어. … 그녀는 너무 좋은 여자였으니까. 내가 짐승같이 여겨지더군. 그래서 그냥 결혼을 강행한 거야. 그런데 덫이 풀리자마자 보이기 시작하더군."

"하지만 로버트… 이봐! 자네는 지금 편견에 빠져 있어. 자네는 그녀가 자네를 위해 해준 걸 모두 잊고 있다고."

"아니." 화이트스톤이 말했다. "난 그녀가 나를 위해, 아니 나에게 해준 그 어떤 것도 잊은 적이 없어. 그 모든 걸 기억하고 있다고. 밤이면 잠들지 못하고 누워서 그 일들을 곱씹어 보지. 그녀가 제일 먼저 했던 일은 스스로에 대한 나의 믿음을 부숴버린 거였어. '당신 진짜 웃기는 사람이야, 로버트. 전기 회사에 들르는 건 당연히 잊어버렸겠지.' 물론 난 중요한 모든 걸 잊어버리곤 했어. 옷을 짜깁기하는 거라든지, 세탁소에 들르는 거라든지, 그런 모든 걸 말이야. 난 그냥 덩치만 큰 아이였어. 불쌍하고 무기력하고, 구제 불능에다 실용성이라고는 없는…. 그녀와 결혼하기 전에 내가 어찌어찌 살아왔다는 게 희한할 지경이야. 그림 몇 점을 팔면서 살아왔다는 게…. 그녀는 다음으로 내 일을 망가뜨렸어. '하지만, 웃기는 자기야, 우리가 밥은 먹어야 하잖아.' 이게 그녀가 한 말이야. 그래서 나는 이 빌어먹을 직업을 갖게 된 거야. 불쌍하고 한심한 그림 그리는 일은 일요일과 공휴일에 해야 했어. 잔디를 깎고, 잿더미를 나르고, 방충망을 올리는 작업을 하고 나서 말이야. 아, 내가 일을 **해야만 했던 건** 아니었어. 날이 너무 더운데 로절린드는 너무 열심히 일하고, 그런 다음 지쳐서 기절해 버리곤 하니까….”

“하지만, 로버트 ─.”

“그렇게 기절한 걸로 날 속이는 건 그리 오래 가지는 못했어. 하지만 그게 가짜였다는 걸 알고 나서도 내가 뭘 할 수 있었겠어? … 계속 화상을 입고 칼에 베이고… 그녀가 손에 붕대를 감고 있는 걸 자네는 정말 자주 봤잖아. 난 이미 오래전에 그 붕대 밑에 그런 빌어먹을 상처 같은 건 없다는 걸 알고 있었어. 하지만, 세상에, 그 밝고 멋진 미소란…!”

델란시는 심하게 불편한 느낌에 사로잡혔다. 그는 로절린드가 손에 붕대를 감은 모습을 자주 봐왔다. 그는 그 밝고 멋진 미소를 봐왔다. 화이트스톤의 열정적인 불평불만에 정말 일말의 진실이 있다면 어떻게 하지? 그는 그런 생각을 견디기가 힘들었다. 일 년 넘게 그는 그들 부부의 행복한 광경을 보는 즐거움을 누려 왔기에….

“내가 이 직업을 택한 건 그녀 때문이야.” 화이트스톤은 계속 말했다. “그랬더니 그녀는 내가 번 돈을 마구 써버렸어. 그 피 같은 돈을. 내 영혼을 판 값인데 말이야. 우리가 살아가는 데 필요한 충분한 돈을 내가 벌었다는 걸 자네는 분명 알았을 거야.”

“글쎄, 난 ─.”

“자넨 알고 싶지 않았겠지.” 화이트스톤이 말했다. “내가 힘든 상황에 있다고 자네에게 말했을 때 자네는 주머닛돈을 꺼내 주곤 했지. 하지만 자네는 **생각하지** 않았을 거야. 난 돈은 충분히 벌었어. 우리는 심지어 저축도 조금 할 수 있었어. 나는 취향이 소박한 사람이야. 하지만 그녀는 매주 미용실에 가야만 해. 신발도 특별한 걸 사야 하지. 발이 굉장히 좁거든…. 내가 캔버스를 칠할 수 있는 돈보다 더 많은 돈을 그녀는 얼굴을 칠하는 데 써야 한다고. 내가 그 돈을 주지 않으면 그녀는 청구서를 쌓아놓지. 그건 법적으로 내가 내야 하는 돈이라고."

그가 입을 씰룩거리더니 잠시 말을 멈췄다.

"그녀는 내 돈을 빼앗고, 내 일을 빼앗고, 내 믿음을 빼앗았어." 그가 말했다. "그녀는 나를 잡아먹고, 나를 망가뜨렸어. 야금야금 말이야. 그리고 지금 그녀는 엘시를 놓고 재미있어 죽으려고 해. 불쌍한 로버트, 자기 이름으로 된 돈 한 푼 없고, 머리는 희끗희끗해지고 있으면서 — 한심한 실패자 — 엘시 같은 어린 여자가 자기를 진심으로 받아줄 수 있다고 꿈꾸고 있으니…. 오늘 아침 식사 자리에서 그녀는 예의 그 쾌활하고 즐거운 태도로 사람들이 그런 뒷말을 하는 걸 들었다면서 이렇게 말하더군. '난 사람들이 당신을 비웃게 놔두지는 않을 거야, 로버트. 당신의 그 엘시를 오늘 밤 여기 저녁 식사에 오라고 했어. 그러면 모든 사람이 아무 일도 없다는 걸 알게 되겠지.'"

"하지만, 로버트, 그녀는 아마도 —."

"난 자네가 오늘 밤 와서 엘시와 함께 저녁을 먹으면 좋겠어." 화이트스톤이 말했다. "그 러프 씨 가족도 올 거야. 그러면 자네 눈으로 보게 되겠지. 자네가 뭘 보게 될지 내가 미리 말해줄게. 로절린드는 멋있고 재미있게 굴 거야. 근사하고 간소한 저녁 식사가 나올 거고, 그녀는 한 손에 붕대를 감고 있을 거야. … 나중에 그녀는 내게 내 그림을 몇 점 꺼내 오라고 하겠지. 그리고 내가 거절하면 그녀는 내가 어떤 것도 끝마치는 법이 없다며 너무 안타깝다고 하겠지. … 아, 그래, 그녀는 엘시에게 자기가 나를 어떤 사람으로 만들었는지 보여줄 수 있을 거야. 자기가 없으면 존재할 수조차 없었던 불쌍하고 바보 같은 로버트라는 어떤 실패자를 말이야."

'이런, 세상에!' 델란시는 경악하며 생각했다. '그녀는 그렇게 할 것 같은데….'

"그녀는 오늘 아침 선을 좀 넘었어." 화이트스톤이 말했다. "나는 그녀가 싫어하는 욕을 해줬지."

"그런 건 변명할 여지가 없는 짓이야." 델란시가 무뚝뚝하게 말했다. "그녀는 착한 여자고 자네 아내잖아. 난 놀랐네, 로버트."

"그녀도 그랬어." 화이트스톤이 말했다. "그리고 지금은 두려워하고 있어. 그녀는 봤거든."

"보다니, 뭘?"

화이트스톤은 담배 한 개비에 새로 불을 붙였다.

"이제 내가 뭘 하고 싶은지 안다는 거야."

"그러니까 자네는 그녀를 떠날 거란 말인가?"

"아, 그건 아니지!" 화이트스톤이 희미하게 미소를 지으며 대답했다. "그러는 건 의미가 없어. 그녀는 내게 이혼할 근거를 주지 않을 거야. 나를 절대로 못 가게 할 거라고. 그런데 난 자유로워지고 싶어. 아니… **그녀가 나를** 떠나지는 않을 거야."

"그렇지만 어떻게 ―." 델란시는 말을 꺼냈다가 말을 시작한 걸 후회했다. 화이트스톤의 그 미소는….

그는 서둘러 이 상황에서 벗어나고 싶었다. 더는 듣고 싶지 않았고 더는 추측하고 싶지 않았던 것이다. 그는 친구를 떠나 공터에서 나가서 즐거운 일상의 세계로 돌아가고 싶었다.

"이것 봐, 로버트!" 그가 말했다. "자네는 너무 날카로워져 있어. 이제 집에 들어가서 옷을 입고 시내로 오게. 내 사무실에서 만나 점심을 같이하지."

"알고 있나," 화이트스톤이 느릿느릿 말했다. "난 자네가 부럽네, 쇼. 자네가 가진, 눈을 감을 수 있는 그런 능력은 신의 축복이야. 자네는 눈먼 상태로 안락하게 살 수가 있잖아. 자네는 로절린드와 내가 어떤 상황인지 보려고 하질 않았어. 그리고 자기가 조세핀을 얼마나 증오하는지 보려고 하지도 않을 거고."

"자, 여길 봐!" 델란시가 말했다. "자네는 선을 넘고 있어, 로버트. 그건 **거짓말**이야."

"자넨 사기꾼이고!" 화이트스톤이 웃음을 터트리며 말했다. "자네를 일깨워 주려고 애써야 한다니 유감스럽군그래. 자네는 조세핀을 증오해. 그리고 그녀는 그걸 알고 있어."

"그건 지독한 거짓말이라고!"

"자네는 내게 두 번이나 — 그 진지하고 불안한 얼굴로 말이야 — 조세핀이 죽는 꿈을 꿨다고 말했지. 그게 뭘 뜻하는지 알아? **그녀는** 알고 있네. 자네가 두 번째로 그 말을 내게 했을 때 그녀는 거기 있었어. 내가 그녀를 살펴봤거든. 그녀는 알고 있었어. 자네는 솔직했던 거야 — 꿈속에서 말이야. 그건 죽음을 기원하는 거였어, 쇼."

설명하기 힘든 이상한 느낌이 델란시를 덮쳐왔다. 마치 차가

The Death Wish   27

운 물이 피부밑에서 등골을 따라 흘러내리는 것 같았다. 그는 분개했다.

"자네의 미친 소리는 더 이상 듣지 않겠어!" 그가 성을 내며 말했다.

"자네는 그녀가 죽기를 기원하고 있었어, 쇼. 그 질투심 많고 지배욕 강한 여자가 죽어서 자네에게서 사라지기를 바라고 있었다고. 그래서 자유를 ― 그리고 그녀의 돈도 ― 얻게 되기를."

델란시는 몸을 휙 돌려 걸어갔다.

"기다려!" 화이트스톤이 또다시 웃음을 터트리며 소리쳤다. "오늘 밤에 우리 집에 저녁 먹으러 오는 걸 잊지 말게. 7시야."

"난 가지 않을 걸세." 델란시가 말했다. "자네가 마음을 고쳐 먹지 않는 한 난 자네를 다시는 보고 싶지 않네. 자네가 한 말들은…."

"쇼, 돌아와! 이렇게 나를 두고 가면 안 돼. 쇼, 난 내가 참을 수 없는 지경이라는 말을 하는 거야."

그의 목소리는 절망적으로, 거의 히스테리에 가깝게 들렸다. 그러나 델란시는 이번만은 그 호소를 무시했다. 그는 엄청나게 화가 나서 어찌할 바를 모르고 있었다.

"이번에 그는 선을 많이 넘었어." 그는 혼잣말을 하며 도로를 성큼성큼 걸어 차를 향해 갔다. "이번 일은 절대 잊지 못할 거야. 그는 용납할 수 없는 말을 한 거야. 용납이 안 되는 말을. 아무리 자기 기질을 핑계로 가능한 온갖 걸 다 용서받으려고 해도 그렇지…."

바람이 불어 도로 위에 먼지가 일었고, 나무들이 버스럭거렸다. 그는 갑자기 피곤한 느낌이 들어 발걸음이 느려졌다. 몹시 더웠다.

"황당하군." 그는 속으로 말했다. "그 말을 너무 심각하게 받아들이면 안 돼. 전혀 근거 없는 비난에 내가 신경 쓸 필요는 없잖아. 내가 조세핀을 '증오'한다고 말하다니…. 그냥 황당할 뿐이야. 물론, 난 로미오는 아니야. 난 그런 '엄청난 열정'을 가진, 그런 유형의 남자는 아니지. 난 너무 실용적이야. 그렇지만 난 내 인생에서 어떤 여자도 조세핀만큼 좋아한 적이 없어. 그녀에게는 나름의 결점이 있지만, 누군들 그렇지 않겠어? 게다가, 그녀는 나를 아주 좋아해. 정말 많이. 그건 정신 나간 소리지, 내가 그렇다니, 그리고 내가 그런 걸 그녀가 알고 있다니…."

그의 마음속에 뭔가가 떠올랐고, 그러자 그의 파란 눈이 커다래졌다.

"당신은 은근슬쩍 형편없는 꼬락서니였어!" 그날 아침에 그녀가 했던 말이었다. "당신이 뭐같이 보였냐면 —."

뭐 같았다는 거지? 그녀는 무슨 말을 하려고 했던 걸까?

"이런, 세상에!" 그는 나지막이 혼잣말로 중얼거렸다.

3

러프 가족

델란시는 늘 타는 기차를 놓치고 그다음 기차를 탔다. 그런 까닭에 승강장에서 기다리고 있던 사람들은 그가 일주일에 6일씩 보곤 했던 그 익숙한 얼굴들이 아니라 낯선 이들이었다. 그러나 평범하고 품위 있고 이해할 수 있는 사람들이었다. 그는 그들에게 무척이나 큰 호감을 느꼈다. 악몽에서 깨어나 익숙한 환경으로 돌아온 것 같은 안도감이 들었다. 그와 더불어, 악몽이 남기고 간 희미한 공포가 느껴지기도 했다.

"후유!" 그는 혼잣말로 중얼거렸다. "너무 불쾌한 경험이었어. … 하지만 환상이었던 것 같아, 그렇고 말고."

그는 그 단어에 흡족한 기분이 들었다.

"환상이야." 그는 기차에 오르면서 혼잣말을 되풀이했다.

그것이 가엾은 화이트스톤과 그가 했던 모든 말을 철저히 나타내 주는 표현인 것 같았고, 자작나무 공터에서 있었던 그 장면이 비현실적인 느낌이 들도록 해주는 말인 것 같았다. 현실 세계는 여기, 기차와 사람들, 그랜드 센트럴 역, 지하철, 그의 사무실 책상, 그리고 필요할 때 그를 위해 일해주는 상냥한 속기사인 것이었다.

오늘 아침에는 그녀가 필요하지 않았다. 일이 바쁘지 않았던 까닭이다.

'다른 일을 좀 찾아봐야겠어.' 그는 생각했다. '월급 받는 정규직을.'

그는 이미 한두 차례 조세핀에게 그렇게 말을 했는데 그녀는 반대했다.

"아, 그러지 마, 쇼! 당신은 자기 사업을 하는 게 진짜 좋아. 난 당신이 다른 사람 밑에서 일하는 건, 다른 누군가의 수족이 되어 움직이는 건 생각도 하기 싫어."

정말 관대한 여자였다, 그녀는. 그녀는 그의 명의로 된 은행 계좌로 매월 1일에 수표를 넣었다. 그가 그 돈으로 뭘 하는지 그녀는 한 번도 묻지 않았고 사업상 돈이 좀 더 필요하다고 하면 거의 항상 그 돈을 주는 것이었다. 거의 항상 말이다. 그녀는 때때로 그가 돈이 필요한 건 다른 여자에게 쓰려고 하기 때문이라는 걸 안다면서 터무니없이 그를 비난하기도 했는데, 그가 제일 바라지 않는 일이 그런 일이 일어나는 것이었다. 물론, 다들 그렇듯이, 그녀에게는 나름의 결점이 있었다. 그도 결점이 있었다. 그러나 한 번씩 벌어지는 볼썽사나운 사소한 다툼을 제외하면, 그러면 뭐… 그냥 신경이 과민해진 것일 뿐이니…. 가엾은 조세핀, 그녀는 신경질적인 젊은 여자였다. 음, 정확히 젊은 여자라고는 할 수 없을 것이다. 그녀는 그보다 다섯 살 연상이라고 했는데, 그는 종종 그 이상이 아닐까 의혹을 품기도 했었다. 아침에 일어났을 때 그녀의 눈가를 보면….

그 생각은 하지 않았으면 좋았을 것이다. 그는 언제나 그녀가 '나이트 크림'을 지우고 '토닝 로션'이라는 것들을 바를 때까지는 애써 그녀를 쳐다보지 않으려 했다.

별안간 그는 속이 메슥거리는 느낌이 들었다.

'어젯밤에 먹은 그 지독한 치즈 케이크 때문이야.' 그는 생각했다. '술이 필요해.'

그는 매우 절제된 습관의 소유자로서 아침에 술을 마시는 일은 결코 없었다. 지금처럼 술을 마시고 싶었던 적이 한 번이라도 있었던지 기억도 나지 않았다. 그는 전혀 중요하지 않은 서신을 꺼내 보며 눈살을 찌푸렸고 무슨 용무라도 있는 듯이 자리에서 일어났다.

"이 남자를 지금 바로 만나봐야겠어." 그는 속기사에게 들리도록 큰 소리로 말하고는 모자를 집어 들고 사무실을 나갔다.

술은 효과가 있었다. 그는 한 잔을 더 주문했다. 11시가 다 돼 가고 있었다. 점심 시간에 맞춰 집에 도착하려면 12시 24분 기차를 타야 했다. 그는 점심 먹으러 집에 가고 싶지 않았다. 뭐, 그런 마음이 드는 건 전혀 놀랍지 않았다. 그가 아는 수많은 남자들, 그와 마찬가지로 가정을 소중하게 여기는 남자들도 어쨌거나 수시로 시내에 들르는 걸 좋아했다. 포스터나 듀발에게 전화를 걸어봐도 괜찮을 것이었다. 클럽에 가는 것도 가능했다.

'아니야.' 그는 마음을 정했다. '조세핀은 오늘 아침 약간 기분이 안 좋았어. 오늘은 집에 가는 게 좋겠어.'

린니가 역에서 그를 기다리고 있었다. 유니폼을 입은 말쑥한 친구였다. 자동차 역시 최고급이었다. 낡은 소형차 차주들은 분명 그를 부러워할 것이다. 대기 중인 택시를 타려고 달려가는 사람들도 있었다. 택시는 항상 부족했기 때문이다. 젊은 남자 한 사람이 뒤에 남아 있었다. 그는 가방을 옆에 들고 승강장에 서서 손목시계를 힐끗 쳐다봤다.

"잠깐만 기다려 봐, 린니!" 델란시가 말했다. 그리고 차 밖으로 몸을 내밀어 그 낯선 사람을 불렀다. "저기, 북쪽으로 가나요? 내가 태워줄 수 있을 것 같아서요."

그는 자주 그렇게 했고, 그렇게 하는 것을 좋아했다.

"죄송합니다만, 북쪽인지 아닌지 모르겠네요." 그 낯선 사람이 대답했다. "러프 씨 집으로 가는 길인데요, 혹시 그 집이 어디 있는지 아신다면."

"바로 그쪽으로 가는 길인걸요! 타세요!"

"고맙습니다!" 그 낯선 사람은 이렇게 말하고는 가방을 린니에게 건네고 델란시 옆에 탔다. 그는 금발의 깔끔한 젊은 친구였다. 날씬하고 다소 작은 키에 차분한 복장, 그리고 조용한 목소리였지만 그에게는 델란시를 안달하게 만드는 뭔가가 있었다. 델란시는 그에게 좋은 인상을 주고 싶었다.

"러프 씨 가족은 멋진 곳에 살죠." 그가 말했다.

"그런가요?" 상대방은 예의 바른 태도로 말했다.

"그럼요… 우리는 서로 이웃이랍니다. 델란시예요, 내 이름은 쇼 델란시요."

"제 이름은 애치슨입니다."

"애치슨…." 델란시가 따라 했다. "그렇군요. … 러프 씨 집은 멋진 곳이에요. 저택이라고 할 만하죠. 우리 집은 그 절반 정도 크기지만 제 아내는 대단한 정원사랍니다. 당신이 볼 수 있으면 좋을 텐데 —."

그는 말을 중단했다. 혈색 좋은 그의 얼굴에 이상한 표정이 떠올랐다. 이 차분하고 젊은 남자가 조세핀을 만나게 하고 싶지 않다는 생각이 들었던 것인데, 그 생각은 사라지지 않을 것 같았다.

'내 또래 남자들은 아내가 연하인 경우가 대부분이지.' 그는 생각했다. '젊은 여자들은….'

그러다가 그는 이 차가 조세핀의 것이고 그녀가 그에게 넉넉히 베풀고 있다는 생각을 떠올렸다.

'그녀도 외모는 준수한 여자야.' 그는 생각했다. '그리고 옷을 잘 입을 줄 알지. 정말이지, 러프 씨 부인은 조세핀에 비하면 볼품없잖아.'

그렇기는 해도, 그는 러프 씨 부인을 아주 좋아했다. 조세핀이 그녀와 잘 지내지 않는 것이 그로서는 극히 유감스러웠다. 그들이 처음 여기로 왔을 때 러프 씨 가족은 정말 친절하게 대해줬고, 그들을 저녁 식사에 초대해 주며 그가 전에는 한 번도 겪어보지 못한 방식의 호의를 베풀었다. 그는 진정으로 겸손하게 러프 씨 가족이 '자신보다 한 수 위'이며 조세핀보다도 그렇다고 인정했다. 그들의 생활 방식, 그들의 소탈함, 느긋함, 그리고 그들의 집에 감도는 무심하고 안락한 분위기가 그에게는 있을 수 있는 최상의 상태로 여겨졌다. 그는 그들처럼 살고 싶고, 그들 같은 사람이 **되고** 싶었다.

"러프 씨 집 앞으로 가게, 린니." 그가 말했다.

어찌 되었건, 러프 씨 가족과 말다툼을 한 것은 그가 아니었고, 조세핀과 러프 씨 부인 사이에 골이 깊어진 것이 정확히 무슨 일 때문인지 그는 알지도 못했던 까닭이다. 기차역이나 기차 안에서 러프 씨를 만날 때마다 그들은 항상 이야기를 나누곤 했다. 그가 이 젊은이를 그 집 문까지 태워주지 말아야 할 이유는 전혀 없었다. 그리고 혹시 러프 씨 부인을 보게 된다면 그는 기꺼이 그녀와 몇 마디 인사를 나눌 것이었다. 그런다고 해서 조세핀이 불쾌감을 느끼지는 않을 것이다.

'사실,' 그는 생각했다. '지금쯤 조세핀은 미안한 마음일 거야. 러프 씨 부인과 화해할 구실이 생기면 그녀로서는 반가울 텐데. 신경이 예민해지면 주체를 못 하는 사람이라 그런 거니까.'

테라스에 있는 러프 씨 부인을 보자 그는 심장이 조금 빨리 뛰었다. 그는 언제나 그 테라스에 감탄을 금치 못했다. 위로 줄무늬 차양이 덮여 있고 안락한 의자와 작은 탁자 여러 개가 놓여 있는 곳이었다.

'그녀가 나를 무시한다면?' 그는 생각했다. 그리고 그녀가 콧대 높고 오만한 태도로 말하는 모습을 상상했다. 주제넘게 구는 사람에게 조세핀이 그런 말투를 쓰는 것을 들은 적이 있었던 것이다.

차가 멈추자 러프 씨 부인이 자리에서 일어나서 계단 맨 위로 왔다.

"휴!" 그녀가 말했다. "정말 반갑구나. … 그리고 델란시 씨, 정말 친절하시네요!"

그녀의 남편이 그녀 옆으로 왔다.

"델란시," 그가 말했다. "들어와서 한잔하실래요?"

델란시는 이런 환대를 받자 희열감이 들었다. 그는 즐겁게 웃으며 계단을 올라갔다.

"엘시," 러프 씨 부인이 말했다. "델란시 씨, 여기는 새킷 양이에요. … 참, 휴 애치슨도 모르신다는 걸 잊었네요."

그날 아침 그가 정원에서 본 그 젊은 여자였다. 화이트스톤이 사랑한다고 말했던…. 그녀는 흰색 민소매 원피스를 입고 있어서 갈색 피부가 더 어두워 보였다. 그녀의 얼굴은 섬세했고, 검은 눈은 커다랬다. 부드럽고 우울해 보이는 입술은 크고 아름다우면서도 침울한 분위기를 풍겼다. 그녀는 매우 어렸고 상냥한 태도라고는 없었다. 그녀는 모든 면에서 미성숙했고 우아하지도 않았지만, 그런데도 델란시는 그녀가 뭔가 보기 드문 존재라는 것을 알았다. 뭐라고 분명히 규정할 수는 없었지만, 그럼에도 불구하고 그는 태초부터 남자들이 죽고 못 살던 마법 같은 존재가 여기 있다는 것을 알았다.

'가엾은 로버트…' 그는 폐부를 찌르는 고통을 느끼며 생각했다. '가엾은 녀석!'

이 사랑스러운 아가씨가 무엇 때문에 까탈스럽고 기분이 널뛰는 화이트스톤에게서, 자기보다 족히 열 살은 더 많고, 유부남이기도 한 남자에게서 기쁨을 찾을 수 있겠는가? 그런데도, 화이트스톤의 심장이 일단 그녀를 향했다면 그가 어찌 잊을 수가 있을까? 가엾은 녀석!

하녀가 위스키와 탄산음료 병을 쟁반에 담아서 내왔다. 러프는 담뱃갑을 꺼냈다. 분위기는 최고로 화기애애했다. 그러나 델란시는 이번에는 쾌활하게 말을 나누지 못했다. 그는 불행하고 쓸쓸한 기분이 들었는데 왜 그런지 이해가 되지는 않았다. 그냥 왠지 이렇게 사는 게 제대로 된 삶이라는 것, 마르고 과묵하지만 살가운 러프와 촌스럽지만 당당한 러프 씨 부인, 조용하고 젊은 애치슨, 머릿속에서 지워지지 않을 엘시 ― 그가 이해할 수 있는 것은 이 사람들이 어쩌면 자기가 알지도 못하는 사이에 꿈꾸어 온 제대로 된 사람들이고, 자기는 여기 머물러 있을 수가 없고 이곳을 떠나고 나면 다시는 돌아올 수 없다는 것뿐이었다.

그는 천천히 한 모금씩 술을 마셨다. 누군가 말을 걸면 대답했다. 그것이 그가 할 수 있는 최선의 일이었다. 그는 이 순간이 오래오래 지속되기를 바랐다.

"점심 먹을 때까지 계실 거죠?" 러프 씨 부인이 물었을 때 그는 정신이 들면서 살짝 놀랐다.

"음, 감사합니다." 그가 대답했다. "전 당연히 그러고 싶습니다만 아내가 집에서 기다리고 있어서…."

그는 이제 가야 했다. 영원히 가야 했다. 러프 씨 부인은 조세핀과 '화해'하는 일에는 별로 관심이 없을 것이었다.

'그 모든 건 조세핀 잘못이야, 무슨 일인지 몰라도 말이야.' 그는 생각했다. '틀림없이 그럴 거야. 러프 씨 부인은 사람들과 다투지는 않을 거야. 그녀가 생각할 때 조세핀은 ―.'

어떤 말이 마음속에 들어왔다. 마치 러프 씨 부인이 그 느긋하고 듣기 좋은 목소리로 '어찌할 수가 없어'라고 말하는 게 들린 것만 같았다. 어찌할 수 없는 델란시 씨 부인….

그는 짙은 청색 최고급 차에 몸을 실었고, 그 차가 부끄러웠다. 그는 자기의 큰 덩치가 부끄럽고, 온화한 자기 목소리가 부끄러웠다. 그는 한없이 초라해져서 구석에 깊숙이 들어앉았다.

"아무 소용없어." 그는 혼잣말을 하고 또 했다. "아무 소용도 없어.”

그게 무슨 뜻인지 그 자신도 알지 못했고, 자기가 왜 그렇게 불행한지도 알지 못했다. 자기 집이 시야에 들어오자 그는 자세를 바로 하고 우울한 감정을 털어버리려고 애썼다. 식민지 시대 양식의 크고 하얀 기둥들이 서 있고 마당이 잘 가꾸어진, 정말 멋진 집이었다. 하녀가 문을 열고는 그에게 미소를 지었다.

“쇼!” 그를 부르는 아내의 고압적인 목소리가 들렸다.

그녀는 서재의 소파에 누워 있었다. 키가 큰 그녀는 검은 레이스 가운을 입고 있어 아주 가냘파 보였다. 그녀는 기다린 옥 귀걸이에 얼굴 화장을 하고 입술은 주홍색으로 칠하고서 검은 머리를 등까지 길게 늘어뜨리고 있었다. 그는 그녀가 전에 이것과 똑같은 옷을 입고 똑같은 자세로 있던 것을 보고서 그녀를 찬미했었다. “클레오파트라.” 그는 그녀를 그렇게 불렀었다.

그는 지금 그녀에게 찬사를 보내지 않았다. 마음속에서 그는 러프의 집 테라스에서 그녀가 햇빛을 받으며 서 있는 모습을 그려봤다. 그녀의 낮고 으스스한 목소리와 러프 씨 부인의 청량한 목소리가 대비되었다. 그녀의 짙은 향수 냄새를 맡으니 깎아 놓은 잔디의 산뜻한 내음이 그리워졌다. 그는 엘시라는 그 아가씨를 생각했다. 그녀는 조세핀처럼 어둡고 늘씬했지만, 진짜 젊었다. 그러자 조세핀에게 걷잡을 수 없는 연민이 느껴졌다.

“와, 클레오파트라!” 그는 그렇게 말하고는 방을 가로질러 가서 그녀에게 키스했다.

“쇼!” 그녀가 퉁명스럽게 말했다. “어디 있다 오는 거야?”

그녀에게 러프 가족을 언급해서 좋을 일이 없을 것이었다. 특히 그녀가 이런 기분일 때는 더욱 그랬다.

"기차가 조금 늦어서 ―." 그가 말했다.

"거짓말!"

"음, 이봐, 조세핀! 그게 아니라 ―."

"그건 거짓말이잖아!" 그녀는 반복해서 말했다. "앨리스 햄프튼이 당신과 같은 기차를 탔어. 그녀가 당신을 봤다고 했단 말이야. 그런데 그녀는 20분 전에 여기 들렀어. 당신은 그 20분 동안 **어딘가 다른 곳에** 있었던 거잖아."

"여보, 이것 봐! 역에 내려서 우연히 아는 사람을 만나서 같이 좀 걸었어. 난, 자연히, 시간 가는 걸 좀 잊고 있었던 거고 ―."

"아니!" 그녀가 말했다. "그 계집애지."

"맙소사! **무슨** 계집애?"

"지난주에 그 얘기를 들었지만 난 믿지 않으려고 했어. 러프네 집에 묵고 있는 그 계집애가 이 동네 어떤 유부남을 쫓아다닌다는 얘기를 어떤 사람이 해줬는데, 그녀가 말하는 태도로 봐서 난 그게 당신이라는 느낌이 들었어."

"맙소사!" 그가 다시 말했다. "당신이 그런 식으로 말을 하면… 내가 무슨 대답을 할 수가 있겠어?"

"진실이지, 당신이 그럴 수 있다면 말이야."

"그럼, 좋아. 이게 진실이야. 난 새킷 양과는 몇 마디 말도 나눈 적이 없고 ―."

"그러니까 그녀의 이름을 알고 있는 거네!" 조세핀이 일어나 앉으며 소리를 질렀다. "그렇다면 그녀를 안다고 인정하는 거야!"

"러프가 우연히 소개해 준 거야, 역에서 말이야." 그는 지금으로서는 러프의 집을 방문한 일을 절대로 언급할 수가 없었다.

"역에서 소박한 환영회를 열었나 보네." 그녀가 비웃으며 말했다.

"자, 이것 봐, 여보! 당신은 아무것도 아닌 일에 흥분하고 있어. 진짜 아무것도 아닌 일을 가지고 말이야. 다른 여자들은 내게 관심이 없어, 그 누구도 —."

"내가 아무것도 보지 못하거나 바보라고 생각해? 당신이 우리 집 하녀 애니를 어떻게 쳐다보는지 내가 알아채지 못했을 거로 생각해?"

그는 한없이 지겹기만 할 뿐 그녀에게 화가 나지는 않았다. 전에도 이런 꼴 사나운 일이 벌어지곤 했고 그녀는 그같이 말도 안되는 황당한 질투심에 사로잡혀 병이 나기도 했었다. 그는 그녀 몰래 바람을 피운 적이 한 번도 없었다. 아니, 그런 일은 생각조차한 적도 없었다. 하지만 그는 그녀가 그런 확신을 하게 할 수가 없었다. 이 구질구질한 일화를 끝내는 유일한 방법은 그녀와 사랑을 나누고, 그녀에게 아부하며 자신이 하지도 않은 일에 대해 그녀의 '용서'를 받는 것이었다.

"당신은 거울을 들여다본 적도 없어?" 그가 말했다. "그렇다면, 상상이 돼? 당신 같은 아내를 둔 남자가 —."

"그렇게 애쓸 필요 없어." 그녀가 말을 잘랐다. "당신이 하는 그런 말에 난 이골이 났어. 당신은 오늘 그 계집애를 한 번 보고서 또다시 볼 계획을 세운 거야. 당신의 그 소중한 로버트 화이트스톤의 아내에게서 전화가 왔어. '두 분 모두 오늘 밤에 저녁 식사하러 오실 거죠? 로버트의 몇몇 친구들과 함께 작은 파티를 열려고···.' **그게** 뭔지 꿰뚫어 보는 건 별로 어렵지 않았어. 로절린드 화이트스톤은 내가 자기 집에 발을 들이지 않을 거라는 걸 너무 잘 알고 있어. 그녀는 로버트가 우기는 바람에 나를 초대한 거지 내가 올 거라고는 기대하지 않아. 당신이 거기 오도록 하려는 핑계일 뿐이었다고. 로버트는 당신의 그 더럽고 비열한 불륜 행각을 도우려는 거야. 당신은 내게 그들과 저녁을 먹는다고 말을 하겠지. 그러고는 사실은 그 계집애를 어딘가에서 만날 거고."

"조세핀, 당신은 ―." 그는 말을 시작했다가 멈췄다. 자신을 방어하다가 로버트의 죄악을 드러나게 할지도 모른다는 생각이 들었던 것이다. 조심해야 할 것이었다. 조세핀은 바짝 경계하는 여자의 촉감으로 그가 조심하고 있다는 것을 너무나 잘 알아챌지도 몰랐다. 그러면 상황은 더 나빠질 것이었다.

"당신은 별것도 아닌 일로 만리장성을 쌓고 있어." 그가 침착하게 달래는 어조로 말했다. "오늘 아침에 로버트를 만났는데 저녁 식사에 오라고 하더군."

"아무튼, 난 가지 않을 거니까 당신도 가지 않으면 돼." 그녀가 말했다.

그는 여전히 화는 나지 않았다. 그리고 그는 로버트를 생각해서 조심해야 한다는 것을 의식하고 있었다. 그렇기는 해도 자신을 지배하려는 그녀의 이런 성향이 활개 치게 놔둬서는 안 된다고 느꼈다.

"난 가고 싶어." 그가 온화하지만 단호하게 말했다. "그리고 당신도 갔으면 좋겠어. 그 새 드레스를 입지 그래, 밤색 레이스가 달린 옷 말이야. 로절린드는 당신을 좋아해. 그리고 당신도 그녀를 더 잘 알게 되면 ―.”

"나를 좋아한다고? 그녀가? 내가 그녀를 좋아하는 딱 그만큼이겠지. 난 가지 않을 거고, 당신도 마찬가지야.”

그들의 눈이 마주쳤다. 그러자 이제 그는 마음속에 분노가 차오르는 것이 느껴졌다.

"참자!” 그는 속으로 말했다. "냉정해지자.”

그는 잠시 기다렸다. 그리고 부드럽게 말했다.

"좋아. 당신이 가고 싶지 않다면…. 로버트에게 전화해서 나는 30분쯤 늦게 간다고 할게. 사실은 말이야, 난 로버트가 조금 걱정스러워. 잘 지내고 있는 것 같지 않거든.”

"당신은 오늘 저녁 거기 안 간다고.”

그의 내면에 분노가 들끓어 오르고 있었다. 그는 두려웠다. 그는 좀처럼 화를 내지 않는 사람이었다.

'아내와 한바탕하지는 않을 거야.' 그는 생각했다. '우리가 정말 심각하게 대립했던 적은 아직 없었어. 그리고 내게는 그럴 마음이 ―.'

"내가 로버트에게 당신은 가지 않을 거라고 했어.” 그녀는 말을 계속했다. "그보다 더, 당신은 로버트와 절교해야 해. 그는 당신한테 해로울 뿐이고 좋을 게 하나도 없는 사람이야. 당신은 그를 만나고 올 때마다 ―.”

"당신 진짜 너무 심하군.” 델란시가 열이 나서 말했다. "당신의 변덕 때문에 내가 오랜 친구와 절교하는 일은 없을 거야. 내가 하려고 하는 건 ―.”

"그렇다면 내가 하려고 하는 걸 한번 들어보시지.” 그녀가 말했다. "난 린니에게 말해서 당신이 차를 쓰지 못하게 할 거야. 당신 계좌에 한 푼도 넣지 않을 거고 —."

"당신 도대체 뭐가 문제인 거지?" 그가 고함쳤다. "부끄러운 줄 알아야 —."

"계집애들과 바람 피우는 데 내 돈과 내 차는 못 쓰게 될 거라고! 난 더는 못 참아! 바람이 났다고 동네방네 소문이 나고 있어, 당신과 그 계집애 말이야. 그런데 로버트는 당신을 돕고 있잖아! 그는 항상 나를 미워하고 —."

델란시는 몸을 휙 돌려서 그 방을, 집을 나왔다. 그는 악마가 쫓아오기라도 하는 것처럼 걸어갔다. 화가 그를 잠식하고 그의 다정다감하고 털털한 성격의 기반을 갉아먹는 것 같았다.

'그녀는 고래고래 소리를 질러댔어.' 그는 생각했다. '하인들이 들었을 거야. 내가 하녀에게 눈을 돌린다고 비난하다니…. 그리고 러프 집에 묵고 있는 그 아가씨를 쫓아다닌다니…. 이 모든 역겨운 의심이 정말 신물 나서 **진짜** 외도를 **하게** 될 지경이야. 그리고 그녀가 그런 식으로 내게 달려들지 않았으면 내가 러프의 집에 들른 것에 관해 거짓말을 둘러댈 필요도 없었을 거야. 그들과 친하게 지낼 수도 있었는데…. 하지만 그녀는 어떤 사람과도 친하게 지내지 않겠지. 그녀는 충실함과 우정이 뭘 의미하는지를 모르니까…. 로버트와 절교하라니…. 그런 말도 안 되는 소리를!'

그는 늘 뭔가를, 조세핀에게 분노하게 되는 다른 어떤 이유를 의식하고 있었지만, 그것은 너무 괴롭고 주체할 수 없는 일이어서 직시할 수가 없었다.

"그녀는 진심이 아닌 말을 많이 한 거야." 그는 되뇌었다.

그는 자신의 분노가 위협적이고 위험하다는 걸 느끼고 그 분노를 없애기 위해 안간힘을 썼다. 한참을 걷고 나자 점점 마음이 차분해지고 배가 고파왔다. 그는 노상 식당에 들어가서 푸짐한 점심을 먹고 하이볼을 한 잔 마셨다. 밥을 다 먹고 담배를 한 대 피우고 나자 화는 이제 가라앉아 있었다.

'이보다 더 맛있는 밥을 먹은 게 언제인지 모르겠군.' 그는 생각했다.

이제 3시가 지나 있었다. 남은 오후 시간을 생각하자 마음이 불편했다. 그는 조세핀을 이미 용서했음에도 그녀에게 돌아가고 싶지는 않았다.

'아니.' 그는 생각했다. '그녀가 좀 깨달을 시간을 주는 게 더 나아.'

그는 3년간의 결혼 생활에서 그녀에게 있는 곳을 말하지 않고 외박을 한 적이 한 번도 없었다. 포커를 한 판 치고 싶거나 로버트와 저녁 시간을 함께 보내고 싶을 때면 한 번씩 거짓말을 하기도 했지만 그건 양심에 찔리지 않는, 악의 없는 거짓말이었다. 그는 이번에는 그녀에게 아무 말도 하지 않을 것이었다.

'진짜 해도 너무 했어.' 그는 생각했다. '정말이지, 남자가 짓밟히고 ― 그렇지 ― 살 수는 없다고. 난 갈 거야.'

그는 로버트의 집에 갈 것이고, 거기 갔다고 그녀에게 말할 것이었다. 어쨌든, 자신이 독립적인 생활을 유지할 생각임을 그녀가 깨닫도록 사근사근 차분하게 말해주는 게 최선의 길일 것이다.

그는 택시를 타고 화이트스톤의 작은 집으로 가서는 택시 안에서 좀 기다리고 있었다. 그는 안으로 들어가고 싶은 마음이 들지 않았다. 화이트스톤이 그렇게 개탄스럽게 감정을 분출하고 난 마당에 로절린드의 얼굴을 볼 생각을 하니 두려웠던 것이다.

"그건 진짜로 한 말은 아닐 거야." 그는 혼잣말을 했다. "거의 모든 부부가 시시때때로 싸우는걸. 아마 지금쯤은 다 지나간 일이 됐을 거고, 그들은 다시 행복할 거야."

그럼에도 불구하고 그는, 그럴 수만 있다면, 지금 당장은 로절린드를 보고 싶지 않았다.

'로버트를 컨트리클럽으로 데리고 가지 뭐.' 그는 생각했다. '그게 그에게도 좋을 거야. 함께 술을 몇 잔 마시고….'

좁은 현관에 붙박이로 놓은 작은 나무 벤치에서 화이트스톤이 파이프 담배를 피우고 있는 모습이 보이자 그는 마음이 놓였다.

"어이, 로버트!" 그가 정감 있게 말했다. "편안하게 쉬고 있군 그래?"

"아… 계획을 짜고 있어." 화이트스톤이 대답했다.

"그림을 계획하고 있나? 그건 됐고, 자 이리 와봐, 친구! 내가 자네를 데리고 —."

"아니," 화이트스톤이 말했다. "오늘 아침에 내가 자네한테 한 말 기억하나? 아직 생각해야 할 세부 사항이 조금 더 있단 말이지. 날씨가 좋으면 내일 그 일을 할 생각이거든."

로절린드의 목소리가 집 안쪽에서 들려왔다. 즐겁고 가벼운 목소리였다.

"두 사람 거기서 뭘 하고 있어요?"

"당신 얘기를 하고 있지, 여보." 화이트스톤이 말했다.

4

로절린드의 저녁 파티

휴 애치슨은 자기 방에 앉아서 창밖을 내다보며 이 상황을 생각하고 있었다.

그에게는 아주 익숙한 상황이었다. 어떤 집에 도착했을 때 어떤 아가씨가, 오로지 그를 위해 초대된 아가씨가 있는 것을 알게 됐던 적이 얼마나 많았던가!

그로서는 유감스럽고도 잘못된 일 같았다. 그는 매력적이고 예쁜, 좋은 집안 출신에 지적이며 어디 하나 흠잡을 데 없는 이 아가씨들에게 항상 미안한 마음이 들었다. 그들은 모두 마음에 들었지만, 그의 마음을 뒤흔들 정도는 절대 아니었다. 그들 중 누구도 그가 필요 불가결하다고 여기는 자질을 갖추지는 못했다. 그 역시 정확히 그 자질을 규정하거나 말할 수는 없었지만 말이다. 그런 자질은 종종 연극과 오페라에서 그의 눈에 들어오곤 했다. 이졸데에게, 그리고 스코틀랜드의 메리에게 그런 것이 보였었다. 그래서 그는 그렇게 비극적이고 열정적인 놀라운 면모를 가진 여자가 언젠가 이 세상에 존재했을 거라고 믿을 수 있었던 것이다. 그러나 그는 27년을 사는 동안 실제로 그런 여자를 만나본 적이 없었고 그가 만난 아가씨들은 모두 그에게는 약간 무색무취하게 여겨졌다.

러프 씨 부인이 등장시킨 새로운 아가씨를 보고 그는 좀 놀랐다. 그가 봐온 애나벨 러프는 틀린 일을 하는 법이 없었음에도 그랬다.

그녀는 그의 어머니의 친구였는데, 그는 학창 시절부터 그녀를 좋아했고 존경했다. 그는 다른 누구도 그렇게 존경해 본 적이 없었다. 이 조용하고 거의 침울한 아가씨를 그녀가 그토록 좋아한 다면 이 아가씨에게는 그가 아직 알아보지 못한 어떤 대단한 매력이 있을 것이 분명했다.

"있잖아, 그 애 아버지가 폭스 새킷이야!" 러프 씨 부인은 그에게 그렇게 말하고는 그 이름을 듣고도 그의 얼굴에 아무런 반응이 없는 것을 ― 그의 얼굴로 보아 그 이름이 그에게 아무것도 의미하지 않는다는 것을 ― 알아채고는 "음악가 말이야"라고 덧붙였었다. "작곡가지. 음악계에서는 정말 유명한 사람이야. 그리고 엘시는 기가 막히게 연주를 잘하는 아이야. 게다가 아름답고. 그렇게 생각하지 않아, 휴?"

"아, 그럼요!" 그는 예의 바르게 대답했었다.

그는 엘시를 생각하면서 지금 한숨을 쉬었다. 여자에게 기사도를 발휘하는 일이 그에게는 하나의 굴레였다. 여자들은 그에게 존중의 대상이 아닐 수가 없었던 것이다. 그는 자기가 엘시에게 거의 관심이 없다는 사실을 애나벨 러프가 알게 할 수는 없었다. 그래서 오늘 밤 이 화가라는 친구의 집에 저녁을 먹으러 가는 것이 얼마나 내키지 않는 일인지도 그녀에게 알릴 수가 없었다. 러프 씨 부인은 예술가들의 모임을 즐겼지만, 휴는 그렇지 않았다. 물론, 그는 그들을 대단하게 생각하기는 했다. 누군가는 그림을 그려야 하고, 책을 써야 하고, 뭐 그렇다는 사실은 의심의 여지가 없었으니까 말이다. 그러나 이런 일을 하는 사람들은 대하기가 까다로웠다. 그는 그들과 어떻게 얘기를 나눠야 할지 몰랐다. 그가 이해하고 제일 좋아하는 일은 승마와 사냥, 폴로 게임, 경비행기와 요트 타기였다. 그러니까 그는 몸을 움직이는 것이 좋았다. 오늘 밤 그는 아마도 이 친구의 그림을 보고 뭔가를 말하고… 뭐 그런 것을 해야 할 것이었다.

그는 다시 한번 한숨을 쉬며 자리에서 일어나 옷을 입기 시작했다. 옷 입는 법이야말로 그가 잘 아는 것 중 하나였다. 그는 취향이 극히 까다로웠다. 그의 정찬 재킷은 경이로웠고 바지는 예술작품이었다. 금발의 호리호리한 몸매, 소년미가 풍기는 외모에도 불구하고 그에게는 일종의 위엄이 있었다. 그는 편하고 다정하고 예의 바른 사람이었지만 아무도 그에게 함부로 굴지는 못했다.

애나벨이 현관에서 그를 기다리고 있었다. 검정 이브닝드레스가 썩 잘 어울리지는 않았다. 옅은 갈색 머리는 늘 그렇듯 제대로 매만져지지 않았지만, 그녀에게는 그렇게 보여도 되는 특권이 있었다. 그녀는 비난의 대상이 되지 않는 사람이었던 것이다. 그녀와 함께 있는 러프는 감정을 엿볼 수도 없고 흠잡을 데도 없는 사람이었다.

"가기 전에 칵테일 한잔하지." 그가 말했다. "화이트스톤네 술은…. 음, 이건 애나벨이 책임질 일이야."

"로버트 화이트스톤은 아주 매력적인 사람이에요." 러프 씨 부인이 단호하게 말했다. "재능도 무척 뛰어나고요."

"하지만 그는 아무것도 하지 않는걸!" 그녀의 남편이 반박했다. "내 말은 — 어쨌거나 — 그에게 재능이 있다는 걸 당신이 어떻게 알겠어? 보여 줄 그림이 하나도 없는데 말이야.”

　“거미들이 우글거리는 그 형편없는 작은 별채에서 작업복을 입고 머리는 다 헝클어져서,” 러프 씨 부인이 말했다. “그가 작업하는 걸 당신이 한 번 봤다면….”

　그녀의 남편과 젊은 애치슨 둘 다 속을 알 수 없는 관용의 미소를 지었다. 애나벨 러프는 쉰 살이 넘었고 머리가 희끗희끗했지만, 남자들에게 항상 즐겁고 따뜻한 기분이 들게 하는 능력이 있었다.

　“당신들이 직접 보게 되겠 —.” 그녀는 말을 시작했다가 계단 쪽을 보더니 중단했다. 엘시가 내려오고 있었다. 하얀색 긴 정장 코트를 입고 검은 머리에는 장밋빛 리본을 매고 있었다. 그녀는 범상치 않은 모습이었는데, 휴 애치슨은 종류를 불문하고 별난 것은 대체로 싫어했다. 그러나 그의 생각에, 이 아가씨는 미술관에 걸려 있는 어떤 초상화처럼 깨어질 듯 약하고 미성숙하면서 마음을 울리는 사랑스러움이 있었다.

　“얘야, 넌 칵테일은 마시지 않을 거지?” 러프 씨 부인이 말했다.

　“마실 거예요. 주세요.”

　“안색을 생각하면 좋지는 않은데 —.”

　“전 한 잔이 필요해요!” 엘시는 열을 올렸다.

　휴에게 그것은 품위 없어 보이는 행동이었다. 그녀 나이의 어린 친구가 술 한 잔이 ‘필요할’ 일은 없었다.

　“노이로제가 있군.” 그는 혼잣말을 했다.

　그는 그 말의 의미를 정확히 알지 못했으나 자기에게 어떤 함의가 있는 말인지는 잘 알았다. 그것은 담배를 너무 많이 피우고,

산책은 거의 하지 않고, 지나치게 감정적이고, 운동은 도통 하지 않는다는 뜻이었다. 그녀가 칵테일 한 잔을 거의 단숨에 들이켜고 한 잔 더 달라고 잔을 내미는 것을 보자 그는 안쓰러운 마음이 들었다. 그녀는 정말 젊었다. 그의 판단으로는 기껏해야 열여덟이나 열아홉 살일 것이었다. 그리고 그녀는 정교하고 강렬한, 보기 드문 젊음의 소유자였다.

그렇지만 힘든 성장기를 보냈거나, 그렇지 않으면 성격이 나쁜 것이었다. 그는 차 안에서 그녀 옆에 앉았을 때 다른 여자들에게 했듯이 두세 번 말을 걸어보려고 해 봤지만 되돌아오는 것은 더없이 쌀쌀하게 쏘아붙이는 대꾸뿐이었다. 그래서 그는 그녀를 내버려 뒀다.

화이트스톤의 집은 그가 예상했던 것보다 더 형편없었다. 더 누추하고 작았다. 분위기 역시 뭔가 기이했다. 화이트스톤은 멍하니 말이 없었다. 화이트스톤 씨 부인은 지나치게 명랑했다. 게다가 여주인이 직접 음식을 차리고 내오는 상황에 휴는 불편함을 느꼈다. 그녀가 황급히 왔다 갔다 하는 와중에 식탁에 앉아 있자니 당혹스러웠던 것이다. 그는 그녀를 돕고 싶었으나 그녀는 마다했고 자기 남편이 돕는 것도 하지 못하도록 했다.

"하지만 손을 다치셨는걸요, 화이트스톤 씨 부인!" 휴가 그녀의 손가락을 감싼 붕대를 보며 항변했다.

"이건 아무것도 아니에요." 그녀는 미소 지으며 그를 안심시켰다. "그냥 살짝 화상을 입은 것뿐이에요."

그렇지만 그녀는 다른 남자, 즉 휴가 그날 이미 만난 적이 있던 델란시를 저지하지는 못했다. 델란시는 이 집에 아주 많이 와본

모양이었는데 식탁에서 벌떡 일어나더니 유쾌한, 또 어찌 보면 쓸데없는 농담을 하면서 주방을 들락날락하는 것이었다. 그는 그 일을 아주 잘 해냈다. 그러나 휴의 눈에 보인 것은….

휴 애치슨은 대단한 관찰력의 소유자였는데, 그것은 어쩌면 그가 독서는 거의 하지 않으며 스포츠와 다소 비인간적인 문제들로 생각을 대부분 채우고 있었기 때문인지도 몰랐다. 그는 오로지 자기가 직접 경험한 것에 비춰서 사태를 관찰하고 이해했다. 다른 사람들의 생각 같은 것은 그의 머릿속에 전혀 들어 있지 않았다. 그처럼 그는 진정으로 독립적인 보기 드문 인간이었던 것이다. 게다가, 활동적이면서도 절제된 생활은 그의 감각을 예리하게 만들었다 그는 거의 맹수같이 정확하고 빨랐으며 자기가 내린 결론을 절대 의심하지 않았다. 그는 그야말로 실수하지 않는 사람이었다.

'이곳엔 뭔가 문제가… 있어.' 그는 생각했다.

델란시, 엘시, 그리고 화이트스톤 씨 부인은 뭔가 이상했다. 그리고 로버트 화이트스톤은 정말로 뭔가 아주 이상했다.

'저 친구는 마음이 지옥이군.' 휴는 침착하게 생각했다.

화이트스톤 씨 부인은 점잖은 러프를 상대로, 그가 별반 반응도 보이지 않는데도, 활기차게 말을 하고 있었다. 러프 씨 부인과 델란시는 아주 화기애애한 분위기였고, 엘시와 화이트스톤은 말하고 싶은 생각과 욕구가 전혀 없는 것이 확연했다. 그래서 휴는 자신이 침묵을 지키는 것과 이 상황을 이해하려고 애쓰는 것이 정당하다는 생각이 들었다. 그의 잠잠한 회색 눈은 관찰하고 있다는 느낌을 전혀 주지 않았고, 그의 소년 같은 얼굴에는 귀 기울여 듣고 있는 티가 전혀 나지 않았다. 그러나 그는 보고 들었고, 그의 신경은 송두리째 곤두서 있었으며, 단단한 그의 몸은 자신이 받은 인상들을 전달하고 있었다.

왠지 모르지만, 그는 델란시에게 제일 강한 흥미를 느꼈다. 그 상냥한 태도 이면에는 불안이 팽팽하게 감돌고 있었다. 그는 계속해서 화이트스톤과 그의 부인을 번갈아 보고 있었다.

'화이트스톤 씨 부인을 그가 사랑하는 걸까?' 휴는 생각했다.

아니라고 판단했다. 그는 사랑에 빠진 친구들을 숱하게 봐왔는데 그들은 이렇지 않았었다.

'아니야.' 그는 생각했다. '그는 뭔가를 두려워하고 있어.'

감출 수 없는 한 가지 감정이 두려움이라고 그는 곰곰이 생각했다. 증오, 사랑, 심지어 아픔마저도 위장하는 게 가능하지만 두려움은 아니었다. 그것은 인간이 최초로 느낀 엄청난 원초적 격정이자 행동의 동인인 감정이었다. 격납고에서, 폭풍이 이는 바다에서, 휴는 두려움에 떠는 사람들을 목격했었다. 곁눈질하는 그 눈길, 지나치게 흥분한 그 웃음이 무엇을 뜻하는지 휴는 알고 있었다.

'왜지?' 그는 생각했다. '그는 뭘 두려워하는 걸까? 화이트스톤을? 화이트스톤의 아내를? 협박을?'

그는 삶의 다소 비열한 측면을 익히 잘 알고 있었다. 그를 협박하려던, 성공적이지 못했던 시도도 한 번 있었다. 그는 그런 일들이 일어난다는 것을 알고 있었기에 그런 것에 대해 과도하게 충격을 받지도, 심란해하지도 않았다. 그는 앞의 생각은 머릿속에서 지웠다. 그러나 무슨 일이 진행 중이든, 화이트스톤 부부의 분위기는 화기애애하지 않다는 것이 그의 판단이었다. 그들은 사이가 좋지 않은 것이었다. 화이트스톤 씨 부인은 아무것도 두려워하지 않았다. 그는 그렇다고 확신했다. 그녀의 뺨에 떠오른 홍조와 억지로 명랑해하는 그녀의 태도는 분노 때문이었다. 여자들은 화가 나면 그렇게 행동하곤 했다. 그리고 그녀에게는 짜증이 날 만한 이유가 있었다. 자기 남편이 아무런 말도 없이 초췌한 모습으로 거기 앉아서 자기가 준비한 훌륭한 저녁을 전혀 먹지 않고 있었으니 말이다. 그녀는 엘시에게도 그다지 호의를 느낄 수가 없었다. 엘시는 손님의 의무를 다하려는 노력을 눈곱만큼도 하지 않았다. 심지어 안주인에게 눈길 한 번 주지 않는 것이었다.

'저 아가씨는 괴롭고 비참하군.' 그는 생각했다. '화이트스톤도 마찬가지야.'

그것으로 그에게는 다른 생각이 떠오르게 됐다. 그것은 제일 달갑지 않지만 끈덕지게 따라오는 생각이었다. 항상 그렇듯이 그는 자기가 했던 경험으로 되돌아가서 직접 보고 들었던 기억을 떠올렸다. 그는 자기 생각이 불가능하다거나 별로 개연성이 없다고 할 수가 없었다. 이런 종류의 비참한 연애 행각에 휘말린 가엾은 바보는 엘시가 처음이 아니었고 마지막도 아닐 것이었다. 이런 일은 항상 일어나는 것이었다. 그리고 그 생각은 맞아떨어졌다. 그녀의 침울한 분위기와 화이트스톤의 시무룩하고 멍한 침묵, 그리고 화이트스톤 씨 부인의 분노가 그것으로 설명되었다.

하지만 그것으로도 델란시의 두려움은 설명되지 않았다.

'모르겠어.' 휴는 생각했다.

그는 엘시를 위해서 알고 싶었다. 애나벨 러프가 그녀를 좋아했고, 그녀는 너무 어렸기 때문이었다. 그는 그녀에게 어떤 재앙이 닥치는 것을 목격하고 싶지 않았고 그럴 가능성이 보여서 마음이 쓰였다. 그가 암암리에 믿고 있던 육감으로 이 작은 집에 어떤 끔찍한 그림자가 드리워져 있는 느낌이 들었던 것이다.

화이트스톤 씨 부인은 하인을 두지 않고 돈이 거의 없으며 그의 추측으로는 사회생활을 제대로 해본 적이 없을 것 같았지만, 사회성이 뛰어나다는 것은 부인할 수 없었다. 그의 생각으로, 그녀는 지위가 훨씬 높고 자기 관리가 뛰어난 남자와 결혼할 수도 있었을 그런 유형의 여자였다. 그는 그녀가 마음에 들지 않았다. 그가 볼 때 그녀는 가식적이고, 자만심이 강하고, 가벼웠다. 그러나 그는 지나치게 공들인 면은 있지만 그토록 맛있게 잘 차린 저녁을 준비한 그녀의 용기에 감탄했다. 그리고 그런 저녁 식사가 그렇게 엉망이 되었다는 점에서 그녀가 안됐기도 했다. 그녀는 와인을 내놓았는데 식사를 준비하면서 그녀가 감안하지 못했던 한 가지가 있다면 그것이었다. 델란시 말고는 아무도 마시지 않았기 때문이다. 대화는 점점 더 어디로 가는지 종잡을 수가 없었고, 러프 씨 부인이 그녀를 도우려고 애썼으나 부질없는 일이었다.

화이트스톤이 아무 일도 없는 상황에서 느닷없이 웃음을 터트렸다.

"진짜 마시기 딱 좋은 위스키가 좀 있어요." 그가 말했다. 그리고 의자를 뒤로 밀고는 방에서 나갔다.

델란시 역시 자리에서 일어났고 들리지도 않게 양해를 구하고는 친구를 따라 식료품 저장실로 통하는 문으로 들어갔다. 아귀가 맞지 않는지 문은 제대로 닫히지 않았다. 식탁 끝 쪽에 앉아 있던 휴에게 걱정스럽게 숨죽여 중얼거리는 따뜻한 목소리가 들렸다.

"자, 로버트, 이것 봐! 기운을 차리라고, 이 친구야! 집에 손님들이 있잖아, 무슨 말인지 알겠지."

"조금 있으면 괜찮아질 거야." 화이트스톤이 대답했다. "술을 좀 마시려고."

화이트스톤 씨 부인은 러프 씨 부인과 엘시를 거실로 데리고 들어갔고, 러프는 우울한 표정으로 와인 잔을 계속 응시하며 앉아 있었다. 휴는 학생처럼 순진하면서 엄격한 도덕률을 갖고 있었다. 그래서 그는 식료품 저장실의 그 대화를 더 듣고 싶기는 했지만 엿듣는 것은 용납할 수 없는 짓이었기에 러프에게 말을 건넸다. 그렇지만 러프가 느릿느릿 꾸물거리며 대답을 하는 바람에 중간중간 델란시가 하는 말이 휴에게 다시 들리는 것이었다.

"아, 자네 계획에 관해서는 입 닥치라고!" 그가 소리를 질렀고 그 목소리에는 듣는 사람의 마음을 휘저어놓는 어떤 낌새가 있었다. "자네가 실없는 소리를 하는 것뿐이라는 건 알아. 그냥 어처구니없는 말이라는 것도 알아. 하지만 싫단 말이네."

"아!" 러프가 마침내 말했다. "뭐랄까, 웨이먼 같은 자를 너무 과하게 지지해서는 안 되는데…. 내가 보기에는…."

그는 말을 이어갔고, 잠시 후 화이트스톤과 그의 친구가 다시 들어왔다. 러프와 휴는 그가 내민 위스키를 받아 들었다. 그들은 정중하게 그 위스키를 칭찬했지만 알 수 없는 불편함이 그들 모두를 지배하고 있었다. 러프까지도 좌불안석일 정도였다.

그들은 이내 거실로 들어갔다. 거기는 좀 나은 편이었다.

'러프 씨 부인 덕분이지.' 휴는 생각했다.

그는 전에도 그녀가 이렇게 하는 걸 본 적이 있었다. 화이트스톤의 우울한 침묵과 델란시의 억지 친화력이 빚은 심란한 분위기에서 벗어나자 그녀 특유의 화통하고 쾌활한 성격, 물 흐르듯 나오는 유쾌한 태도가 영향력을 발휘한 것이었다. 화이트스톤 씨 부인은 이제 좀 침착해졌고 엘시는 다소 침울함을 벗어나 있었다. 그래서 그곳에 들어가자 네 명의 남자 역시 달라졌다. 델란시는 조금 차분해졌고 화이트스톤은 갑자기 활기찬 모습이 되었다. 위스키 때문이었는지도 몰랐지만 무슨 이유에서든 그는 놀랍다고도 할 수 있을 만큼 활발하고 신랄하게 재치 넘치는 말들을 했다. 휴는 처음으로 화이트스톤의 매력을 약간 볼 수 있었다. 그는 나름대로 잘생기고 똑똑했으며 매력적이었다. 그에게는 절망적인 상황에서 웃을 줄 아는 사람의 분위기가 있었다.

'저래서 여자들을 끄는 거로군.' 휴는 그렇게 생각하며 흘깃 엘시를 쳐다봤다.

그녀는 아찔할 정도로 아름다웠다. 화이트스톤의 말을 귀 기울여 들으며 그녀의 검은 눈은 부드럽게 반짝거렸고 입술은 반쯤 미소를 지으며 벌어져 있었다. 그녀는 마음을 빼앗긴 듯 넋을 잃고 있었다. 그리고 화이트스톤 씨 부인이 그녀를 지켜보고 있었다.

'세상에!' 휴는 생각했다. '이건 아니지.'

"여보, 로버트," 화이트스톤 씨 부인이 말했다. "당신 작품을 몇 점 가져와 볼래요? 내 생각엔 분명 —."

"그래 주세요!" 러프 씨 부인이 말했다. "황혼 속의 다리인가

하는 그 작품은 끝내셨나요, 화이트스톤 씨?"

"아직 못 끝냈어요!" 로절린드가 웃으며 말했다. "남편은 작품을 끝내지를 **않아요**. 그가 그럴 수 있도록 어떻게 좀 해주면 진짜 좋겠어요, 러프 씨 부인. 정말 사람을 감질나게 한다니까요. 이 모든 —."

"이 친구는 대작을 그려낼 거예요, 조만간 말이죠." 델란시가 끼어들었다. 그는 다른 사람들이 놀랄 정도로 너무 허둥지둥 큰 소리로 말을 했다. "문제는, 예술가는 말이죠…. 이 사람들은 내버려 둬야 해요. 제 말은, 이들은 자기 방식으로 작품을 만들어 나가야 한다는 거죠. 조만간 로버트는 우리 모두를 놀라게 할 그림을 그릴 거예요. 옛날에 이 친구가 문하생으로 있었던 — 그분의 이름이 지금 생각이 안 나는군요 — 분이 자기 제자 중에서 로버트가 제일 장래가 촉망된다고 했던 게 기억나요. 그 예술 학교에서 로버트가 장학금을 받았던 걸 여러분은 기억해야 해요. 그러니까 제 말은, 그 모든 게 그의 재능을 말해준다는 거죠."

이 열변이 쏟아진 후 사람들은 할 말을 찾기가 힘들었다. 애나벨 러프조차도 그랬다. 그러나 당혹스러운 짧은 침묵 뒤에 그녀가 말을 해냈다.

"그렇지만 우리 모두 그걸 확신하고 있는걸요, 델란시 씨! 당신은 모르겠지만…. 저는 화이트스톤 씨를 바람잡이로 이용하고 있답니다. 사람들에게 우리 예술가를 만나러 내려와 보라고 하거든요."

"제발 그래 주세요!" 로절린드가 간청했다. "로버트에게는 더 많은 격려가 필요해요. 이 사람은 내가 하는 말은, 당연히도, 중요하게 여기지 않거든요. 내가 편견을 갖고 있다는 느낌을 떨치지 못하고 —."

"여보," 화이트스톤이 끼어들었다. 그는 일어나서 손을 불안하게 떨면서 담뱃불을 붙였다. "여보, 그 반대야! 난 당신이 한 말들은 절대 잊지 않아. 당신이 없었다면 난 지금의 자리에 절대로 있지 못했을 거라고 모든 사람에게 장담할 수 있어."

휴로서는 화이트스톤 씨 부인이 상황을 보지 못한다는 것이 경악스럽게 여겨졌다. 러프 씨 부인이 다시 말을 시작했고, 델란시는 그녀의 말에 화답했다. 아무도 화이트스톤의 목소리에 드러난 낌새와 그의 얼굴에 나타난 표정을 이해하지 못한 것 같았다.

휴 자신은 마음이 너무 심란해서 러프 씨 부인이 집으로 가려는 움직임을 보이자 크게 안도했다. 그는 이 모든 것을 조용한 곳에서 다시 생각하고 싶었던 것이다. 그들은 밖으로 나가서 차로 갔고 화이트스톤 부부는 조명이 켜진 진입로에 그림자를 드리우며 서 있었다. 러프가 차에 타는 아내를 돕고 있을 때 엘시가 휴의 소매를 건드렸다. 그는 재빨리 돌아봤다.

"당신과 얘기를 좀 하고 싶어요." 그녀가 소곤거리며 말했다.

"지금요?" 그가 물었다. "그럼 우리 걸어갈까요?"

"아뇨. 저분들이 잠자리에 들고 나서 제가 당신 방으로 가는 게 좋겠어요." 그녀는 그렇게 말하고 차에 탔다.

5

드넓은 마음으로

휴 애치슨은 여태껏 살아오면서 여자를 잘못 이해한 적이 없었다. 그로서는 자기가 젊은 여자들이 결혼하고 싶은 최적의 젊은 남자라는 것을 모를 수가 없었다. 그는 또한 공개적으로, 그리고 누구나 확연히 알 정도로, 자기들에게 열정을 쏟기를 바라는 유부녀들도 만나봤다. 그러나 그는 이 모든 것을 무덤덤하게 받아들였고 자만심도 갖지 않았다. 그는 누군가 자기를 사람 자체로 좋아하면 그렇다는 것을 알았다. 또한 누군가 자기를 좋아하지 않을 때도 역시 그렇다는 것을 알았다. 그는 처음부터 엘시 새킷이 자기를 좋아하지 않는다는 것을, 그래서 그녀가 자기를 만나기를 바란다면 그것은 보고 싶어서가 아니라는 것을 알고 있었다.

그는 그런 것으로 마음이 상하지는 않았다. 그는 그녀가 안타까웠고, 그녀가 자기에게 뭔가를 바란다면 해줄 것이었다. 그럼에도 그녀를 기다리고 있으니 따분하고 나른했다. 그날 아침 일찍 일어나서 공원에서 말을 탔고, 자신이 이사로 등재된 이사회의 어렵고 미묘한 회의에 참석하기도 했기 때문에 그는 지금 졸렸던 것이다. 그는 의자 깊숙이 등을 대고 앉아서 하품을 하고 또 했다. 그러나 정장 재킷을 집에서 입는 가운으로 갈아입어서는 안 될 것 같았다. 그는 발을 다른 의자 위로 올리고는 담뱃불을 붙이고 손목시계를 보며 하품을 했다. 거의 자정이 가까웠다.

'어린 친구들의 흔한 수법이지.' 그는 생각했다. '화이트스톤의 집에서 여기까지 아주 쉽게 같이 걸어올 수 있었는데 말이야.'

그는 1년쯤 전에 숙모의 집에서 있었던 어느 날 밤이 떠올랐다. 거기 손님으로 와 있던 젊은 여자 중 하나가 마지막 춤을 추면서 그에게 "배고파 죽겠다"고 하는 것이었다. 그는 그녀에게 먹을 걸 좀 가져다주겠다고 했지만 그 제안은 먹히지 않았다.

"이따가 사람들이 다 자고 있을 때 당신 방을 노크할게요." 그녀는 말했다. "그래서 같이 내려가서 아이스박스를 털어버려요."

그는 그 아가씨의 명랑하고 열띤 작은 얼굴이 기억났다. 그렇지만 이름은 생각나지 않았다. 남아 있는 것은 그녀의 모험이 가져다준 젊은 시절의 행복한 기억이었다. 그는 그녀와 식탁에 나란히 앉아서 그녀에게 키스했고 그녀는 응석을 받아주듯 무심한 태도로 그 키스를 받아들였다. 그러나 그녀에게 그것은 또 하나의 행복한 순간이었다. 그녀는 자기가 남자에게 매력적이고 사랑스러운 존재라고 느꼈던 것이다.

엘시도 응당 그래야 했는데 그렇지 않은 것은 그녀의 불운인지 결점인지 그는 알지 못했다. 그녀는 자신감 넘치는 매력적이고 예쁜 젊은 여자와는 거리가 멀었다. 교태도 전혀 부리지 않았다. 그렇다고 그녀가 감정을 느끼지 못하는 건 아니었다. 그녀가 화이트스톤에게 보여줬던 표정은 흠모의 표정이었다. 물론, 그녀는 어쩌면 그런 일을 그냥 상상하는 것이고 그 상상으로 비극을 연출하고 있는 것인지도 모른다. 그러나 반대로 그녀는 심각하게 그와 사랑에 빠진 것일 수도 있다. 그리고 어느 쪽이든 다 곤란한 일이었다. 화이트스톤은 불안정하고, 정신적으로 견고하지 않으며, 어떤 여자든 인생을 맡길 만한 남자가 아니었다.

'그리고 그는 아내를 증오하고 있어.' 휴는 생각했다. '그는 그녀에게 단순히 짜증이 나거나 지겨운 게 아니야. 그는 그녀를 증오해. 그건 끔찍하게 더러운 짓이지. 그녀가 어쩌면 상당히 견디기 힘든 여자라는 건 알 수 있어. 하지만 그는 그녀 옆에 있으면서 그녀를 증오할 게 아니라 헤어지는 방법으로 그녀에게서 벗어날 수 있었잖아. 문제는 그 지점에서 생기게 되지. 그리고 누군가 그걸 멈추지 않으면 엘시가 그 일에 휘말리게 될 가능성이 커.'

문에서 노크 소리가 나자 그는 자리에서 일어섰다. 그리고 문을 열어 그녀를 들어오게 했다. 그녀는 미소도 짓지 않고 인사도 하지 않은 채 그의 옆을 지나갔고 그가 문을 닫자 등받이가 높은 안락의자에 앉았다. 그녀는 왠지 달라 보였다. 키가 더 커서 위엄이 엿보이기도 했는데, 발까지 내려오는 주름 잡힌 환한 흰색 드레스를 입고서 부서질 것 같은 팔을 안락의자 팔걸이 위로 늘어뜨린 그녀의 어두운 갈색 얼굴은 창백했다.

"당신은 내 모습이 끔찍하다고 생각하겠죠." 그녀가 퉁명스럽게 말했다.

"지금은 그렇게 생각하지 않습니다." 그가 미소를 지으며 대답했다.

"해명 같은 건 하지 않을게요." 그녀는 말을 이어갔다. "당신이 어떻게 생각하든 난 어쩔 수가 없어요. 내가⋯ 절망적이지 않았다면 당신에게 절대 오지 않았을 거예요."

"나한테 와줘서 기쁘군요. 내가 도울 수 있다면 말이죠."

"당신은 그럴 수 있어요." 그녀가 말했다. "다만 당신이 그렇게 해야 할 이유가 없다는 거죠."

그는 그 말에는 대답하지 않았다. 그는 그녀의 말을 정중하게 받아들였고 자기가 아는 대로 행동했다. 그런데 그녀는 처음부터 도전적이고, 심지어 적대적이기까지 했다. 그는 이제 그녀 앞에 서서 그녀가 말을 계속하기를 기다리고 있었다. 그것은 그녀에게 힘겨운 일임이 확연했다.

"내게 1,000달러를 빌려줄 수 있는지 묻고 싶어요." 그녀가 말했다.

그는 놀랐지만 내색은 하지 않았다.

"담배 피울래요?" 그가 담뱃갑을 그녀에게 내밀며 말했다. "그에 관해 얘기를 좀 하는 동안?"

"아뇨," 그녀가 말했다. "얘기할 건 전혀 없어요. 당신이 그 돈을 내게 빌려주거나 아니거나 둘 중 하나예요."

지금 그는 처음으로 그녀가 대단하다고 생각했다. 그녀의 오만함은 뭔가 장엄한 느낌을 줬고 그녀의 자제력은 뭔가 너무나 인상적이었다. 그녀는 거의 한계점에 와 있었다. 창백한 얼굴에서, 꽉 다문 입술에서, 희미하게 떨리는 목소리에서 그는 그것을 알 수 있었다.

"내가 말한 것처럼," 그가 말했다. "내가 할 수 있는 어떤 식으로든 당신을 돕는다면 난 무척 기쁠 겁니다."

"돈을 빌려주겠다는 말인가요?"

그는 담뱃불을 붙였다. 그리고 그렇게 하는 동안 그는 그만의 빠르고 명쾌한 방식으로 마음을 정했다. 그녀는 자기가 "절망적"이라고 했고 그는 그 말을 믿었다. 그는 자기가 그녀의 부탁을 들어주지 않으면 그녀는 다른 어딘가에서 아마도 처참한 결과가 될지도 모를 시도를 또다시 할 것이 분명하다는 것을 알았다. 그녀는 거절당하면 모멸감을 느끼고 화가 나겠지만 굴하지는 않을 것이었다. 그럴 사람이 아니었다!

"네," 그가 말했다. "그러죠."

그것은 그녀가 거의 감당할 수 없는 말이었다. 입술을 덜덜 떨면서, 그녀는 곧바로 고개를 돌렸다. 그러나 다음 순간 그녀는 다시 그를 향했다. 비록 눈물이 반짝이는 눈이지만 그 눈은 그의 눈을 흔들림 없이 바라봤다.

"고마워요." 그녀가 말했다. "내가… 그 돈을 6개월 뒤에 갚아도 괜찮을까요?"

"아무 문제 없습니다."

그녀는 일어섰다.

"지금 돈을 받을 수 있을까요?" 그녀가 물었다.

장엄하다는 말은 그녀를 위해 존재하는 게 분명했다! 그녀는 거래가 끝났다고 생각했지만 그는 아니었다. 그는 그녀가 무엇 때문에 그 돈이 필요한지 알아낼 작정이었고, 그가 의식하고 있던 그런 어리석은 행동을 하지 못하도록 막을 작정이었다.

"내가 수표를 쓰는 동안," 그가 말했다. "좀 앉지 않을래요? 그리고 수표를 입금하고 싶나요, 아니면 내가 지급 보증을 할까요?"

그녀는 그 말을 이해하지 못한 것이 분명했다. 살짝 찌푸린 이맛살에 검은 눈썹이 치켜 올라갔다.

"그걸로 내가 그냥 돈을 받을 수는 없는 건가요?" 그녀가 물었다.

"은행에서 당신을 안다면 가능하죠."

그녀는 다시 자리에 앉아서 곰곰이 생각했다.

"난 그런 일에 관해선 잘 몰라요." 그녀가 말했다. "수표를 가져 본 적이 한 번도 없어서요."

그녀에 대한 그의 경탄이 더욱 커졌다. 살면서 그는 이렇게 직설적인 사람을 만나본 적이 없었던 것이다. 수표를 가져본 적이 없다고?

열린 창문으로 불어온 부드러운 산들바람에 장밋빛 리본을 맨 그녀의 검은 머리가 날렸다.

"러프 씨 부인 말로는 당신 아버지가 음악가였다고요." 휴가 머뭇거리며 말했다. 그는 그녀가 말을 하게 하고 싶었다.

"그랬죠." 그녀가 말했다. "아버지는 천재였어요. 그런데 한 번도 제대로 인정받지 못하셨죠. 아버지의 인생은 비참하고 끔찍했어요."

'선례가 좋지 않군.' 휴는 생각했다. "인정받지 못한 또 다른 천재가 화이트스톤 같은데요. 당신은 음악을 공부하거나 음악으로 직업을 얻을 건가요?" 그는 자기의 경험과는 완전히 동떨어진 이런 주제에 관해 어떤 말을 하는 게 좋을지 확실히 알지 못한 채 큰 소리로 물었다.

"아뇨." 그녀가 말했다. "난 뭘 할지 정확히 모르겠어요."

"내일 당신이 연주하는 걸 듣게 되면 좋겠군요."

"아뇨." 그녀가 다시 말했다. "난 더 이상 연습하지 않거든요. 이모와 함께 사는데, 이모가 끔찍하게 싫어하세요."

"음악을 싫어하신다고요?"

"네. 이모는 굉장히 가난해요. 그래서 이모의 한 가지 야심은 내가 **이런** 삶을 사는 거랍니다. 난 차라리 죽는 편을 택하고 싶어요."

"이런 삶이라는 건?" 그가 의아한 듯 물었다.

"주말, 테니스, 그리고 춤, 그런 거요." 그녀가 말했다. "난 테니스를 싫어해요. 그리고 지독한 몸치예요. 게다가 난 옷이나 그런 것들에 전혀 관심이 없어요. 아버지가 살아 계실 때 아버지는 재미없는 사람들을 아무렇지도 않게 여기셨어요. 내가 만난 사람들은 거의 다 그런 예술가들이었고요."

'맙소사!' 휴는 생각했다.

"난 돈은 전혀 중요하지 않아요." 그녀가 계속해서 말했다. "중요했던 적도 없었고, 돈이 필요하지도 않아 ―." 그녀는 약간 당황해하며 말을 중단했다. "내 말은…." 그녀가 말했다. "보통은 그렇다는 거예요. 긴급한 이런 일이 생기기도 하니까요."

"이해해요." 그는 그녀를 안심시켰다.

"이제 가야겠어요." 그녀가 말했다. "내가 여기 와 있는 걸 알면 아주머니는 충격을 받을 거예요."

휴는 러프 씨 부인이 자신과 마찬가지로 충격을 받지 않을 거라고 거의 확신했다. 그러나 그녀가 부르주아들의 편견에 모욕을 준다고 느끼고 싶다면…. 그는 수표책과 만년필을 꺼냈다.

그는 돈에 관해 빈틈이 없었다. 그렇게 훈련받아 왔기 때문이었다. 그는 자기보다 가진 게 열 배나 적은 친구들보다 돈에 관해 더 신중했다. 그의 씀씀이는 언제나 넉넉했지만 결코 방만하거나 경솔하지 않은 넉넉함이었다. 그래서 이 경우에도 그가 무모하거나 아무 생각이 없는 것은 아니었다. 그는 눈을 똑바로 뜨고 모험을 하고 있었던 것이다.

그녀는 월요일 아침까지는 수표를 현금화할 수 없었다. 그리고 그는 자기들이 같은 곳에서 일요일을 보내게 되기를, 그 돈으로 무엇을 하려는지 자신이 알아내게 되기를 바라고 있었다. 만약 그녀가 크게 해를 입을 어떤 일을 계획했다면 ― 그리고 그는 그녀가 그랬다고 믿고 있었다 ― 그는 그녀나 러프 씨 부인, 혹은 화이트스톤과 얘기를 해볼 생각이었다. 그는 자기가 그녀를 설득하지 못할 수도 있다는 것을 매우 잘 의식하고 있었고, 그러면 자기 돈은 오직 파국을 앞당기는 데 보탬이 될지도 모른다는 것 역시 의식하고 있었다. 그는 운을 걸어본 것이었다.

그녀가 가고 나자 그는 거기 그대로 앉아서 이 일을 되짚어 보며 자기가 좀 더 잘 처리할 수는 없었는지 생각해 봤다. 좀 더 나은 방법, 아니면 다른 식으로 일을 처리할 수 있었던 방법은 보이지 않았다. 터무니없는 요구를 하려고 그에게 온 그녀는 고통스러울 정도로 바싹 긴장한 상태로 싸우기라도 할 태세였다. 그가 동정심을 전혀 보이지 않거나 너무 많이 보였다면, 그가 질문을 하려고 하거나 설득하려 했다면, 그녀는 자기 말대로 "절망적으로" 즉시 그의 방을 나가버렸을 것이다.

'아니야.' 그는 생각했다. '그녀를 위해서는 조금 고생해 줄 만하지.' 그는 생각했다. '내가 보기엔…' 그는 생각했다. '**그녀는**… 그런 여자 중 하나야.'

말로는 잘 표현할 수 없었지만 그는 그것이 무엇을 뜻하는지 알았다. 그가 그녀에게서 그 이상한 여주인공의 특성을 봤다는 뜻이었다. 그녀가 바보라면, 둘째가라면 서러울 바보일 것이었다. 그는 그 점이 존경스러웠다.

그는 원래 하던 대로 잠을 푹 잤다. 깨어나 보니 해가 중천에 떠 있었고 그는 기분 좋고 생생했고 배가 고팠다.

"그녀에게 돈이 왜 필요한지 알아내겠어." 그는 혼잣말을 했다. "사실 알 것 같기는 하지만 내가 틀렸기를 바라는 거야. 그 천재와 눈이 맞아 달아나기 위해 그녀에게 그 돈이 필요하다면 ― 그래, 좋아! 그렇다면 **그와** 면담을 하겠어!"

그는 문득 자기가 너무 많은 책임을 떠맡는다는 생각이 들었다.

'남의 일에 감히 감 놔라 배 놔라 하는 격인걸.' 그는 생각했다. '하지만 애들이 관련된 문제라면 누군가는 그렇게 해야 해. 애들이 자기들이 어디로 향해 가는지 깨닫지 못하고 있을 때 그냥 내버려 둘 수는 없단 말이지.'

러프 씨 부인은 아침을 먹으러 내려오는 일이 없었다. 하지만 러프는 딱 시간 맞춰 나타났다.

"일찍 일어났군." 그가 한마디 했다. "좋은 일이지!"

그들이 막 식탁에 앉으려고 할 때 엘시가 나타났다. 흰색 옷을 입고 완전히 창백한 모습이었다.

"내가 말이야," 러프가 말했다. "너한테 골프를 가르쳐 주려고 해, 엘시."

"저는 아마 못 할 거예요!" 그녀가 말했다. "전 시합에는 젬병이에요. 그리고 그런 걸 다 싫어해요."

"골프는 좋아하게 될 거야." 러프는 확신에 차서 조용히 말했다. "좋아하지 않을 수가 없거든. 빠져들게 돼 있지. 오늘 아침에 나와 함께 컨트리클럽에 가서 한번 해보는 거야."

"전 정말 못 해요!" 그녀는 소리를 질렀다. 그녀가 너무 강하게 저항하는 바람에 두 남자 모두 조금은 당황스러웠다.

"그렇다면, 다음 기회에." 러프가 말했다.

"드라이브는 어때요?" 휴가 제안했다. "내 차가 지금 여기 있지 않다면 곧 여기로 올 거예요. 어제 차에 고장이 좀 났는데, 운전기사가 오늘 아침에는 달리게 할 수 있다고 했거든요."

"고마워요." 그녀가 말했다.

그는 그 말이 긍정인지 부정인지 알 수 없었고 그녀에게 묻고 싶지도 않았다. 그녀는 몹시도 마음이 괴로운 듯 너무나 창백했던 것이다.

'왜일까?' 그는 생각했다. '어젯밤에 내 방에서 나갈 때는 괜찮았잖아. 그 사이에 무슨 일이 일어날 수가 있었지? 어젯밤에 그 천재를 만난 걸까?'

그녀는 커피를 마시고 식탁을 떠났다.

"저 애는 이해할 수가 없군그래." 그녀가 가고 나자 러프가 말했다. "예쁜 여자애인데. 나는 저 애가 좋아. 하지만 절대 파악이 안 되는걸. 애나벨은 전에도 저 애를 여기 묵게 했는데, 언제나 똑같아. 뭐든 하고 싶어 하는 법이 없어. 승마도, 수영도 하지 않고 테니스도 안 치지. 춤추는 것도 좋아하지 않아. 뭐랄까, 좀 병적이지 않아? 저 애 또래의 여자애는…."

"그게, 그녀의 아버지가… 음악가였거든요." 휴가 말했다.

"하!" 러프가 무겁게 말했다. 그들은 서로의 말을 찰떡같이 알아들었다.

휴는 곧 차량 정비소로 갔다. 운전기사가 거기서 기다리는 중이었고 차는 수리가 끝나 있었다. 그는 그 차를 집으로 몰고 왔다. 현관으로 들어가니 엘시가 검은색 정장과 검정 베레모를 쓰고 나와 있었다. 목에는 빨간 스카프를 두르고 있었다. 젊은 아파치족 멋쟁이 같군, 그는 생각했다.

"드라이브하기 좋은 날이에요." 그가 말을 꺼냈다.

"오늘이 일요일이라는 걸 깜박했어요!" 그녀는 질책하듯 열을 내어 소리를 질렀다.

"아니 — 일요일에는 드라이브하기 싫단 말인가요?" 그가 물었다.

그녀는 그의 옆을 지나 문밖으로 나갔고, 그가 뒤를 따라갔다. 그녀는 그가 타는 걸 돕기도 전에 그의 오픈카에 올라탔다.

"오늘이 일요일이라는 걸 깜박했단 말이에요!" 그녀가 다시 말했다. "그런데 당신은 그걸 일깨워 주지 않았어요!"

"그렇다고 뭐 크게 달라지는 게 있나요?"

"그럼요! 있죠!"

그가 차에 막 시동을 걸었을 때 러프가 테라스로 나왔다.

"이것 봐!" 그가 말했다. "휴, 애나벨이 이것 좀 델란시네 집에 가져다줄 수 있냐고 하는데? 어제 그가 여기 남겨두고 간 거야. 아마 떨어뜨렸나 봐. 필요할지도 몰라."

휴는 그 은 담뱃갑을 주머니에 넣고 운전을 시작했다.

"시급을 다투는 일이라면," 그가 말했다. "나한테 현금이 조금 있긴 해요."

"얼마나요?" 그녀가 채근하듯 물었다.

"50달러 좀 안 될 것 같네요."

"그 정도는 소용없어요." 그녀는 이렇게 말하고는 입을 다물었다.

그는 이런 되바라진 태도에도 분개하지 않았다. 은근슬쩍 흘깃 그녀를 보면서 그는 그녀의 고통이 안쓰럽기만 했다. 그녀에게 말을 건네고 그녀의 신뢰를 얻어서 그녀를 설득해야 하는 때가 온 것이다. 다만 지금 이렇게 시원하고 화창한 아침보다는 어젯밤이 좀 더 하기 쉬웠을 것이다. 그녀가 너무 어리다는 사실 그 자체가 일을 더 어렵게 했다. 그녀가 세상을 좀 아는 성숙한 사람이었다면 그는 어떻게든 접근법을 생각해 낼 수 있었을 것이다. 그러나 그녀는 고집투성이에 너무 직설적이고 순진했기에 그가 조언을 내비치는 순간 아마도 모욕감을 느낄 것이었다. 그는 그녀를 다시 흘깃 봤지만 말을 시작할 수가 없었다.

"내일 아침 일찍 그 수표로 현금을 찾을 수 있을까요?" 그녀가 물었다.

그로서는 그 말을 놓쳐서는 안 되었다.

"생각해 보고 있었는데요." 그가 말했다. "이 ─ 긴급 상황 ─ 일에 내가 도울 수 있는 더 좋은 방법이 있는지 말이에요. 내가 실용적인 일은 좀 잘하는 편이거든요."

그가 예상했던 대로였다. 그녀는 바로 의심하는 태도를 보였다.

"고맙지만, 사양할게요." 그녀가 곁눈으로 보면서 재빨리 말했다. "나 혼자 처리할 수 있어요."

"이것 봐요!" 그가 말했다. "간섭할 생각은 없는데요. 그냥 내가 당신보다 나이가 많고, 그래서 경험도 더 많다는 거예요. 이 일을 나와 상의하면 당신은 속이 시원할걸요."

그녀는 아예 대답도 하지 않았으나 뺨에는 홍조가 깃들었다. 그녀는 너무나 사랑스럽고, 너무나 맹렬하고, 너무 어려 보였기에 그는 들리지 않게 한숨을 쉬었다.

"알잖아요." 그가 말을 계속했다. "내가 묻지도 않고 당신이 원하는 걸 기꺼이 해줬다는 걸 말이에요."

"당신은 오늘이 일요일이라는 걸 알았어요. 그 일에 관해 얘기할 시간이 충분하다고 생각했던 거죠. 당신은 월요일까지는 내가 그 수표로 아무것도 할 수 없다는 걸 알고 있었잖아요. … 아주머니에게 말을 했겠죠."

그녀는 들고 있던 가방을 열어 수표를 꺼냈다.

"이건 돌려줄게요." 그녀가 말했다. "당신은 내게 진짜로 그 돈을 줄 생각은 전혀 없었던 거예요."

그가 고개를 돌렸다. 그리고 한순간 그들의 눈이 마주쳤다. 그리고 그의 흔들림 없는 눈빛에서 보인 어떤 것 때문에 그녀는 무안해지고 말았다.

그러나 그녀는 자기 내면의 그런 나약함을 참을 수가 없었다. 당황한 모습을 보이지는 **않을** 것이었다.

"어젯밤에," 그녀가 말했다. "난 당신이 알아들었다고 생각했어요. 꽤 멋지다고 생각했죠. 그런데 지금은 아니에요. 지금 당신은 내가 왜 돈이 필요한지 말해주기를 바라고 있죠. 난 말하지 않을 거예요. 그러느니 돈을 당신에게 되돌려주는 편이 더 나아요."

"그 돈에 붙은 조건 같은 건 전혀 없었습니다." 그가 간명하게 말했다.

"있었어요. 있는 거잖아요. 아주머니가 당신에 관해 말한 걸 생각해 보면 내가 알아야 했는데. 아주머니는 당신이 '너무나 냉철하다'고 했어요. 그 말은 당신에게는 어떤 관대하고 무모한 충동 같은 게 있을 수 없다는 거죠. 이거 받아요!"

"그게 필요 없다면 찢어버려요." 그가 말했다. "델란시의 담뱃갑을 돌려줘야 해서 여기서 잠깐 차를 세울게요."

그는 델란시의 진입로로 들어갔다. 델란시 본인이 거기 있었다. 베란다의 라탄 의자에 앉아 담배를 피우면서 신문을 읽고 있었다. 그는 그들을 보자 반가워했다. 거의 애처로울 정도로 친절한 걸, 휴는 생각했다.

"잠깐 앉으시죠!" 그가 간청했다. "아내를 불러올게요."

휴는 엘시가 모종의 감사하는 마음을 보이며 그 제안을 받아들이자 기분이 좋았다. 그가 다른 어떤 인간에 관해 확실히 알지 못하겠다고 느낀 것은 그녀가 처음이라는 사실을 깨달았다. 그녀가 등을 돌려 한마디 말도 없이 나가버린다고 해도 놀랍지 않을 것 같았다. 그러나 그녀는 델란시가 앞으로 밀어준 의자를 받아서 조용히 앉더니 양손을 무릎 위에 포갰다. 그리고 델란시가 그의 아내와 함께 돌아올 때까지 휴에게는 눈길도 주지 않았다.

동식물 연구자가 새로운 표본을 발견하면 이미 아는 표본들과 비교하고 대조하는 것처럼 휴 역시 어떤 사람을 처음 만나면 그 사람과 자기가 아는 누군가를 연관해 보려 하곤 했다. 그가 이렇게 하는 것은 무의식적인데, 그것은 자신의 경험에만 의거하는 확고한 습관이 그에게 있었기 때문이었다. 그는 델란시 씨 부인을 쳐다봤다. 그녀는 다소 초췌하긴 했지만 마르고 유연한 몸에 아름다운 얼굴이었다. '제시카네!' 그는 생각했다. 생긴 모습은 실제 닮지 않았지만 델란시 씨 부인의 목소리와 미소, 동작에서는 사촌인 제시카가 보였다.

제시카에게 충격적인 일이 일어났을 때 그는 열여덟 살의 소년이었다. 그러나 그 일은 조금도 잊히지 않았다. 니스에 있던 그녀의 빌라에 그와 단둘이 있을 때 그녀가 자살했던 것이다. 그가 죽은 사람을 본 것은 그녀가 처음이었다. 소파에 누워 있는 그녀를 발견했을 때 그는 처음에는 알지 못했다. 큰 키의 여윈 그녀는 검은 머리를 우아하게 단장한 상태였는데 아름다운 얼굴은 평온하면서도 경멸의 표정이 어려 있는 것 같기도 했다. 다만, 달버트가 미용실에서 혼자 너무 오래 기다리고 있다는 사실을 휴가 그녀에게 상기시켰을 때 그녀는 대답이 없었다.

심지어 열여덟 살의 나이에도 그는 그 **치정 사건을** 사사로운 느낌 없이 명료하게 이해했었다. 마흔 살의 여인인 제시카와 스물다섯 살의 달버트가 사랑하는 사이라는 점은 그에게는 환상적이면서 역겹게 여겨졌었다. 그러나 그것은 진실한 열정이었고, 달버트는 열렬하고 신사적인 애인이었다. 그는 그녀가 의심하거나 불평할 만한 어떤 원인도 제공하지 않았다. 그럼에도 그녀는 한시도 그를 믿지 않고 신뢰하지 않았으며 행복해하지 않았다.

그리고 지금, 델란시 씨 부인의 얼굴에서 그는 제시카의 표정을, 정신적으로 대항할 수 있는 외적인 슬픔 때문이 아니라 영혼에서 자라난 아픔, 그래서 대항하는 것이 아니라 조장하고 키워온 아픔 때문에 고통받던 그 표정을 보고 있었다.

그녀는 휴에게 조금 지나칠 정도로 상냥했다.

"우리 아버지의 예전 지인 중에 애치슨 씨가 있어요." 그녀가 말했다. "그 유명한 백만장자 금융가인 브루스 애치슨 씨 말이에요. 당신은 그분의 친척인가요?"

"어… 그렇습니다." 휴가 정말 마지못해 대답했다. "제… 아버지세요."

공허한 침묵이 이어졌다. 그는 좋은 분위기를 자기가 망쳐버리기라도 한 듯 죄책감이 들었다.

"사장님, 전화 왔어요." 하녀가 말했다. 그러자 델란시가 집 안으로 들어갔다.

"우리 정원사 말로는 ―." 델란시 씨 부인은 남편의 목소리가 안에서 그들에게 들리자 말을 시작했다.

"뭐라고요?" 그가 소리를 질렀다. "뭐라고요? … 이런, 세상에! … 안 돼! … 아, 맙소사!"

델란시 씨 부인이 자리에서 일어났고 휴도 그녀와 함께 일어섰다. 그들이 모두 문을 보고 있을 때 델란시가 밖으로 나왔다. 혈색 좋은 그의 얼굴은 넋이 나간 듯했고 그의 눈은 멍하니 앞을 응시하고 있었다.

"브라운 씨 부인이 전화했는데… 무슨 이런 일이! … 로절린드가 **죽었대요**"

휴가 엘시를 붙잡았다. 그녀는 의자에서 일어나다가 앞으로 쓰러지고 있었다.

6

로절린드, 집에 오다

휴는 의식을 잃은 아가씨를 소파로 옮겼다. "어떻게 된 거죠?" 델란시가 그 소파 옆에 서서 고함을 질렀다. "이런 맙소사! 의사를 부르러 보내겠습니다."

"그럴 필요는 없을 것 같은데요." 휴가 대답했다. "기절한 것뿐입니다. 좀 갑작스러운 소식이었잖아요."

"내가 미련한 멍청이예요!" 델란시가 말했다. "난 알아채지 못했어요."

"부인이 물을 가져오라고 지시할 수 있을지, 그리고 뭐든지 집에 있으면 — 브랜디 같은 것 말이에요."

"허…!" 델란시가 앓는 소리 같은 것을 냈다. 또 무슨 일이 생긴 건지 보려고 몸을 돌린 휴는 델란시 씨 부인이 눈을 감은 채 의자에 기대 누워 있는 것을 발견했다.

"부인에게도 브랜디를 좀 주는 게 좋겠어요." 그가 간단히 말했다.

그는 엘시 때문에 상당히 마음이 심란했다. 그녀가 기절한 것 때문은 아니었다. 그 자신도 예전에 팔이 빠졌을 때 기절한 적이 있었고, 여러 사람이 기절했다가 깨어나는 것을 봐왔었다. 그가 걱정되는 것은 그녀의 감정이었고, 신중하지 않은 그녀의 성정이었다. 의식을 되찾았을 때 그녀가 뭔가 충격적인 말을 할 수도 있고, 그러면 델란시 씨 부인 그 말을 들을지도 몰랐다. 그가 생각할 때 델란시 씨 부인은 우연히 무분별한 말을 들어도 무방한, 그런 여자가 아니었다.

'그녀가 무슨 말을 할 수도 있어.' 그는 엘시의 하얀 얼굴을 내려다보며 생각했다. '꼭 실수가 아니라도 그럴 수 있다는 거지. 그녀는 상처를 입으면 되받아칠 거야, 그것도 세차게 말이야.'

그는 찬물에 수건을 적셔서 그녀의 얼굴을 닦고, 머리를 낮게 한 채 누워 있도록 지켜보고 있었다. 그리고 그는 그녀가 곧 의식을 되찾을 것임을 확신했다. 그녀의 까만 속눈썹이 꿈틀거렸고 입술색이 조금 돌아왔다. 그녀가 텅 빈 맑은 눈빛으로 그의 얼굴을 똑바로 봤다. 그러더니 눈빛이 어두워지는 듯했다. 그녀는 이제 기억이 나고 있는 것이었다. 그는 시선을 돌릴 수가 없었다. 그녀의 눈에 쓰디쓴 검은 분노가 떠오르기 시작하는 것을 지켜봐야만 했다.

그녀는 아무 말 없이 일어나 앉았고, 물을 한 잔 마시는 동안 그가 팔로 자기 어깨를 지탱하도록 내버려 뒀다.

"난 이제 가겠어요." 그녀가 말했다.

"그러는 것 보다는 —?" 그가 말하기 시작했다.

"난 이제 갈 거예요." 그녀는 이렇게 말하고는 일어섰다. 델란시 씨 부인은 여전히 눈을 감고 있었으나 휴가 볼 때 특별히 신경을 쏟아야 할 필요는 없을 것 같았다.

"전 이제 새킷 양을 집으로 데려가겠습니다." 그가 말했다.

델란시가 아내 곁을 떠나서 허둥지둥 도우러 왔다. 그는 엘시가 베란다 계단을 내려갈 때 팔을 잡아주겠다고 우겼고 그녀를 거의 들다시피 해서 차에 태웠다.

"이렇게 당신들을 놀라게 해서 뭐라 말할 수 없이 죄송하군요.” 그가 말했다. “얼마나 충격적일지 아는데….”

엘시가 그에게 손을 내밀었다.

“아니에요,” 그녀가 말했다. “당신은 로버트의 친구잖아요. 얼마나 기가 막히실지…. 그를 보러 곧 가실 거죠?”

“지금 바로 갈 겁니다. 그는 아직 소식을 듣지 못했어요. 제가…. 저한테 그 소식을 전해달라고 해서….”

“잠깐만요! 그런 줄은 몰랐어요. 저도 같이 가게 해주세요, 부탁이에요.”

“안 되죠!” 델란시가 깜짝 놀라 반대했다. “그건 안 될 말이에요.”

“그럼 저 혼자 가겠어요. 전 그가 소식을 들을 때 거기 있을래요.”

“그러지 않는 게 좋습니다, 새킷 양.” 휴가 말했다.

그녀는 그의 말은 들은 척도 하지 않았다.

“델란시 씨, 제발 저를 데려가 주세요!” 그녀가 말했다.

델란시는 분명 그녀를 거절하지 못할 것 같았다. 그리고 휴는 자기가 개입하려 시도하면 안 하느니만 못한 결과를 낳을 것임을 알았다.

“제 차로 태워다 드리죠.” 그는 델란시를 향해 말했다.

“그의 집까지요?”

휴는 엘시를 이런 상태로 화이트스톤과 만나게 하지 않을 것이었다. 델란시가 함께 있어도 그는 그녀보다 더 신경이 너덜너덜해져서 도움이 되지 않을 것이었다. 차에 탄 델란시는 사시나무 떨듯 몸을 떨고 있었다.

“어쩌다 그렇게 됐대요, 쇼?” 엘시가 물었다.

그는 그녀가 자기 이름을 부르자 놀라서 그녀를 쳐다봤다. 그녀의 말투가 다정해서 그랬을 것이었다.

"그게… 전 이해할 수가 없어요." 그가 대답했다. "나오미 브라운 말로는 그녀와 로절린드는 해변에 갔답니다. 그들은 자주 그렇게 한다고…. 그런데 로절린드가 너무 멀리 헤엄쳐 나간 거예요. 나오미는 그녀를 따라가다가 여러 번 놓쳤고요. 그런데 그녀가 사라져 버렸어요."

"시신은 어디서 발견했나요?" 엘시가 실눈을 뜨고 호기심에 가득 찬 태도로 물었다.

"발견하지 못했답니다. 아직은요."

"그녀가 물에 빠지는 걸 브라운 씨 부인이 **진짜로** 보지는 않은 거예요?"

"네. 그녀는 단지 —."

"그럼 익사하지 않았을지도 몰라요. 어쩌면 그 지점을 빙 돌아 헤엄쳐 가서 해변 다른 어딘가로 왔을 수도 있죠."

"그건 불가능해요. 우선, 로절린드는 그런 일을 할 사람이 아닙니다. 그렇게 하면 나오미가 얼마나 걱정할지 알 테니까요. 그리고 설령 그랬다고 해도, **어딘가에는** 있었겠죠. 나오미는 그녀를 잃어버리자마자 해안으로 달려갔어요. 그리고 도로로 나가서 지나가는 차를 세웠고 차에 탄 사람들이 그녀를 찾는 걸 도왔답니다. 로절린드가 거기 있었다면 그들이 못 봤을 리가 없어요."

"집으로 갔을지도 모르잖아요."

"수영복을 입은 채로 몇 킬로미터를 걸어갔다고요? 게다가 한마디 말도 없이 나오미를 거기 그냥 내버려 두고서? 그건 아니죠. 사태를… 사태를 직시해야 합니다. 그녀는 사라졌어요. 경찰이 해안을 수색할 사람들을 풀었습니다."

"그래도, 집으로 갔을 수도 있잖아요." 엘시가 고집스럽게 우기자 휴는 흥미로워졌다.

'그녀는 화이트스톤 씨 부인이 살아 있기를 바라는군.' 그는 생각했다. '델란시는 그녀가 익사했다고 믿고 싶고. 내가 도통 알 수 없는 건 ―.'

델란시는 무한한 인내심과 친절함으로 이 반항적인 아가씨와 언쟁을 벌이고 있었다.

"헛된 기대에 매달려 봐야 소용없습니다." 그가 말했다. "제 말은, 사태를 직시해야 ―."

그들은 이제 그 작은 집에 거의 다 와 있었다. 휴는 예전에 경험한 적이 있던 어떤 느낌, 이루 말할 수 없이 이상하고 거북한 느낌이 명치를 때리는 것을 의식했다. 사촌인 제시카가 그에게 대답하지 않았을 때, 눈을 뜨지 않았을 때 들었던 바로 그 느낌이었다. 자신의 요트 승무원 중 한 사람의 어머니에게 아들이 다시는 집으로 돌아오지 못한다는 소식을 전하러 갔을 때도 그런 느낌이 들었었다. 그들은 지금 화이트스톤에게 그의 아내가 다시는 집으로 돌아오지 못한다는 소식을 전하러 가고 있는 것이었다.

"내가 먼저 들어갈게요." 델란시가 말했다. 그러나 그가 차에서 내리자 그 아가씨는 그를 뒤따랐고 휴가 끈덕지게 그녀의 뒤를 따랐다. 델란시가 초인종을 울렸다. 그러나 아무도 나오지 않았다. 문을 두드렸으나 대답이 없었다. 그런데 이런 상황에 대해 그는 매우 두드러진 반응을 보였다. 얼굴이 핼쑥해지고 닫힌 문을 응시하는 눈에는 숨길 수 없는 공포가 어려 있었다.

"아니, 분명 집에 있을 텐데!" 그가 소리쳤다. "제가 알기로, 그는 집에 있어요. 정말이에요."

"아마 작업실에 있겠죠." 엘시가 말했다. 그러자 델란시는 크게 안도하는 한숨을 쉬었다.

"그렇죠!" 그가 말했다. "그걸 잊어버리다니 난 정말 바보예요."

휴는 아무 말도 하지 않았지만 그의 얼굴빛은 약간 창백했다. 델란시의 공포는 도저히 숨길 수가 없는 것이었다. 그가 두려워하는 것이 무엇인지는 명백했고, 생각해서 좋을 게 없는 일이었다. 그는 로절린드가 죽었다면 그녀의 남편이 집에 있다는 것, 그리고 집에 있었다는 것이 확실하기를 바랐던 것이다. 비록 그가 두뇌 회전이 그리 빠르지 않고, 관찰력도 별로 좋지 않다고 해도 그 역시 휴가 알았던 것처럼 화이트스톤이 자기 아내를 증오한다는 것을 알았음이 분명했다.

그러나 화이트스톤은 작업실에 있었다. 먼지가 쌓여 있고 물건들이 여기저기 어질러진 작고 볼품없는 별채 같은 그곳에서 그는 색 바랜 밤색 작업복을 입고 이젤 앞에 앉아 있었다. 그는 작업에 너무 몰두한 탓인지 델란시가 말을 하기 전까지는 그들이 다가오는 것을 알아채지 못했다.

"로버트, 이 친구야 ―."

그가 돌아봤다. 그리고 서둘러 예의를 갖춰 일어섰다.

"새킷 양…." 그가 말했다. "여기서 당신을 보다니 반갑군요."

그들은 모두 참담하고 완전한 침묵 속에 그를 마주 보고 서 있었다. 그러자 그는 그들을 보며 이맛살을 찌푸렸다.

"아니… 무슨 문제라도 있나요?" 그가 다그쳤다.

"로버트, 이 친구야," 절망이 만들어낸 억지 큰 소리로 델란시가 말했다. "이 사람아, 자네… 마음의 준비를 해야 할 것 같아."

"빨리 본론을 말해!" 화이트스톤이 소리쳤다. "무슨 일이 일어난 거야?"

"로버트… 자네 아내가… 로절린드에게… 사고가 났어."

화이트스톤이 그를 빤히 쳐다봤다.

"그녀가… 그녀가 오늘 아침에 나오미 브라운과 함께 수영하러 간 건 알겠지. … 로버트, 마음을 단단히 먹어야 해."

화이트스톤이 불같이 화를 내며 휴를 향해 고개를 돌렸다.

"애치슨!" 그가 말했다. "당신이 내게 앞뒤가 맞게 제대로 설명해 줄 수 있겠소? 로절린드에게 무슨 일이 생긴 거죠?"

"부인은 실종됐습니다." 휴가 예의 차분한 방식으로 대답했다.

"실종됐다고요? 그게 무슨 말이오? 어디서요?"

"브라운 씨 부인이 수영을 하던 중에 그녀를 잃어버렸습니다. 해안가를 수색했지만 부인의 흔적은 없었습니다."

"난 나오미의 그런 말은 믿지 않을 거요!" 화이트스톤이 격분해서 말했다. "그녀는 멍청이예요. 이 모든 일은 믿을 수가 없어요. 내가 직접 거기로 가겠어요. 로절린드는 수영을 잘한단 말입니다. … 그녀가 그럴 리가…. 그런 일은 있을 수가…."

그는 다른 세 사람이 있다는 것을 알지 못한다는 듯 그들 옆을 스쳐서 성큼성큼 별채에서 걸어 나갔다.

"제가 태워드리죠." 휴가 말했다.

화이트스톤이 어깨 너머로 돌아봤다.

"그래요!" 그가 말했다. "하지만 서둘러 줘요!"

"새킷 양, 당신을 데리러 돌아오겠습니다." 휴가 말했다.

그녀는 그 말에 대답하기는커녕 델란시와 둘이서 오픈카 안에 몸을 비집고 들어왔다. 그녀는 델란시의 무릎 위에 앉았고 그가 팔로 그녀의 허리를 둘러 안았다. 그러자 그녀는 등을 돌려 화이트스톤을 봤다.

"미친 듯이 달려줘요." 화이트스톤이 말했다.

휴는 괜찮다고 생각되는 선에서 최대한 빠르게 운전하면서 운전에만 집중했다. 지금은 생각할 때가 아니었던 것이다.

그러나 해안까지 갈 필요가 없었다. 그들은 길을 반쯤 가다가 집으로 돌아오는 로절린드 화이트스톤을 만났다. 그녀는 병원 앰뷸런스에 실려 오는 길이었다. 매디슨 박사와 젊은 인턴 의사가 그녀와 함께 있었다. 그렇지만 그녀에게는 그들이 있을 필요가 없었다. 아무도 그녀에게 해줄 수 있는 것이 없었다.

휴는 차를 길가에 세웠고 메디슨이 앰뷸런스에서 내렸다.

"인공호흡을 해봐, 이 멍청이야!" 화이트스톤이 말했다. "몇 시간이 지났더라도 자꾸 하면…."

"소용없습니다, 화이트스톤 씨." 의사가 대답했다. "미안합니다. … 좀 진정해 보세요. 부인은 전혀 고통 없이 가셨을 수도 있습니다. 머리가 바위에 부딪혔습니다. 이분을 집으로 데려가는 게 좋겠어요, 델란시."

델란시가 친구의 팔을 잡았을 때 휴가 우려했던 일이 일어났다. 엘시가 팔로 화이트스톤의 목을 껴안고 그의 뺨에 자기 뺨을 갖다 댔던 것이다.

"견뎌내요, 로버트." 그녀가 말했다. "로버트, 내 사랑. 내가 당신과 함께 있잖아요, 영원히."

그는 말을 하지도, 몸을 움직이지도 않았다. 그는 그녀의 깨어질 듯 약한 팔이 자신을 정신적으로 받쳐주기라도 하는 듯 서 있었다.

"로버트, 자기야, 이제 집으로 가요. 내가 이따가 가서… 당신과 함께 있을게요. 난 당신을 도울 수 있는 건 뭐든 할 거예요."

"자, 어서, 로버트!" 델란시가 거칠게 말했다. "우리를 앰뷸런스에 태워줄 수 있겠습니까, 의사 선생? 애치슨이 이 젊은 숙녀분을 러프 씨의 집으로 다시 데려갈 수 있도록 말이죠."

그녀는 이의를 제기하지 않고 휴의 차에 도로 탔다. 델란시는 벌써 매디슨에게 애써 해명하는 중이었다.

"저 아가씨는 신경이 너무 예민해서요. … 가엾은 화이트스톤 씨 부인과 불과 어제저녁에 저녁을 같이 먹었는데 말입니다. … 그 소식을 들었을 때 저 아가씨는 우리 집에 있었고, 자연히…. 충격을 받았다고 할까요. … 지금 자기가 무슨 말을 하는지, 뭘 하는지도 모르고 있는 겁니다."

의사와 인턴은 아무 말도 하지 않았다. 휴는 엘시가 그 말을 들었을지 궁금했다.

"지금 바로 돌아갈까요?" 그가 그녀에게 물었다. "아니면 드라이브를 좀 하는 게 나을까요?"

"돌아가고 싶어요." 그녀가 말했다. "그리고 다시는 당신을 보고 싶지도, 당신과 얘기하고 싶지도 않아요."

"감당하기가 좀 어렵겠지만," 휴는 차분히 말했다. "내가 뭘 어쨌다는 건지 정말 알고 싶군요."

"당신 하고 **싶은** 대로 했죠." 그녀가 말했다.

The Death Wish

7

조세핀, 선을 넘다

델란시는 그 작은 집의 작은 거실 창가에 앉아 있었다. 참담한 심정으로 긴장하고 뻣뻣한 상태였다. 그는 무엇을 해야 할지, 양손에 머리를 파묻고 소파에 앉아 있는 화이트스톤에게 무슨 말을 해야 할지 아무 생각이 나지 않았다. 그는 개인적으로 슬픈 일을 겪은 적이 한 번도 없었기에 너무나 어색한 느낌이었다. 그의 본능은 그에게 가엾은 친구에게 따뜻한 연민의 말을 해주고 기운을 북돋아 주라고 했다. 그러나 이 사건은 너무 복잡했다. 그의 생각으로는, 화이트스톤의 가슴에는 충격이나 슬픔을 넘어선, 더 나쁜 뭔가가 있는 게 분명했다.

'어제 자기가 로절린드에 대해 했던 말을 기억하지 않을 수가 없을 거야. 물론, 나야 그가 진심으로 한 말이 아니었다는 걸 알지만, 그래도 마찬가지지. … 지금 그녀가 가버렸으니…"

어떤 면에서, 그녀는 가버린 게 아니었다. 그녀는 여기 작은 집에, 화이트스톤과 함께 쓰던 위층 방에 누워 있었으니 말이다. 의사는 장의사가 염하는 일을 마칠 때까지는 화이트스톤을 기다리게 하려고 했지만, 그는 그녀를 보겠다고 거칠게 강짜를 부렸다. 델란시는 그녀를 보지 않았다.

"난 살아 있는 그녀를 마지막으로 봤던 기억을 간직하고 싶어." 그는 그렇게 말했고 그렇게 믿고 싶었다.

화이트스톤은 통제 불능이었다. 그는 델란시에게 브라운 씨 부인을 보러 가겠으니 차로 데려다 달라고 우겼다. 가엾은 나오미는 반쯤 제정신이 아니었다. 그녀의 남편은 이 느닷없는 침입에 격분했으나 화이트스톤은 그때 거기서 일어난 사건에 대한 그녀의 설명을 듣겠다고 했다.

'상황을 더 악화시켜 놓았을 뿐이야.' 델란시는 생각했다. 델란시에게도 더 나쁜 상황이었다. 눈물로 얼룩진 나오미의 얼굴, 그녀의 무너진 목소리 속에서 메아리치는 그 기억은 비극을 더욱 끔찍하게 만들었다. 그녀는 겁이 많아서 작은 만 안쪽에서만 헤엄치며 머물러 있었던 반면, 로절린드는 헤엄쳐서 바위섬을 돌았고 시야에서 사라졌다는 것이다.

"그녀는 언제나 그렇게 했어요. 수백 번도 넘게 해온 건데…. 난 그냥 그녀가 헤엄치며 돌아오기를 기다렸죠. … 난 죽는 날까지 그녀의 초록색 수영모를 찾아 헤맬 거예요. … 기다리고 있다가 너무 오랜 시간이 흐른 것 같아서 그녀를 불렀죠. … 내가 부르는 소리가 들리는 게 왠지 겁이 났어요. … 난 바위 위로 올라갔어요. 그런데 그녀는 거기 없었어요. … 바다밖에는 아무것도 없는 거예요."

"당신이 내게 말하기를…" 화이트스톤은 매디슨 박사를 추궁했었다. "그녀가 머리를 부딪혀서 가라앉았을 가능성이 있다고 했는데 한 마디 외침도 없이 그랬다는 거요? 그녀는 수영을 굉장히 잘했어요. 그 해변을 속속들이 잘 알고 있었다고요. 당신이 말한 게, 그러니까 그렇게 강하게 머리를 부딪히는 게 어떻게 가능했단 말입니까?"

매디슨은 그에게 대단한 인내심을 발휘했었다.

"알고 보면, 이런 참혹한 사고를 당하는 사람들은 대개는 수영을 잘하는 사람들입니다." 그가 말했다. "점점 자신감이 생기게 되는 거죠. 그러다가 모험을 하게 되고…. 그런데 수면 바로 아래에 이런 삐죽삐죽한 바위들이 있고 파도가 심하게 널뛰면서…."

"그녀는 그 해안을 너무나 잘 아는데 그런 그녀가 바위로 머리를 돌진했다고 생각한다고요?" 화이트스톤은 비웃듯이 물었었다.

"아내분은 물에 떠서 다니던 중이었을 수도 있습니다. 갑자기 쥐가 났을 수도 있고요."

"아뇨!" 화이트스톤이 말했다. "정말이지, 그건 불가능해요! 이 일은 수사해야 합니다."

다만 불가능하지 않았을 뿐이었다. 그것은 사실이었다. 화이트스톤이 했던 말, 그가 그 말을 하고 난 직후에 실제로 일어난 것이었다.

'심판이 내린 거나 마찬가지 같군.' 델란시는 생각했다.

그는 자기가 그런 생각을 하지 않기를 바랐다. 거기, 자기 앞에 비탄에 빠진 가엾은 화이트스톤이 있는데 그런 생각은 잔인하고 표리부동한 것 같았다. 배고프다고 느끼는 것 또한 잔인하고 적절치 못한 것 같았다. 그러나 그는 점심을 먹지 못했고, 지금은 늦은 오후였다.

'조세핀에게 전화를 걸 기회가 있으면 좋을 텐데.' 그는 생각했다. '그녀는 무척 화가 났을 거야. 하지만 그녀는 이게 어떤 상황인지 당연히 이해하겠지."

그는 이 사건에서 자기가 놓인 처지에 조금 놀랐다. 의사와 장의사, 브라운 부부, 그 젊은 애치슨, 이들 모두가 화이트스톤을 책임질 사람은 당연히 그라고 생각하는 것 같았던 것이다. 그는 할 수 있는 모든 걸 다할 마음이었지만, 단지 다른 사람들이 생각하듯 그렇게 유능하지는 못했다. 그리고 또 엘시가 있었다. 그녀는 그를 오랜 친구처럼 대했고 어찌 보면 감동적일 정도로 그를 신뢰하는 것 같았다.

엘시를 생각하자 그는 무척 마음이 불편했다. 그래서 더는 생각하지 않았다. 그녀는 어린 아가씨, 착한 아가씨였다. 그리고 그런 까닭에 특정한 부류로 분류되는 것이었다. 착하고 어린 아가씨들은 어리석은 사람보다 나은 게 없었다. '어리석음'이야말로 그가 그녀의 행동을 일컬을 단호한 말이었다. 그는 그녀의 얼굴에서 경고를 부르는 표정, 격렬하고 무모하고 위험한 어떤 표정을 봤다는 것을 인정하지 않으려 했다.

"사실은," 그는 혼잣말로 중얼거렸다. "다음에는 뭘 해야 좋을지 내가 정확히 모른다는 거야."

해가 지기 시작했다. 그리고 그는 여기, 작은 집에 화이트스톤과 단둘이 있었다. 하긴, 정확히 단둘이라고는 할 수 없었다. 장의사는 갔지만 로절린드는 거기, 위층에 있었으니까…. 생각하지 않는 편이 좋을 또 다른 일이 그것이었다. 당연히도, 그는 다른 사람이 오지 않는 한 화이트스톤을 남겨 놓고 갈 생각은 추호도 없었다. 저녁 무렵에는 이웃이든 친척이든 누군가가 와야 했다. 그를 거들어 줄 사람이 있어야 했다.

'모르겠어.' 그는 생각했다. '상황이 이런데, 조세핀이 만약 —.'

그는 조세핀이 무엇을 할지, 혹은 어떤 감정일지 전혀 모른다는 사실을 속으로 시인하면서 우울하게 체념했다. 그녀는 로버트와 로절린드를 싫어한다고 이미 수없이 말했고, 그가 아는 한, 이 비극적인 일로 그녀의 마음이 녹지는 않았을 것이다. 그러나 달리 보면, 그녀는 후회하면서 그런 마음을 버렸을지도 몰랐다. 그는 주머니에서 담배 한 갑을 꺼냈다. 우울하게도 비어 있었다. 그는 조세핀이 준, 은으로 만든 비싼 담뱃갑을 찾으려고 조끼 주머니를 더듬거렸다. 그 담뱃갑은 그가 무척 자랑해 마지않는 것이었지만 다른 사람들 앞이 아니라면 꺼낼 생각을 한 적이 없었다. 그 담뱃갑에 대한 기억이 없는 채로 며칠이, 심지어 몇 주가 지나갔다. 지금 그게 생각이 났다. 담배가 필요했기 때문이었다. 그러나 그건 거기 없었다.

'회색 양복 안에다 뒀나 보네.' 그는 생각했다. '이제, 조세핀은…. 그녀는 변덕이 심하고…. 가끔은 — 그래, 맞아 — 이성적이지 않아. 하지만 내가 아는 그녀는 곤경에 빠진 사람들에게는 끔찍이도 관대하단 말이지.'

그는 자기 기억에 그녀가 관용을 베풀었던 모든 사례들을 떠올리기 시작했다. 그러자 마음이 푸근해졌다.

'그 소식을 들었을 때 그녀는 분명 크게 상심했어.' 그는 생각했다. '그래…. 그래, 한번 해봐야지."

그는 조심스레 아무런 움직임도 보이지 않는 로버트에게 시선을 던졌다. 그런 다음 일어나서 등 뒤로 거실 문을 닫고 복도로 들어갔다. 이 집에는 벽걸이 전화기만 한 대 있을 뿐이었는데, 그게 눈에 들어오자 그는 가슴이 찡했다. 자기 집에 있는 다섯 대의 프랑스제 전화기가 생각났던 것이다.

'우리는 모든 걸 다 갖추고 있어.' 그는 생각했다. '그런데 로버트는⋯.'

로버트는 아내를 잃었다. 로버트에게는 돈도, 안락한 생활을 제공하는 하인도 없었고, 델란시 말고는 분명 친구도 없을 것이었다. 그는 자기 집으로 전화를 걸어 아내를 바꿔 달라고 했다.

"사모님은 외출하고 안 계세요, 사장님." 하녀가 대답했다.

"어디로 가는지 말하고 갔어?"

"네. 패리쉬 씨 부부와 해변으로 소풍 가셨어요."

"어디라고 —." 그는 말을 꺼내다가 멈췄다. "알았어, 애니." 그가 말했다. "나중에 다시 전화하지."

로절린드의 사망 소식을 듣고 그런 감정을 보인 후에 조세핀이 소풍을, 그것도 그 많은 장소 중에 하필이면 해변으로 갔다는 것은 있을 수 없는 일 같았다. 그럼에도 불구하고 그는 제대로 감을 잡을 수가 없었다. 그녀는 너무나 자주 그가 상상도 할 수 없는 이유와 동기로 그를 혼란스럽게 하곤 했던 것이다.

'이 일에서 마음을 털어내지 않고는 견딜 수 없었는지도 몰라.' 그는 곰곰이 생각했다. '글쎄⋯ 러프 씨 부인에게 전화해서 로버트를 돌보고 저녁을 만들어 줄 경험 많은 간병인을 구해달라고 부탁하는 건 안 되겠지. 필요하면, 우리가 먹을 음식 같은 건 아마 내가 마련할 수 있을 거야.'

가엾은 로절린드의 주방으로 들어간다는 것은 전혀 내키지 않았다. 그는 차라리 굶고 싶은 심정이었다. 그러나 로버트를 생각해야 했다. 그에게 지금 로버트는 일종의 환자로 생각되었다. 피울 담배도 없었다. 그는 그 체격의 남자들이 일반적으로 들 수 있는 까치발을 하고서 다시 복도로 돌아가서 조심스럽게 거실 문을 열었다. 로버트가 잠들어 있을지도 몰랐다.

로버트는 위스키 병을 막 소파 밑에 내려놓는 중이었다.

델란시는 황급히 복도 쪽으로 다시 나갔다가 크게 소리를 내면서 거실로 돌아왔다. 화이트스톤은 이제 그가 나갔을 때의 모습으로, 양손에 머리를 파묻고 앉아 있었다.

'이런 건 마음에 들지 않아.' 그는 생각했다. '내 말은, 술을 마시고 싶다면 한 잔 마시고 내게 한 잔을 권하면 되잖아? 그 정도는 괜찮다고! 그러니까, 음, 은근슬쩍 뭔가 숨기려 한다고 하지 않을 수가 없잖아.'

그는 갑자기 조세핀이 바로 그 단어를 자기에게 썼다는 것이 기억났다. 불과 어제였다.

그녀는 그가 은근슬쩍 행동하고 형편없다고 했었다.

"로버트!" 불쑥 그가 말했다. "이봐, 친구! 이렇게 곱씹고 있어서 자네에게 좋을 게 하나도 없어. 중요한 건 자네가 먹고 기력을 유지해야 한다는 거야."

자동차 한 대가 집 앞에 멈춰 서고 있었다. 델란시는 엘시가 택시에서 내려서 위로 올라오기 시작하는 것을 보고는 지체 없이 나가서 문을 열었다. 흐리고 뿌연 하늘에 비쳐서 그런 것인지, 아니면 피곤하고 괴로운 자신의 마음이 어떤 환상을 만들어 낸 것인지는 모르겠지만, 델란시에게 그녀는 정녕 인간이 아닌 생명체같이 여겨졌다. 그녀는 하얀 옷을 입고, 얼굴도 하얗게 보였으며, 검은 눈은 비극적으로 보였다. 그녀는 다가오면서 미소를 짓거나 말을 하지도 않고 오직 그의 얼굴을 줄기차게 보고 있었다. 그는 그녀가 마치 유령처럼 그의 옆을 지나쳐 갈 수도 있다는 듯이 옆으로 비켜섰다.

그녀는 곧장 집으로 들어갔고 그는 그녀를 뒤따라가서 등 뒤로 문을 닫았다. 그들은 어둡고 작은 복도에서 서로의 얼굴을 마주 보고 서 있었다.

"이제 제가 로버트와 함께 지낼 거예요." 그녀가 말했다. "택시를 타시겠어요?"

"하지만 —." 그가 말했다. "내 생각에 그건 아닌 것 같아요. … 그러니까, 나도 같이 있으면서 당신을 돕겠다는 겁니다."

그녀는 양손으로 그의 손을 잡았다.

"아뇨," 그녀가 말했다. "저 혼자서 하는 게 훨씬 나을 거예요. 당신은 훌륭했어요. 정말 이해하시잖아요. 이제 제발 가주세요."

그녀는 완벽하게 침착하고 조용했다. 그녀는 잠시 그의 손을 조금 더 오래 꼭 잡았다.

"당신은 우리의 친구예요." 그녀가 말했다. "곧 다시 오세요."

그는 택시에 탔다. 그리고 그 작은 집이 시야에서 사라지자마자 자신을 책망하기 시작했다.

"그녀를 남겨두고 와서는 안 되는 거였어. 젊은 아가씨에게 맞지 않는 일이야. 어떻게 내가 그녀를 두고 왔는지 이해가 안 되는군."

그건 오로지 그녀의 모습과 행동이 너무나 단호하고 놀라웠던 탓이고 그가 지쳐서 조금 멍한 상태였기 때문이었다.

'그녀의 뭔가가….' 그는 생각했다. '사람의 혼을 빠지게 해. 하지만 내가 곧 상황이 달리 정리되도록 할 거야. 로버트를 며칠 동안 우리 집으로 데려가고 싶어. 그가 계획을 좀 세울 수 있을 때까지 말이야."

지금 그에게는 오후의 석양이 금빛으로 잔디를 가로지르고 있는 자신들의 집이 지나칠 정도로 쾌적해 보였다. 조세핀은 베란다에 있었는데 가벼운 옷차림의 다른 어떤 여자와 함께였다. 그는 그녀를 보자 마음이 놓였다. 제삼자가 있으면 언제나 더 편했던 것이다.

"아! 당신 돌아왔군, 드디어?" 조세핀이 말했다. "쇼, 필립스 양 만나본 적 있을 거야."

그 말을 하는 그녀의 태도에서 그는 대번에 힐난의 대상이 되어 있었다. 그녀는 그가 필립스 양을 잊어버린 것이 틀림없다고, 그는 항상 아내의 친구들을 잊어버린다고 암시하고 있었다. 사실을 말하자면, 그는 이름과 얼굴은 물론이고 하찮은 말들조차도 기억하는 거의 놀라운 능력의 소유자였다. 그것은 그가 사람들을 진짜 좋아하고 사람들에게 관심이 많았기 때문이다. 그는 동료들에 대한 한없는 선의를 가슴에 품고 있었다.

"필립스 양이야 당연히 만났었지!" 그가 온화하게 말했다. "패리쉬네 집에서 말이야. 그때 말했던 그 테리어 강아지는 잘 있나요, 필립스 양?"

필립스 양은 그가 자기 강아지를 기억하자 좋아했다. 매력적인 미소와 회색 눈, 그리고 갈색 머리의 젊은 여성인 그녀는 침착하면서도 명랑했다. 이날의 비극적인 일을 떠올리지 않았다면 그는 그녀와 기분 좋게 대화를 계속할 수 있었을 것이다. 그는 미소를 거두고 베란다 난간 위에 앉아서 아무것도 보지 않는 무거운 시선으로 앞을 보고 있었다. 조세핀이나 필립스 양이 로절린드 얘기를 꺼낼 게 분명했다.

"날씨가 시원하고 좋아요, 그렇죠?" 필립스 양이 말했다.

"석양을 보니 내일은 날씨가 더울 것 같네." 조세핀이 말했다.

"전 더워도 괜찮아요." 필립스 양이 말했다.

그는 그들을 이해할 수가 없었다. 그들은 둘 다 무슨 일이 있었는지 알고 있었다. 그가 친구와 함께 있다가 온 것도 알았음이 틀림없었다. 그런데 어떻게 그런 걸 무시하는 게 가능하단 말인가? 형식적으로라도 어떻게 가엾은 화이트스톤에 관해 묻지 않을 수가 있단 말인가?

"쇼!" 그의 아내가 말했다. "당신과 얘기를 좀 하고 싶어. 잠깐만 실례할게, 헬렌."

그녀는 꼿꼿하게 서서 고압적인 태도로 집 안으로 들어갔다. 델란시는 비밀스러운 반란의 기운으로 충만한 채 그녀를 뒤따라 복도 맨 끝에 있는 작은 방으로 갔다. 그 방은 그의 '서재'로 불렸다. 그들이 처음 결혼했을 때 조세핀은 그 방을 그를 위한 깜짝 선물로 꾸며 놓았다. "자기만의 공간이야." 그녀가 말했었다. "남자에게 그게 어떤 의미인지 난 알고 있거든." 그러나 그 방은 그 집의 다른 모든 것들이 그런 것처럼 한 번도 "그만의" 공간이었던 적이 없었다. 그녀는 기분이 내키면 문에 노크조차 하지 않고 그 방으로 들어오곤 했다.

"내가 헬렌 필립스에게 우리 집에 묵으라고 부탁했어, 무기한으로." 그녀가 말했다.

공공연하게 도전적인 말투였지만 그는 그런 것은 신경 쓰지 않기로 했다.

"잘했네." 그가 말했다.

그러자 그녀의 몸이 떨리는 것이 보였고 그는 가슴이 내려앉았다. 두 사람 중 어느 쪽도 어제 아침에 있었던 꼴사나운 언쟁을 거론하지 않았었다. 어젯밤 그가 집에 왔을 때 그녀는 자는 척하고 있었고, 아침 식사 자리에서는 무척 상냥하게 그를 대하면서 어디서 저녁을 먹었는지 묻지도 않았다. 그는 그녀가 자기의 적은 수입을 끊고 차를 사용하지 못하게 하겠다고 했던 심한 말들을 용서하고 잊기로 마음먹었었다. 그녀가 부끄러움을 느끼기를 바랐었다. 그는 이제 더는 그런 것을 바랄 수가 없었다. 그녀가 예의 그 화난 상태에 돌입해 있는 것이 명백했기 때문이다.

"언제까지일지 모르지만 헬렌은 계속 여기 머물 거야." 그녀가 반복해서 말했다. "난 이 집에 당신과 단둘이 남아 있을 생각이 추호도 없어."

이날은 아마도 그가 살면서 겪은 가장 힘든 날이었을 것이다. 그는 너무나 피곤하고 배가 고팠다. 그래서 평소의 인내심은 무너지고 말았다.

"내 걱정은 할 필요가 없어." 그는 짤막하게 말했다. "난 당신을 귀찮게 하지 않을 거야."

"오늘 아침 이후에," 그녀가 말했다. "난 당신과 단둘이 여기 있는 게 **두려워졌어**."

"그게 무슨 말이지?" 그가 다그쳐 물었다.

"당신은 자기감정을 별로 잘 숨기지 못하는 사람이지." 그녀는 대답하며 짧게 웃었다. "오늘 아침에 당신은 진짜 좀 너무 훤히

들여다보였어. 당신은 심지어 그 여자애가 기절한 척했을 때 내가 얼마나 충격을 받고 상심했는지 신경 쓰는 시늉도 하지 않더군. 그리고 그녀가 손가락을 까딱하자마자 당신은 내게 간다는 말도 하지 않고 그녀와 같이 나갔지. 당신은 온종일 나가 있었어."

"조세핀," 그는 차분하게 말하려고 필사적으로 애를 쓰며 말했다. "난 상당히 지쳤어. 오늘 아침부터 지금까지 로버트 옆에 있었어. 그 모든 일은…. 그래, 당신이 그렇게 상상할 수 있었을 거로 생각해야겠지. 난 아침부터 아무것도 먹지 못했어. 지금 난 당신과 어떤 종류의 논쟁도 할 마음이 없어. 그냥 당신이 그 모든 일에 관해 완전히, 절대적으로 잘못 생각하고 있다는 것만 말할게. 그리고 당신은 **몰인정해**!" 그는 자신도 놀랄 만큼 난폭하게 덧붙였다. "당신은 로버트는 언급조차 하지 않고 있잖아."

"**난** 위선자가 아니야." 그녀가 말했다. "난 그 사람이나 로절린드를 한 번도 좋아했던 적이 없어. 난 내가 느끼지 않는 걸 느끼는 척하지는 않을 거야. 그런 건 당신이나 해. 내 인생은 끝장이 났어. 난 당신한테 모든 걸 다 줬어. 사랑과 신뢰를 모두 말이야. 그런데 당신은 날 배반한 거야. 그 건방지고 무례한 작은 멍청이 때문에."

"도대체 당신 같은 여자에게 누구라도 무슨 말을 할 수 있겠어?" 그가 소리쳤다. "난 그녀와 거의 한마디 말도 나누지 않았는데 ―."

"쇼, 사랑하는 내 당신," 그녀가 다시 그 짧은 웃음을 터트리며 반박했다. "정말 그렇단 말이지! 그런 말을 모든 사람 중에서 내가 마지막으로 듣게 되는구나, 그럼 그렇지. 항상 그런 식이야. 그렇지만 지난 2주 동안 온 동네 사람들이 젊은 아가씨와 그녀에게

홀딱 빠져 있는 유부남 얘기를 하고 있었단 말이야."

그는 말을 시작하려다가 자신을 제어했다.

'로버트를 폭로할 수는 없어.' 그는 생각했다.

"난 그렇게 눈먼 사람이 아니야." 그녀가 계속 말했다. "오늘 아침으로 아주 명백해졌어. 난 그냥 당신에게 장애물이고 거추장스러운 존재인 거야. 당신은 내가 당신 앞에서 없어져 버렸으면 좋겠지. 그래서 마음껏 즐길 수 있도록 말이야."

'그게 절대적 진실이야.' 그는 생각했다.

그 생각은 육체적 충격 같은 것이었다. 그는 황급히 바로 옆에 있는 의자에 앉았고, 그의 모습이 너무 하얬기에 그녀는 놀라서 그를 응시했다.

"쇼!" 그녀가 말했다. 그리고 소리치기 시작했다. "쇼, 무슨 문제 있어?"

"당신… 난… 그런 일은 용서할 수가 없어." 그가 말했다. "당신은 선을 넘었어."

"쇼, 난 진심으로 한 말이…."

"됐어, 당신이 한 말이야!" 그가 소리쳤다. "당신이 말했다고…. 아니! 난 용서 못 해."

그는 무겁게 일어섰다.

"난 갈 거야." 그가 말했다.

"쇼, 아, 안 돼! 내가 한 말은 진심이 아니었어. … 맹세코 아니었어. … 가면 안 돼. 어디로 간다는 거야, 쇼?"

"모르겠어. 시내로 가든지. 날 그냥 내버려 둬, 조세핀! 정말이지, 당신은 선을 넘었어."

그녀는 그의 팔에 매달렸다.

"용서해 줘, 쇼. 이번 한 번만! 앞으로는 절대, 절대로…. 쇼, 내가 지금 갈게, 지금 바로 갈게. 그리고 헬렌에게 여기 묵지 말라고 할게. 내가 당신을 **정말로** 신뢰한다는 걸 알잖아, 쇼…."

그는 붙잡은 그녀의 손가락을 풀고 문으로 갔다. 그러나 그녀가 그의 앞을 가로막았다.

"쇼, 자기야! 나를 생각해서 하나만 해줘! 우선 저녁을 좀 먹어. 내가 빌게! 당신은 지쳤고 너무 흥분한 상태야. 저녁을 바로 먹고 나면 상황이 달리 보일 거야. 앉아봐, 쇼, 자기야! … 내가 맛있는 칵테일을 좀 만들어서 여기로 가져올게. 여기는 시원하고 조용하니까…."

그는 갑자기 기운이 다 빠지면서 그녀에게 저항할 수가 없었다. 그는 다시 앉아서 눈을 감고 길게 한숨을 쉬었다. 흐느낌에 가까운 한숨이었다. 그녀는 그에게 칵테일 셰이커와 안주 한 접시를 가져왔다. 그녀는 눈물을 글썽이며 부드럽고 애원하는 듯한 태도로 그의 옆에 서 있었다. 칵테일을 두 잔 마시고 나자 그는 기분이 좀 나아졌다. 주머니에 손을 넣어 담배를 찾다가 다시 빈 담뱃갑을 꺼냈다.

"쇼, 여보, 내가 준, 그 은 담뱃갑을 안 쓰고 있네. 그게 마음에 안 들어? 다른 게 있으면 좋겠어?"

"아냐," 그가 말했다. "고맙지만 괜찮아. 난 그걸 좋아해. 회색 양복 주머니에 넣어 뒀나 봐."

"쇼, 헬렌은 내가 가라고 할게."

"아냐," 그가 말했다. "그러지 마."

"하지만 가버리지 않을 거지, 쇼?"

"그래," 그가 말했다. "안 갈게."

"쇼, 여보. 난 정말 로버트에게 몰인정하지는 않아. 난 몹시 애석한 마음이야. 그건 단지 내가 그렇게 생각하고 ― 쇼, 자기보다 연하인 남편이 사라져 버린다는 게 여자에게 어떤 건지 당신은 상상도 할 수 없을 거야 ― 그리고 또 그 소문을 들었기 때문이었어." 그가 계속 몸을 들썩이자 그녀는 말을 중단했다. "하지만 난 몰인정한 사람은 아니야, 쇼. 가엾은 로버트를 위해 내가 할 수 있는 일이 있다면….."

"그럼," 그가 말했다. "그에게 며칠 동안 여기서 지내는 게 어떠냐고 물어보는 게 자연스러운 일일 거야."

"지금 그에게 전화할게."

"아니야," 그가 재빨리 말했다. "내가 하는 게 나아. 로버트는 상태가 좋지 않아서….. 저녁을 먹고 나서 내가 그리 가보는 게 좋겠어."

그녀는 그가 앉아 있던 의자의 팔걸이에 앉았다.

"쇼… 쇼, 자기야….. 나를 용서한다고만 해줘. 우리 사이에 변한 건 아무것도 없다고….."

그는 수백 번도 넘게 그랬던 것처럼 그녀를 감싸 안고, 애정을 담은 말을 하고, 그녀를 안심시키고 싶었다. 그러나 그럴 수가 없었다. 그들 사이는 뭔가 달라졌던 것이다. 돌이킬 수 없이 지독하게 달라졌다.

"당신은 그저 너무 흥분한 것뿐이야." 그녀가 흐느끼며 말했다. "지금은 당신을 성가시게 하지 않을게, 불쌍한 사람."

8

폭풍이 불어오다

조세핀은 그에게 서재에서 혼자 저녁을 먹는 게 좋지 않겠냐고 했다. 그러나 그가 이 세상에서 제일 하고 싶지 않은 일이 혼자 있는 것이었다. 그는 침실로 올라가서 면도를 하고 찬물로 샤워를 했다. 그리고 정장 재킷을 차려입었다. 아래층으로 내려오자 축제라도 벌이는 것처럼 식탁이 차려져 있었다. 조세핀은 눈이 조금 충혈된 채 가슴이 깊이 파인 검정 드레스를 입고 있었다. 그가 언젠가 찬사를 보냈던 옷이었다. 차분하고 사근사근한 필립스 양 역시 옷을 갖춰 입고 있었다. 기품 있고 아름답군, 델란시는 생각했다. 그는 자기와 조세핀이 식탁에 단둘이 앉게 되는 일이 다시는 없도록 그녀가 영원히 머물렀으면 좋겠다고 생각했다.

식탁에는 분홍색 장미와 분홍색 양초, 붉은 유리잔과 금박 테두리의 최고급 도자기 그릇이 놓여 있고, 보기 좋게 음식이 차려져 있었다. 가엾은 로버트를 떠올리자 그는 식욕이 솟구치는 것이 반쯤 부끄럽고 자신의 안락함이 또 반쯤 부끄러웠다.

그래서 그는 생각했던 일을 머릿속에서 밀어내어 완전히 떨쳐버렸다. 조세핀은 그가 심하게 흥분한 것을 봤다. 그게 다였다. 그와 조세핀은 작은 말다툼을 했던 것이고, 그 과정에서 의혹은 보기 좋게 깨끗이 해소되었다. 그는 그녀가 그렇게 다정하고, 자신의 기분에 맞춰주려고 안달하는 것을 한 번도 본 적이 없었다.

심지어 그녀는 깊은 연민의 말투와 남편을 걱정하는 눈빛을 담고서 그날 아침의 비극을 애써 거론하기까지 했다.

"끔찍한 일이에요." 필립스 양이 맞장구쳤다.

그러나 그녀의 말투에는 눈곱만큼의 연민도 묻어나지 않았다. 그녀는 화이트스톤 부부 중 어느 쪽도 알지 못했는데, 그녀의 태도에는 조금의 가식도 보이지 않았으며, 그래서 그녀의 언급은 예의상 하는 말 이상이 아니었다. 델란시는 왠지 이런 점이 좋았다. 그는 다소 느릿느릿 교양 있는 목소리와 곧고 작은 예쁜 코, 동요하지 않는 유쾌한 성격을 가진 필립스 양에게 깊은 존경과 감탄을 느끼기 시작했다.

'어떤 행운아가 훌륭한 아내를 맞게 되겠군.' 그는 생각했다.

그는 그녀가 어떤 집에 살게 될지 상상 속에서나마 알고 있었다. 조명이 밝지 않고 시원하며 고요한 집, 러프 부부처럼 선한 사람들이 드나드는 그런 집일 것이다. 볼썽사나운 일이라곤 없는….

"뭐, 조세핀과 나는 대부분은 사이좋게 지내고 있잖아." 그는 그 후덥지근한 저녁에 진입로로 차를 몰고 나오면서 그렇게 혼잣말을 했다. "별것 아닌 싸움을 수시로 하곤 하지만, 그게 뭐 대수란 말인가?"

그 작은 집에 가까워질수록 저녁 식사 후의 편안한 기분은 사라지기 시작했고 아까의 숨 막힐 듯한 답답함이 다시 찾아왔다. 로절린드가 그 작은 집에 누워 있었다. 그런데 그 아가씨가….

"그녀는 거기 없을 거야." 그는 마음을 가라앉혔다. "러프 씨 부인이 그걸 허락하지 않을 거야. 로버트 본인이 허락하지 않을 거고."

물론, 그 가엾은 친구가 그 위스키를 한껏 들이마시지 않았다면 말이다. 만약 그랬다고 하더라도 그 상황을 아는 사람이라면 아무도 그를 비난하지 않을 것이었다. 그는 어떤 남자라도 당연히 느낄 비통함뿐만이 아니라 그녀가 사망하기 불과 하루 전날 자기가 했던 그 말들에 대한 기억으로 괴로워하고 있었기 때문이다.

'그걸 부인하지는 않을 거야.' 델란시는 생각했다. '그는 그녀를 없애버릴 거라고 실제로 말을 했잖아. 물론, 진심은 아니었겠지만 그녀에게 자기가 얼마나 분개했던지 기억이 나면 참담하겠지. 지나가는 기분에 불과했다고 하더라도 말이야.'

그는 한순간 어제 로절린드가 차린 저녁 자리에서 자기가 느꼈던 감정이 생각났다. 그때 그는 화이트스톤의 말이 지나가는 기분을 표현한다고 생각하지 않았었다. 그는 그 말들을 진짜 믿었고, 그래서 무서운 두려움을 느꼈었다. 심지어 그는 로절린드와 개인적으로 얘기해 보고 로버트가 '신경 쇠약'이기 때문에 당장 어딘가로 잠시 떠나 있으라고 조언하리라 다짐하기까지 했다.

"내가 바보였어!" 그는 속으로 말했다. "그건 그냥 말일 뿐이야. 그리고 그는 그 말을 죽는 날까지 후회하겠지."

그는 그 작은 집 창문에서 불빛이, 로절린드가 누워 있는 위층이 아니라 아래층에서 불빛이 비치는 것을 보자 마음이 놓였다.

'가엾은 여자야.' 그는 생각했다.

현관문은 잠겨 있지 않았다. 그는 방충망 문을 밀어서 열고 안으로 들어갔다. 로절린드는 그를 보면 항상 반가워했었다. 가엾은 여자….

그는 눈에 들어온 광경을 보고 약간 놀라고 말았다. 그 작은 거실은 환하게 불이 켜져 있고, 안에는 세 사람이 있었는데 그들은 가만히 앉아서 한마디 말도 하지 않고 있었던 것이다. 화이트스톤과 엘시가 소파에 나란히 앉아 있고 건너편에는 그 애치슨이라는 젊은이가 아무것도 보지 않고 자기 발목을 문지르고 있었다. 그들 누구도 서로를 쳐다보지 않았다.

"저기요!" 델란시가 낮게 가라앉은 목소리로 말했다.

"아… 쇼?" 그의 친구가 말했다. "들어오게!"

그는 들어가서 새킷 양과 애치슨 씨에게 정중하게 인사를 하고는 자리에 앉았다. 그런 다음 그 역시 침묵에 빠졌다. 한 줄기 번갯불이 하늘을 가로지르며 희미하게 번쩍였다.

"폭풍이 올 것 같아." 델란시는 똑같이 가라앉은 말투로 말했다. "더위를 좀 꺾어줬으면."

이 말에 아무도 대답하지 않았고 그는 더 할 말을 찾지 못했다. 갑자기 돌풍이 불어와서 창문 커튼이 방 안으로 나부꼈다. 그는 그 커튼을 로절린드가 만들었다는 사실이 기억났다. 저 멀리서 우르릉거리는 천둥소리가 들렸다.

'이건 아니야!' 그는 생각했다. '정말이지, 로버트는 여기 앉아서 생각을 곱씹고 있으면 안 된다고…' 그럼에도 그는 어떻게 이 침묵을 깨뜨려야 할지 몰랐다. 그는 담뱃불을 붙이는 동작조차 하지 않았다. 번개가 다시 한번 번쩍였고, 커튼이 부풀어 올랐다. 멀리서 천둥소리가 들렸다. 그의 눈이 <일요신문>에 내려앉더니 그에게 영감이 하나 떠올랐다.

"로버트," 그가 말했다. "말리에의 전시회에 관해 사람들이 뭐라고 하는지 봤나?"

"아니." 화이트스톤이 대답했다.

"자네가 관심을 가질 만한 기사야." 델란시가 신문을 집어 올리며 말했다. 그는 오로지 로버트 때문에 그 전시회에 관한 기사를 읽었었다. 자기 문제만 생각한다면 그는 '예술 기사'는 분명 읽지 않았을 것이었다.

"여기 있네." 그가 신문의 한 면을 단정하게 접으며 말했다. "그 불쌍한 친구에 대해 꽤 가혹한 단평이야."

"어디 한번 봐." 갑자기 흥미가 생긴 듯 화이트스톤이 말했다. 그는 주머니를 더듬더니 이맛살을 찌푸렸다. "안경을 찾지 못하겠군. 내게 좀 읽어 주겠나?"

델란시는 몇몇 이름들과 단어들을 제대로 발음하지 못해 약간 당혹해하면서 그렇게 했다.

"어쨌든, 사기꾼에 불과한 친구군." 그가 기사를 다 읽고 나자 화이트스톤이 말했다. "그는 5년 동안 대중을 속여왔지만 비평가들은 절대로 속지 않는 법이니…."

팽팽하고 고통스러운 그 침묵이 다시 찾아왔다. 그러자 델란시는 문득 생각했다.

'로버트를 집에 데리고 갈 수가 없겠어. … 그러니까, 로절린드를 여기 홀로 내버려 둘 수는 없다는 거지. … 안 되겠어. … 내가 여기서 그와 함께 지내야겠어.'

그건 전혀 기분 좋은 방안이 아니었다. 폭풍이 닥쳐오고 있었다. 창문으로 불어오는 바람은 이제 차갑기까지 했다. 공기 중에는 뭔가 긴장되고 불길한 기운이 감돌고 있었다.

'하지만 당연히도 난 그래야 할 거야.' 그는 울적하게 생각했다.

"새킷 양!" 애치슨이 말했다.

그의 목소리는 아주 조용했지만 그 방을 관통하며 울리는 듯했다. 그들은 모두 그를 쳐다봤다.

"뭐죠?" 그녀가 말했다.

"폭풍이 올라오고 있어요." 그가 상냥하게 말했다. "우리는 집으로 출발하는 게 좋겠어요."

"폭풍 같은 건 상관없어요." 그녀가 말했다.

"내 생각에 우리는 가는 게 좋겠어요. 러프 씨 부인이 걱정할 겁니다."

"아주머니에게는 기다리지 마시라고 했어요."

"그래도 기다리실 겁니다, 알잖아요." 애치슨이 말했다. 여전히 상냥한 태도였으나 번득이는 그의 회색 눈빛은 상냥함과는 거리가 멀었다. "우리는 가는 게…."

"지금 비가 와!" 화이트스톤이 말했다. "창문들을 좀 살펴봐 주겠어? 자네가 애치슨과 함께 위층으로 올라가면 아래층 창문들은 내가 확인할게."

너무나 명백한 일이었다. 그는 그 아가씨와 단둘이 얘기하고 싶은 것이었다. 위층에 누워 있는 로절린드를 두고서 그런다니, 왠지 끔찍하게 여겨졌다. 어둠에 잠긴 위층으로 가는 것 또한 끔찍하긴 마찬가지였다.

"델란시와 제가 전체를 다 돌아볼 수 있습니다." 휴가 상냥하게 말했다. 그래서 델란시는, 어두컴컴한 그 작은 집 안을 돌아다니는 것이 꺼림칙하고 화이트스톤과 그 아가씨가 단둘이 남아 있으면 안 된다는 느낌이 들었음에도 불구하고, 그를 뒤따라갔다. "바람이 남쪽으로 붑니다." 휴가 말했다. "뒤쪽 창문들을 먼저 보는 게 좋겠어요. 스위치가 어디 있는지 아세요?"

델란시가 식당 방의 불을 켰을 때 천둥 치는 소리가 바로 가까이서 들렸고 비가 몰아쳐 들어왔다. 그들은 서둘러 식료품 저장실로 가는 문을 통과해 갔다.

"여기 유리창 판유리가 깨졌어요." 델란시가 말했다. "덧문을 닫아야 할 것 같아요."

벽 높은 곳에 있는 작은 창문 하나를 통해 비가 들이치고 있었다. 델란시가 키가 더 컸기에 창의 새시를 밀어 닫고 덧문을 당겨 잠갔다. 그가 한 걸음 뒤로 물러섰을 때 축축하고 차가운 뭔가에 얼굴이 쏠렸다.

"으악!" 그가 소리쳤다. "이게 뭐지?"

"수영복입니다." 애치슨이 말했다. "줄에 널려 있었어요."

델란시는 갑자기 메슥거리는 느낌이 들었다. 속이 실제로 메슥거렸다. 로절린드의 수영복이라니… 이런 일이 나면 사람들은 뭘 하는 거지? … 그 가엾은 여자에게 그녀가 제일 좋아했던 상큼하고 깨끗한 드레스 중 하나를 입히는 걸까?

"난… 못 하겠어요." 그가 말했다.

휴가 스위치를 찾아냈다. 선명한 불빛 아래서 그는 델란시를 면밀히 살펴보고 있었다.

"무슨 문제가 있나요?" 그가 물었다.

"난… 이런 일은 좀… 나로서는 감당하기가 너무 벅차서…"

"가서 좀 앉아 계세요." 휴는 간단히 말했다. "제가 다 처리하겠습니다.”

메슥거리는 속을 부여안고 몸을 떨면서 델란시가 거실로 돌아갔을 때 화이트스톤과 엘시는 함께 소곤거리며 말을 나누고 있었다. 그들은 그가 들어가자 말을 중단했기에 그는 거의 적개심에 가까운 시선으로 그들을 봤다.

그는 이제 자기 친구나 그 아가씨에게 어떤 연민도 느낄 수가 없었다. 그들이 로절린드 소유의 집에서 그녀를 그렇게 모욕하고 무시할 수 있다는 것은 도저히 말이 안 되는 것이었다. 로버트가 그녀를 그리 많이 사랑하지 않았다고 해도, 심지어 전혀 사랑하지 않았다고 해도 위층에 죽어 누워 있는 그녀를 아예 염두에 두지도 않는 것은 악랄한 짓이었다.

“조세핀이 내게 자네를 집으로 데려오면 어떻겠냐고 하더군.” 그가 차갑게 말했다.

“말도 안 되는 소리야.” 로버트가 말했다. 그리고, 물론, 그건 맞는 말이었다. 로절린드를 여기 혼자 남겨둘 수는 없었다.

“그럼 내가 조세핀에게 전화해서 오늘 밤에는 내가 자네와 함께 여기 있겠다고 하겠네.”

“그러실 필요 없어요.” 엘시가 말했다. “제가 있을 거예요.”

델란시는 정말로 충격을 받았다. 그리고 그는 그런 점을 감추려 애쓰지도 않았다.

“그것참…” 그가 말을 시작했을 때 휴가 출입구에서 말했다.

“새킷 양, 우리는 출발하는 게 좋습니다.”

“난 여기 있을 거예요.” 엘시가 말했다.

“지금 바로 출발하는 게 좋아요.” 휴가 말했다.

그는 다른 두 남자보다 상당히 어렸고, 마른 몸에 소년 같고 내성적인 사람이었다. 그런데도 그의 목소리와 태도에는 뭐라고 정의할 수 없는 권위를 부여하는 뭔가가 있었다.

'그가 옳아.' 델란시는 생각했다. '그녀가 깨달을 수 있어야 하는데.'

그녀는 휴 쪽으로 고개를 돌렸다.

"당신은 간섭할 필요가 전혀 없어요." 그녀가 말했다. "난 당신과 함께 가지 않을 거예요."

"화이트스톤," 휴가 말했다. "새킷 양을 설득해 보시겠어요?"

델란시로서는 실망스럽게도 화이트스톤은 말이 없었다.

'설령 그녀가 깨닫지 못한다고 해도, 로버트는 저 아가씨가 여기 있으면 안 된다는 것을 깨달아야지.' 그는 생각했다. '그가 얼마나 상심했는지는 중요하지 않아. 그는 깨달아야만 해.'

"새킷 양에게 당신 부인이 아직 집 안에 있다는 점을 상기시켜 주시겠습니까?" 휴가 말했다. 델란시는 그렇게 무자비한 목소리는 들어본 적이 없다고 생각했다.

"가는 게 좋겠어요, 엘시." 화이트스톤이 말했다.

"내가 정말 갔으면 좋겠어요, 로버트?"

그들은 서로를 쳐다봤다. 마치 거기 다른 사람은 아무도 없는 것처럼 서로를 바라보고 서로의 눈을 들여다보는 것이었다.

"그런 것 같아요." 화이트스톤이 말했다.

그러자 그녀는 돌아서서 집 밖으로 나갔고 휴가 그녀를 쫓아갔다. 방충망 문이 그들의 등 뒤로 쾅 하고 닫혔다.

"저 애는 바보야!" 화이트스톤이 말했다.

델란시는 그를 빤히 쳐다봤다.

"자네의 뭐가 잘못된 건지 모르겠네." 그가 준열하게 말했다. "놀라 자빠질 정도야. 자네는 그럴 자격이 없어. 그녀는 자네에게 그토록… 그토록 다정했는데…. 그날 아침에 자네가 내게 했던 말, 자네가 그 아가씨에게 느끼는 감정을 생각하면 —."

"그거?" 화이트스톤이 격분하며 말했다. "어제 내가 무슨 말을 하는지도 모르는 상태였다는 걸 자네가 어떻게 몰랐을 수가 있어? 난 술에 취해 있었어."

"그렇지는 않았어." 델란시가 말했다. "지금은 그럴지 모르겠지만 말이야."

"난 취했었다고, 정말이야." 화이트스톤이 소리쳤다. "그때 내가 했던 모든 말은 다 빌어먹을 헛소리야. 자네를 제외하고는 모두가 내가 늘 사랑했던, 아니면 사랑할 수 있었던 유일한 여자가 로절린드라고 알고 있어. 엘시는 히스테리나 부리는 어린 멍청이일 뿐이야."

거실 앞쪽 창문이 열려 있었기에 빗속에서 걸어가는 휴와 엘시는 화이트스톤의 목소리를 선명하게 들을 수 있었다.

휴는 엘시의 발이 진흙에 미끄러지자 그녀의 팔을 잡았다. 그러나 그녀는 그를 밀어냈다. 그가 자동차 문을 열어주자 그녀는 차에 올랐고 그가 뒤이어 차에 탔다.

"당신도 그 말이 위장술이라는 건 알 거라고," 그녀가 말했다. "난 생각해요. 그는 내가 이 일에 휘말리는 걸 원치 않아요."

"그래요." 애치슨이 대답했다.

그러나 그의 조용하고 관대한 태도가 그녀에게 위로가 되지는 않았다.

"당신이 알았으면 좋겠어요." 그녀가 매몰차게 말했다. "로버트와 난 결혼할 거예요."

그 순간 번뜩거리는 칼처럼 번개가 도로를 갈라놓을 듯이 삐죽삐죽 번쩍였다. 비가 차 지붕 위를 큰 소리로 두들기고 있었다.

"난 그러지 않기를 바랍니다." 애치슨이 말했다.

"그렇겠죠!" 그녀가 소리쳤다. "당신은 그에게 지독하게 굴었어요! 심지어 그가 저렇게 곤경에 처해서 혼자 있는 지금도 당신은 그의 집에 들어가서는 그에게 거의 말 한마디 걸지 않았죠. 당신은 올 권리가 없었잖아요!"

"내가 오지 않았다면," 그는 누구도 꺾을 수 없는 인내심을 발휘하며 말했다. "러프 씨 부인이 왔을 거예요."

"아주머니에게는 내가 말했어요."

"압니다." 그가 말했다. "당신은 그분에게 여기 와야 할 것 같은 느낌이 든다고 했죠. 하지만 그분은 상황을 다른 식으로 봤어요. 나도 마찬가지입니다. 그리고 난 화이트스톤도 그러기를 바랍니다. 당신이 거기서 화이트스톤과 둘이 있는 건 있을 수 없는 일이에요."

"당신은 이런 비극이 벌어진 마당에 내가 진부하고 아둔한 보수주의자들에 대해 눈 하나 깜짝할 거라고 생각해요?"

"내 생각엔," 휴가 말했다. "이 사태 전체를 진부하고 보수적이고 감상적인 관점에서 보고 있는 건 당신이에요."

"감상적이라고요?" 그녀가 되풀이했다.

"그게 제가 쓸 단어입니다."

"왜죠?"

"당신에게 있던 생각은 이런 거였어요. 당신 아버지는 무척 불행했는데 그의 불행의 원인을 당신은 알고 있다고 말이죠. 그는 천재적인 사람이었지만 공감도 이해도 받지 못했어요. 당신은 화이트스톤도 같은 길을 걷고 있다고 생각하는 겁니다. 당신은 그가 천재라고, 그리고 그를 행복하게 해줄 유일한 사람은 당신이라고 생각하고 있죠."

"누가 당신한테 그런 말을 했어요?" 그녀는 소리를 질렀다.

"아무도요. 난 당신이 하는 말을 들었고 당신을 관찰했어요. 그게 다예요."

"그런데 당신은 그걸 '감상적'이라고 하는군요?"

"그렇죠. 감상적이고 불가능한 일이에요."

"아무것도," 그녀가 말했다. "나를 막을 수 없어요. 난 로버트가 천재라는 걸, 그리고 누구라도 그를 돕는 걸 자랑스럽게 여겨야 한다는 걸 알아요."

"당신은 그를 돕지 못해요."

"내가 왜 못 해요?"

"난 천재들에 관해서는 아는 게 없습니다." 휴가 말했다. "하지만 천재든 아니든, 화이트스톤은 남자예요. 나는 남자를 판단할 줄 알아요. 그런데 그는 —."

"그 사람에 관해 함부로 말하지 말아요!"

"해야겠습니다." 휴가 말했다. "난 지금, 너무 늦기 전에 당신이 알았으면 하거든요."

엄청난 천둥소리가 울려서 그녀를 펄쩍 뛰게 했다. 번개가 치자 한순간 길이 환해졌다.

"러프 씨 집을 지나쳤어요." 그녀가 소리쳤다.

"압니다. 내가 당신에게 할 말이 있어서 그런 거예요 ― 화이트스톤이 나쁜 인간이라는 걸 당신이 지금 알 수 있도록 해야 했거든요. 그는 겁쟁이예요. 생각해 보지 않겠어요? 당신과 화이트스톤, 두 사람의 문제로 생각하지 말고 아내에 관해 불평하면서 젊은 여자를, 어린 여자를 찾는 남자를 생각해 봐요."

"당신은 무슨 근거로 그가 그랬다고 생각하는 거죠?"

"그거야 안 봐도 뻔하죠." 애치슨이 천천히 말했다. 그는 보이지 않는 어둠 속에서 얼굴을 찌푸렸다. "러프 씨 부부는 화이트스톤이 아내와 행복하게 지냈다고 생각합니다. 그가 당신에게 다르게 말하지 않았다면 당신도 그렇게 생각했겠죠."

"내가 관찰력이 좀 좋을 수도 있는 거죠." 그녀가 말했다. 비꼬려고 한 건지 아닌지 분명치 않은 말이었다.

"어젯밤에 당신이 내게 말했던 건," 그가 말을 이어갔다. "그를 위해서였어요."

"책에 나오는 탐정이 돼 보고 싶은 건가요?"

"아뇨. 난 머리가 좋지 않아요. 조금도요. 난 오로지 보고, 듣고, 그걸 종합해서 추론하려고 노력합니다."

"근데, 당신이 지금 이러고 있는 **이유가** 뭐예요? 날 좀 내버려두면 안 돼요? 난 스무 살이 다 됐어요. 내가 뭘 하는지 안다고요. 내가 원하지 않는 걸 당신이 왜 알고 싶어서 캐내려는 거예요? 날 좀 **내버려 둬요!**"

"그럴 수 없어요." 그가 말했다. "심지어 내일까지 기다리는 것도 안 돼요. 당신은 화이트스톤이 어떤 사람인지 **지금** 알아야 해요.”

“왜 지금인데요?”

“왜냐하면,” 그가 말했다. “내일이면 일이 당신에게 더 힘들어질 테니까요.”

“잘 들어요.” 그녀가 말했다. “당신이 어떻게 추측했는지 모르겠지만 아버지에 대해서 당신이 한 말은 사실이에요. 난 아버지의 눈부신 재능이 망가지는 모든 과정을, 자신에 대한 믿음이 무너지는 모든 과정을 다 봤어요. 그리고 난 그거야말로 이 세상에서 제일 끔찍한 일이라고 생각해요. 당신은 천재들에 관해 아는 게 없다고 당신 입으로 말했죠. 근데, 난 알거든요! 내 재능이 이류라는 사실 덕분에 더 잘 알게 된 거죠. 내가 절대로 대단한 사람이 되지 못한다는 걸 작년에 난 알게 됐어요. 내 연주는 그냥 훌륭한 수준이에요. 그래서 난 마음먹었어요. 할 수 있다면 아무도 아버지에게 해주지 못했던 일을 누군가에게 내가 해줄 거라고요. 로버트에게 결함과 약점이 있다는 걸 난 알고 있어요. 당신보다 더 잘 안단 말이에요. 하지만 그게 문제가 된다고 생각해요? 전혀요! 그는 무한한 공감과 이해를 받았어야 하는 사람이에요. 당신이 지금 일의 전모를 안다고 해도 난 상관없어요. 당신은 당신의 그 가증스러운 방식으로 어떻게든 알아내게 됐겠죠. 그 사람을 위해서 그 돈이 필요했던 게 맞아요. 그는 절망에 빠져 있었어요. 그는 겁을 내고 있었다고요!”

“뭘 겁낸다는 거죠?”

“모르겠어요. 그 자신도 알지 못했어요. 그는 단지 벗어날 수가 없다고, 무슨 일이 일어날지 자기도 모르겠다고만 했어요. 그래서 난 그에게 그가 벗어날 수 있도록 내가 돕겠다고 했던 거예요." 그녀는 잠시 말이 없었다. "그는 여전히 벗어나고 싶어 해요." 그녀가 말했다. "이제 당신은 의도했던 걸 접겠죠."

"아뇨." 휴가 말했다.

그녀는 양손으로 귀를 막았다.

"날 집으로 데려가 줘요!" 그녀가 말했다. "난 한마디도 더 듣지 않을 거예요."

그는 길게 한숨을 내쉬며 차를 돌렸다.

9

애치슨의 관점

"휴, 이리 좀 들어와 봐." 러프 씨 부인이 불렀다.

휴는 엘시를 내려준 후 차를 차고에 넣고 집으로 돌아왔었다. 그는 피곤하고 의기소침한 상태여서 말하고 싶은 기분이 아니었다. 그러나 러프 씨 부인이 원하는 것은 해야 했다. 그녀는 하늘을 여전히 번쩍번쩍 가르고 사라지는 번개를 내다보며 응접실의 어두운 창가에 앉아 있었다. 그는 그 방을 가로질러 가서 그녀 옆의 의자에 털썩 앉았다.

"휴!"

"아주머니…."

"그 애 때문에 걱정이야. 그 애는 화이트스톤에게로 달아날 거야. 죽자 살자 그러려고 하고 있어. 그 애 아버지가 그랬지. 정말 매력적이고 뛰어난 남자이면서 바보도 그런 바보가 없었어. 난 마음이 어지러워."

"그녀의 어머니는 어땠나요?"

"그 애 어머니는 폭스 새킷과 결혼한 것 말고는 평생 바보 같은 짓이라곤 하지 않았어. 그녀는 얼굴이 아주 고왔고 차분하고 신중한 성격에 만사를 즐거워하는 편이었지. 내 생각에는 이 세상에서 제일 속 터지는 여자가 그녀야. 그래서 그녀로 인해 엘시는 바보같이 사는 게 뭔가 멋지다고 느끼게 된 거야."

"어쩌면 그럴지도 모르죠." 휴가 말했다.

"휴!" 그녀가 힘차게 말했다. "그런 말 하지 마!"

"네." 그가 말했다. "안 그럴게요. 하지만 그녀는…. 저는 말씀하신 그 차분하고 신중하고 매사에 즐거운 새킷 부인처럼 되지는 못할 것 같아요. 오늘 전 제가 좀 냉혈한이라는 생각을 하고 있었습니다."

"휴, 넌 엘시를 어떻게 생각해?"

그는 한참 동안 답이 없었다.

"죄송합니다만," 그가 말했다. "우리는 서로 잘 지내지 못하고 있어요."

"그 애가 사랑스럽다고 생각하지 않아, 휴?"

"그건 그다지 어울리는 말 같지 않은데요."

"제발 얘기 좀 해줘! 난 그 애를 아주 좋아해, 휴. 그 애가 저 화이트스톤이라는 남자에 대해 너무나 무모하고 바보같이 굴어서 그렇게 말하는 거야? 그건 진짜 아무것도 아니거든."

"불을 좀 켜도 될까요?" 그가 말했다. "전 어두운 데서 아주머니와 얘기하고 싶지 않아요. 전 아주머니 말을 믿지 않습니다."

처음에는 갑자기 켜진 불빛 때문에 눈부셔 하면서 그의 얼굴을 올려다보고 있던 그녀의 눈빛에 긴장감이 점점 커졌다.

"휴…" 그녀가 말했다. "뭔가에 마음이 상했구나."

"전 그냥 전에는 알지 못했던 어떤 걸 알게 된 것뿐입니다. 제가 도덕군자인 척하는 인간이라는 걸요!"

"아유, 난 오래전부터 그렇게 알고 있었단다, 얘야! 너의 가장 훌륭한 점 중 하나가 그건걸. 네 나이 때 사람으로는 정말 뜻밖인 거지. 게다가 그렇게 돈이 많은데 말이야.”

“그리고 전 냉정해요.” 그가 말했다. “찔러도 피 한 방울 안 날 정도로요.”

“그래,” 그녀가 말했다. “때로는 그럴 수 있지. 휴… 넌 저 불쌍한 엘시에게 상처를 줄 뭔가를 하려고 하는 거니?”

“네.”

“잠자리에 들기 전에 위스키에 소다를 한 잔 마시렴, 휴.”

“제가 하려는 일이 뭔지 따져 묻지 않으실 건가요?”

그녀는 희미한 미소를 머금고 고개를 저었다.

“널 믿을게.” 그녀가 말했다. “잘 자렴.”

그는 고개를 숙여 그녀의 관자놀이에 입을 맞췄다. 그런 다음 위층 자기 방으로 올라갔고 15분 뒤에 침대에 누워 잠이 들었다.

그러나 그는 다음 날 아침 꼭두새벽같이 일어나서 차를 타고 나갔다. 그리고 러프와 엘시가 아침을 먹으러 내려왔을 때도 돌아오지 않았다.

“이상한 일이기도 해라.” 러프가 말했다. “꼼꼼하기 이를 데 없는 친구인데… 늦는 법이 없지. 실패하는 법도 없고.”

“전 그런 사람들은 **견딜** 수가 없어요.” 엘시가 말했다.

러프는 그녀를 곁눈질로 봤다.

“글쎄,” 그가 말했다. “너도 알겠지만, 그러면, 어떤 면에서는, 사는 게 편해져. 오기로 된 시간에, 그것도 정시에 나타나고 기타 등등, 뭐 그렇게 하면 말이야.”

“누가 편하게 살고 싶어 하죠?” 그녀가 물었다.

“내가!” 러프가 즉시 말했다. “아, 내가 그래!”

그녀는 억지로 반쯤 미소를 지었다. 그리고 그녀가 커피를 마시는 동안 러프는 그녀를 연구하고 있었다.

'이 애는 그놈의 바보 같은 다이어트를 하는 중이거나 사랑에 빠져 있거나, 둘 중 하나야.' 그는 생각했다. '둘 다 젊은 여자들에겐 아주 나빠. 보통 사랑에 빠지는 나이가 아무 생각이 없을 때라는 건 굉장히 불행한 일이야. 봐봐, 사람들이 가족이 있고 자식들이 다 자라고 나서, 뭐 쉰 살이라든가, 그런 때 사랑에 빠지기만 한다면…. 그게 훨씬 낫지. 실수한다고 해도 크게 문제가 되지 않을 거란 말이지. 이 애는…. 하지만 애나벨이 이 애를 돌봐주겠지.'

그는 안도의 한숨을 쉬고 토스트를 한 장 더 먹었다. 현관의 시계가 9시 종을 쳤다.

"난 9시 30분 기차를 타야 한단다." 그가 말했다. "이사회 회의가 있거든."

그는 위층으로 올라가서 아내에게 나간다는 인사를 했다. 그가 나가자마자 엘시는 서재에 있는 전화기로 가서 화이트스톤의 집으로 전화를 걸었다.

"여보세요?" 전화를 받는 목소리를 듣자 그녀는 숨이 턱 막혔다.

"화이트스톤 씨와 통화하고 싶어요." 그녀가 말했다.

"미안합니다, 새킷 양. 하지만 —."

"난 그와 얘기**할 거예요**." 그녀가 말했다. "당신이 이럴 수는 없어요. 지금 바로 그를 불러줘요!"

"안 됩니다." 애치슨이 말했다.

그녀는 전화를 끊고 손을 탁자에 얹은 채 잠시 서 있었다. 무릎이 덜덜 떨렸다. 곧 그녀는 수화기를 다시 들고 택시를 불렀다.

"바로 보내주세요!" 그녀가 말했다. "그리고 기사에게 대문 밖 도로에서 기다리라고 해주세요."

그녀가 문을 향해 돌아섰을 때 러프 씨 부인이 거기 있는 것이 보였다. 이 시간에 흔치 않은 일이었다.

"엘시, 아가…"

"네, 아주머니. 잠시만요. 뭘 좀 가져오고 싶어서요."

"엘시, 기다려 봐, 얘야! 나와 얘기하기 전에 가면 안 돼."

엘시는 덫에 걸린 절망적인 눈빛으로 주위를 살펴봤다. 프랑스풍 창문 중 하나가 열려 있었다.

"엘시! 휴가 방금 전화했어!"

"다녀올게요, 아주머니…."

그녀는 섬광처럼 창문을 통해 나가서 머리에 모자도 쓰지 않은 채 잔디밭을 가로질러 진입로로 달려 내려갔다. 러프를 역으로 태워 가기 위해 차가 집 앞에 대기하고 서 있었다. 그가 그녀를 가지 못하게 할지도 모른다. 모든 사람이 그녀를 막으려고 애쓰고 있었다. 여기에는 어떤 끔찍한 음모가, 그녀가 알지 못하는 뭔가가 있는 것이었다. 택시는 오지 않았다. 어쩌면 그들이 오지 못하게 하는 것일지도 모른다. 그녀는 러프 부부와 애치슨을, 가늠할 수 없는 권력과 특권을 가진 사람들을 생각했다. 그리고 더할 수 없이 불행하고 불운한 한 남자를, 그들 모두가 그에게 등을 돌린 상황에서 홀로 있는 남자를 생각했다. 그녀는 그가 나약하다는 것을, 불쌍할 정도로 그렇다는 것을 알고 있었는데 그가 그녀를 향해 도움을 청하고 있었다. 그는 이 세상에서 그녀를 정말로 필요로 하고, 그녀에게 의지한 첫 번째 인간이었다.

'그런데 이제 저들은 그를 쫓아내려고 해.' 그녀는 생각했다. '그들은 그에게 **나를** 위한 최선의 길이 그거라고 말하겠지. 그가 이 끔찍한 충격 때문에 더없이 참담하고 아픈 지금 그들은 그를 떠나게 할 거야. 내가 지금 그를 저버리면 그에게 어떤 일이 생길지 알 수 없어. 어제저녁에 그는 넋이 나간 것 같았어. 그의 심정이 어떨지는 쉽게 상상이 돼. 지금 그는 자기가 아내에 관해서 했던 모든 말이 기억날 게 틀림없어. 그가 그녀를 사랑했었다면 상황은 더, 천 배나 더 나쁘겠지.'

그가 폭발하듯 내뱉었던 말을 들었음에도 그녀는, 지금은 죽어 누워 있는 그의 아내에게 자기가 마치 못 할 짓을 한 것처럼 밤새 죄책감에 억눌린 채 겁에 질려 있었던 게 사실이었다.

'하지만 내가 그를 막을 수는 없었을 거야.' 그녀는 생각했다. '그의 인내심은 한계에 달해 있었어.'

그 일은 그녀에게 충격이었고 그녀를 겁에 질리게 했었다. 그녀는 2주 전 화이트스톤을 처음 만났을 때부터 그가 자기에게 반했다는 것을 알았고, 그래서 뿌듯한 마음이었다. 그는 그녀에게 자기 그림들을 보여줬다. 다른 사람은 아무도 보지 못한 것들이라고 그는 말했다. 그는 그녀의 얼굴을 크레용으로 그려주며 그녀가 귀도 레니의 '첸시'를 닮았다고 말했었다. 그리고 그녀는 여기 자기가 도울 수 있는 어떤 사람이 있음을 느꼈다. 자신의 아버지에게는 그런 사람이 아무도 없었고, 그래서 비참한 운명을 맞았던 것인데 그 전철을 똑같이 밟을 조짐이 보이는 사람이었다.

그녀는 줄곧 화이트스톤에 대해서 조금의 환상도 품지 않았었다. 그녀는 그가 불안정하고 광적으로 고집이 세다는 것을 알았고, 그의 내면에 기이하고 비인간적인 뭔가가 있다는 것을 알았다. 그러나 그녀의 아버지에게도 그런 면이 있었다. 그는 친구와 함께 시골로 가느라고 집에 있는 돈을 다 가져가서 그동안 식구들이 굶고 지내도록 내버려 두곤 했다. 그녀는 그걸 이해했다. 그녀는 화이트스톤의 작품이 아주 훌륭한지 아닌지 판단할 수는 없었지만, 그가 화가라는 것은 알았다. 그리고 자기에게는 그에게 없는 것이 다 있다고 생각했다. 그녀가 가진 활력과 단순 명쾌한 태도는 그에게 힘을 불어넣어 줄 것이었다. 그녀의 자긍심은 그가 존경할 만했다. 그리고 그녀의 의리는 그의 불안정한 삶을 단단하게 떠받쳐 줄 것이었다.

그 소규모의 저녁 모임이 있던 밤, 그는 쪽지 하나를 그녀의 손에 쥐어 줬었다.

"이 쪽지는 읽고 나서 바로 태워버려요. 이런 쪽지를 쓰는 건 내가 멍청하고 못난 까닭입니다. 하지만 난 어찌할 도리가 없어요. 당신을 너무나 사랑합니다. 아름답고 작은 나의 아가씨, 내가 이 모든 것에서 벗어날 수 있다면 나와 결혼해 주겠어요? 하지만 물론, 당신이 나를 사랑한다면 말입니다. 만약 내가 당신의 사랑을 얻는다면 난 당신이 자랑스럽게 여길 작품을 그릴 수 있습니다. 무엇이든 그릴 수 있을 겁니다. 아, 나를 용서해 줘요. 아름답고 가엾은 나의 아가씨, 나를 용서해 줘요. 하지만 나는 모든 것이 한계에 달해 있답니다. 지금 이걸 벗어나지 못한다면 무슨 짓을 할지 모르겠습니다. 당신이 나를 좋아한다면, 행여 나를 사랑하게 될 거라면, 오늘 밤 내게 좀 말해줘요."

그녀는 다른 사람들이 잔뜩 있는 그 방에서 그에게 말했었다. 그에게 따로 말을 걸 수 있는 기회를 찾아냈던 것이다.

"당신이 벗어나도록 제가 도울게요." 그녀가 말했었다.

"그 말은, 날 좋아한다는 건가요?" 그가 물었다.

그러자 그녀는 대답했다. "네, 그래요."

그녀가 한 그 말은 충동적이거나 무모한 것이 아니었다. 그녀는 자기 말이 어떤 함의를 지니는지, 자기가 한 맹세가 어떤 것인지 충분히 깨닫고 있었다. 그녀는 이것이 낭만적인 연애가 아니라 현실이라는 것을 알았으며 힘든 고민 끝에 사태를 직시했던 것이다.

'그 사람은 감당할 수 없을 거야.' 그녀는 그렇게 생각했었다. '내가 모든 계획을 다 짜야 해.'

그리고 그녀는 계획을 짰다. 그녀는 상황이 즉시 바뀌지 않는다면 화이트스톤과 그의 아내 사이에 엄청난 싸움이 벌어지리라는 것을 확실히 느꼈었다. 더는 참을 수 없는 갈등상태에 있던 그에게 정말 필요한 건 폭력적인 싸움이었다. 그는 엘시가 그렇듯이 그런 싸움 같은 것은 개의치 않을 것이었다. 그녀의 견해로는 그런 싸움으로 갈등은 해소되는 것이었고, 로절린드가 그 과정에서 마음의 상처를 입는 것은 그녀의 관심사가 아니었다. 로절린드는 그녀가 볼 때 숨이 턱턱 막히는, 초라하고 못된 여자였다.

그러나 그녀는 러프 부부의 마음을 상하게 하고 싶지는 않았다. 그녀는 그들을 좋아했기 때문이었다. 그리고 또 그녀는 어린 시절의 혹독한 경험을 통해 예술가에게 추문은 해악이라는 것을 알고 있었다. 그녀는 건강상의 문제나 작업을 핑계 삼아 로버트가 당장 여행을 떠나야만 한다고 결정했다. 집을 떠나 있으면서 그는 로절린드에게 편지를 써서 다시는 그녀에게 돌아오지 않겠다고 해야 할 것이었다. 그 말은 반드시 매우 품위 있게 해야 하고, 무엇보다 먼저 아내에게 돈을 남겨 놓고 떠나야 했다. 엘시가 어린 시절을 거치면서 배운 또 다른 것이 그것이었다. 예술가는 작품이 아니라 가족을 부양하는 것으로 더 많이 평가받는다는 점 말이다.

그녀는 러프 부부에게는 접근하지 않는 게 낫다고 생각했다. 그들은 분명 그녀에게 친절하고 관대하게 대하겠지만 여러 가지를 물을 게 분명했다. 그래서 그녀는 휴에게 갔던 것이다. 그녀는 부탁한 것을 그에게서 얻었다. 그리고 그를 증오했다.

그녀의 심장은 애치슨에 대한 분노로 뜨거웠다. 그는 부드럽고 정중하게 굴면서 그 이면으로는 처음부터 그녀를 좌절시키고 로버트에게 상처를 주려 하고 있었던 것이다. 그는 로버트를 중상모략했다. 그는 끈질기게 훼방을 놓았다.

'그리고 지금,' 그녀는 생각했다. '그는 로버트와 논쟁을 하고 있을 거야. 로버트는 논쟁할 상태가 아니야. 그는 무슨 일이든 동의하게 될 거야. 특히 그, 그 애치슨이 나를 끌어들이며 우긴다면 말이야.'

그 작은 집에 도착했을 때 그녀는 택시비를 낼 돈이 없다는 사실을 깨달았다. 그런 것에 당황하면 그녀가 아니었다. 그녀는 여전히 어린아이의 세계에 살고 있었고, 그 세계에서는 언제나 누구든 돈을 내주는 사람이 있었던 것이다. 그녀에게는 누군가 항상 옷을 사주었고 먹을 것과 쉴 곳이 있었으며 돈이라는 것은 그녀에게 별 가치도, 의미도 없는 것이었다.

"좀 기다려 주세요!" 그녀는 택시 기사에게 이렇게 말하고는 뛰쳐나갔다. 대문 앞에 애치슨의 차가 서 있었다. 그녀는 경멸의 눈빛으로 그 차를 쳐다봤다. 그는 교양 없는 속물이고 로버트나 그녀 자신을 절대로 이해하지 못할 문외한이었다.

그녀는 초인종을 울렸지만 아무도 나오지 않았다. 문을 열려 해봤지만 문은 잠겨 있었다.

'하지만 애치슨이 여기 있는 걸 아는데.' 그녀는 생각했다. 그리고 서둘러 별채로 가는 길로 갔다. 그들은 거기 있었다. 목소리들이 들렸던 것이다.

"그러면 난 널 죽여버릴 거야, 이 사냥개 같은 놈!"

그녀는 손을 가슴에 대고 급히 멈춰 섰다. 그것은 로버트가 하는 말이었다. 고통에 힘겨워하는 그 불안정한 목소리였다.

"말도 안 되죠." 휴는 그런 위협이 그저 피곤하기만 한 듯 대답했다. "난 당신에게 기회를 한 번 줄 겁니다. 지금 떠나요, 당장 말입니다."

"그는 가지 않아요!" 엘시가 입구에서 말했다.

그녀는 급하고 흥분한 마음에 얼굴이 빨개져 있었고 관자놀이 옆 검은 머리는 축축하게 젖고 눈은 불타고 있었다. 두 남자는 한순간 아무 말 없이 그녀를 마주 봤다.

"로버트," 그녀가 말했다. "저 사람 말은 듣지 말아요. 떠나려는 생각은 하지 말아요."

"새킷 양," 휴가 말했다. "당신은 화이트스톤에게 몹시 나쁜 조언을 하는 겁니다. 당신은… 만약 당신이 어떤 해를 끼치고 있는지 안다면…. 부탁이니, 당신 자신과 화이트스톤을 위해서 당장 집으로 가세요."

화이트스톤은 하나 있는 의자를 앞으로 밀었다.

"앉아요, 엘시." 그가 말했다. "난 당신이 이 얘기를 들었으면 해요. 이 사냥개가 무슨 짓을 하려고 하는지 당신이 알았으면 한다고요."

이날 아침 화이트스톤에게서는 이상한 희열감이 느껴졌다. 그는 아프고 지쳐 보였지만 열정적인 기운이 충만해 있었다. 그의 검은 머리는 헝클어져 있고 옷은 때가 묻어 꼬질꼬질했다. 단정하고 호리호리한 몸의 금발 머리 애치슨이 그의 옆에서 잘난 체 혐오스러운 표정을 짓고 있는 것이 그녀의 눈에 들어왔다.

"그가 당신을 쫓아버리려 하고 있다는 건 알게 됐어요." 그녀가 말했다.

"그렇지만 그가 그걸 **어떻게** 하려는지는 모르잖아요." 화이트스톤이 말했다.

"화이트스톤," 애치슨이 뭔가 간청하는 듯한 목소리로 말했다. "새킷 양에게 가라고 해요. 이건 안 되는 ―."

"난 당신이 알면 좋겠어요, 엘시." 화이트스톤이 말했다. "애치슨은 내가 로절린드를 살해했다고 말하려고 여기 온 거요."

"어머나…." 그녀는 의자 뒤로 손을 뻗으며 소리쳤다.

"난 당신이 이 얘기를 들었으면 해요." 화이트스톤이 다시 말했다. "왜냐하면 내가 당장 사라지지 않으면 그는 자기 이론을 가지고 경찰에 가겠다고 협박하고 있기 때문이죠. 그러면 당신은 다른 누군가를 통해 그 얘기를 듣게 될지도 모르고요."

"진짜로 당신이 그런 말을 하지는 않았겠죠?" 그녀는 애치슨을 돌아보며 말했다.

그는 잠시 말이 없었다.

"가지 않을 건가요?" 이내 그가 말했다. "이건 화이트스톤과 나 사이의 일입니다."

"그건 아니죠." 그녀가 말했다. "난 모든 걸 알고 싶어요. 당신이 로버트에 대해 만들어 낸 그 거짓말을 하나하나 다 알고 싶다고요."

"그녀에게 말해, 애치슨." 화이트스톤이 말했다. "그래서 당신의 이야기가 그녀에게 어떻게 들리는지 한번 보라고."

애치슨은 또다시 말하기를 힘들어했다.

"화이트스톤," 그가 말했다. "당신이 하고 있는 이 일은 용서할 수 없는 짓입니다. 난 당신에게 기회를 주겠다고 했어요. 새킷 양이 즉시 가지 않으면, 당신은 그 기회를 얻지 못할 겁니다."

"엘시, 당신은 어떻게 생각해요? 난 당신이 하라는 대로 할게요. 도망갈까요?"

"**그녀가** 책임을 지게 해서는 안 됩니다." 휴가 천천히 말했다. 그는 이제 잘난 체하는 것으로 보이지 않았다. 회색 눈을 가늘게 뜨고 입을 꽉 다문 그는 위험하고 무자비해 보였다.

"그녀가 결정할 거야." 화이트스톤이 말했다. "가든지 아니면 있든지, 난 그녀가 하라는 대로 할 거야."

"아뇨," 휴가 말했다. "당신에게 그냥 있으라고 말했다는 기억이 그녀에게 남도록 하지는 않겠어요. 그녀는 당신이 있게 됐을 때 어떤 결과가 생길지 알지 못하니까요 — 알 수가 없으니까요. 아뇨, 당신은 이제 기회를 놓쳤어요."

화이트스톤은 탁자 끝에 앉아 있었다.

"그러니까 당신은 경찰에 갈 거라고?" 그가 말했다. "좋아! 가. 그리고 지옥에나 떨어져!"

"난 새킷 양을 여기 당신과 함께 남겨두지는 않을 겁니다."

"당신은 나를 가게 하지 못해요." 엘시가 말했다. "원한다면, 경찰을 부르러 사람을 보내요. 난 로버트와 함께 있을 거예요."

"새킷 양, 내가 경찰서로 가면 경찰은 화이트스톤을 체포할 겁니다."

"그가 가진 '증거'가 뭔지 알아요, 엘시?" 화이트스톤이 말했다. "그는 식료품 저장실에 걸려 있던 가엾은 로절린드의 젖은 수영복을 발견했어요."

"그건 당신 수영복이었습니다, 화이트스톤."

"그건 나를 음해하는 당신의 말일 뿐이야, 애치슨. 유감스럽게도 나는 당신이 소년 탐정 놀이를 할 거라고는 생각하지 못했어. 그래서 오늘 아침에 그런 모든 물건을 다 치워 버렸지 뭔가."

"델란시 역시 그 젖은 수영복을 봤습니다."

"내가 살인자라고 델란시가 믿도록 하려면 꽤나 시간이 걸릴 것 같은데. 단지 로절린드의 젖은 수영복을 본 걸로는 전혀 통하지 않을걸."

"새킷 양이 이 모든 걸 듣게 된 건 당신이 선택한 일입니다." 휴가 말했다. "난 이런 건 바라지 않았어요. 화이트스톤 씨 부인의 수영복은 경찰이 그녀를 해변에서 병원으로 실어 갔을 때 거기서 벗겨서 치웠어요. 그건 아직 거기 있습니다."

"미안하지만," 화이트스톤이 말했다. "그녀에게는 수영복이 두 벌 있었어. 당신이 발견한 건 그저께 그녀가 입었던 거라고. 그런 증거로 내가 유죄를 받지는 않을 것 같은데 그래."

"도움이 될 겁니다." 휴가 말했다. "그것과… 그리고 당신의 안경이."

"내 안경이라고?" 화이트스톤이 우스워 죽겠다는 듯 격하게 그 말을 따라 했다.

"난 내가 아는 모든 걸 숨김없이 말하겠어요." 휴가 말했다. "그 모든 게 당신의 유죄를 입증한다는 걸 보여줄 겁니다. 새킷 양을 위해서 그렇게 할 겁니다. 그녀가 듣고서 떠나기를 바라니까요."

"자, 어서 해봐!" 화이트스톤이 말했다. "내 안경 이야기를 들어보자고."

"우리가 어제 여기 왔을 때," 휴가 말했다. "당신은 그림을 그리고 있었죠, 안경을 쓰지 않고서요."

"맙소사!" 화이트스톤이 소리를 지르며 웃음을 터트렸다. "당신 말을 들으니 전에 내가 그림을 그려줬던 어떤 광고가 생각나는군. '당신의 눈은 오직 하나뿐입니다. 눈을 방치하거나 함부로 쓰는 건 어리석은 죄입니다.' 그래 사실 난 안경을 쓰지 않고 그림을 그리고 있었어! 그러니까 내가 죄를 저지른 것만은 맞는 것 같군그래."

"아뇨," 휴가 말했다. "그럴 만한 이유가 있어서, 난 오늘 아침에 그걸 좀 조사해 봤습니다. 브라운 씨 부인에게 당신이 안경을 쓴 적이 있냐고 물어봤어요. 그랬더니 당신은 원시가 심해서 안경이 없으면 그림은 손도 대지 못한다고 말하더군요. 난 동네 안경점에 가봤고…. 다 **알고** 나서 여기 당신에게 온 겁니다, 화이트스톤."

"내가 안경을 쓴다는 걸 알아냈다고, 어?"

"새킷 양," 휴가 말했다. "내가 이걸 계속해야 하나요, 아니면 당신이 지금 가겠어요?"

"계속해요!" 그녀가 말했다. "난 당신이 해야 한다는 말을 전부 들을 거예요."

그는 곧바로 말을 시작하지는 않았다. 그는 여전히 무척 조용하고 신중한 태도였지만 목이 답답한 듯 칼라 안으로 손을 넣어 돌렸다.

"무슨 일이 일어났는지 말씀드리죠." 그가 말했다. "어제 아침에 화이트스톤은 자기 부인이나 브라운 씨 부인의 눈에 띄지 않게 부인을 뒤따라 해변으로 갔습니다. 그는 그녀가 헤엄을 쳐서 바위가 있는 지점을 한 바퀴 돌아오는 습관이 있다는 걸 알고 있었죠. 그 지점에서 그녀는 브라운 씨 부인의 눈에는 보이지 않게 됩니다. 그는 바다로 헤엄쳐 나가서 거기서 그녀를 기다리고 있었습니다. 그녀는 당연히 소리를 지르지 않았어요. 그를 보고 놀라거나 겁을 먹지도 않았죠. 그는 완력으로 그녀의 머리를 물 밑으로 집어넣었어요.

"그만!" 엘시가 소리를 질렀다. "그건 —"

"그래요. 끔찍한 일이죠." 휴가 말했다. "그녀가 몸부림치기 시작하자 그는 그녀의 머리를 바위에 처박았습니다. 모든 게 끝났을 때 그는 해변으로 헤엄쳐 와서 수영복을 벗고 옷을 입었죠. 그 모든 일을 다 하는 데 겨우 몇 분이 걸렸을 뿐입니다. 그곳은 매우 호젓한 곳입니다. 아무도 그를 보지 못했어요. 그는 숲을 통해 집으로 왔고 아무도 마주치지 않았습니다. 그는 여기, 자기 작업실로 왔죠. 우리가 오는 소리를 듣자 그는 붓을 집어 들고 —."

"엘시," 화이트스톤이 말했다. "이 얘기를 듣는 건 당신으로선 힘든 일이에요. 하지만 이 친구가 자기의 형편없는 공상을 사방에 알린다면 —."

"그를 막아야 해요, 로버트."

"내 사랑, 나는 그럴 수가 없어요. 그는 백만장자의 아들이고 나는 땡전 한 푼 없는, 빌어먹도록 가난한 화가인걸요."

휴는 처음으로 흥분하는 모습을 보였다.

"제기랄!" 갑자기 불같이 화를 내며 그가 말했다. "그건 아무 상관도 없는 —."

"사실이잖아요." 엘시가 말했다. "당신은 이 끔찍한 일을 지어낸 거예요. 자기 허영심에 구미가 당겨서 말이에요. 그건 처음부터 끝까지 거짓말이에요. 하지만 사람들은 당신 말에 귀를 기울이겠죠. 당신에게는 돈이 있으니까요. 그들은 뭔가 있는 게 틀림없다고 말하겠죠. 그 말을 **당신이** 한다는 이유로요. 모든 사람이 부자는 사심이 없다고 상상하죠. 오로지 자기가 중요한 사람이라는 걸 보여주려고 당신이 이런 일을 했다는 걸 아무도 알아차리지 못할 거예요. 난 어젯밤에 당신이 자기의 '관찰력'에 얼마나 큰 자부심을 느끼고 있는지 봤어요. 당신은 내게 눈과 귀로 판단한다고 했죠. 그래요. 그래서 당신은 그렇게 보고 들은 것들을 가지고 자기 좋을 대로 결론을 끌어오죠. 당신에게 한 번이라도 맞선 사람이 과연 있을까 싶네요. 당신은 아첨꾼들에게 둘러싸인 왕처럼 살고 있어요. 하지만 난 당신에게 아첨하지 않을 거예요. 정말이지 이 모든 건 다 **거짓말**이라고요!"

그녀는 말을 끝마치며 흐느꼈지만 그녀의 이글거리는 눈빛은 여전히 휴의 얼굴에 고정되어 있었다.

"난 로버트와 함께 여기 계속 있을 거예요." 그녀가 말했다. "그리고 우리는 당신, 그리고 당신의 돈과 싸울 거예요."

그녀는 화이트스톤의 손을 잡아 자기 뺨에 갖다 댔다. 휴는 돌아서서 그들을 두고 나왔다.

10

타격을 입다

델란시는 박하 술 한 잔을 옆에 두고 베란다에 앉아 있었다. 입에는 조세핀이 새로 사준 파이프를 물고 있었다.

"난 당신이 파이프 담배 피우는 걸 보고 싶어, 쇼!" 그녀는 이렇게 말하곤 했다.

당최 그녀는 그가 담배 피우는 것을 마치 사랑스러우면서 좀 황당한 어린아이의 놀이라도 되는 것처럼 여기는 것이었다. 그래서 그녀는 그에게 그 은 담뱃갑과 가죽 여송연꽂이, 그리고 여송연 보관함을 장남감으로 주고서 그것들을 사람들에게 보여주고 싶어 했다.

"쇼! 여송연 개비들이 자기 주머니 속에 늘어져 있네? 그 보관함은 어딨어?"

정작 그녀는 담배를 피우지 않았다.

"난 담배 피우는 건 전혀 반대하지 않아요." 그녀는 항상 사람들에게 말하곤 했다. "하지만 뭐랄까… 난 깔끔이 지나쳐서 말이죠. 머리카락이나 손에 담배 냄새가 나는 걸 그냥 참을 수가 없어요."

그녀는 오늘 오후에 필립스 양에게 담배를 권하지 않았다. 그래서 그는 담배 피우는 게 좀 망설여졌다. 조세핀이 또다시 무슨 말을 할까 봐 두려웠던 것이다. 그는 필립스 양이 그런 말을 듣게 되는 게 싫었다. 그는 조세핀이 애정을 듬뿍 담은 눈길로 자기를 지켜보고 필립스 양은 조심스럽게 일부러 자기를 보지 않는 가운데 여기 앉아 있는 것이 어쩐지 바보같이 느껴졌다.

"오늘은 사무실에 갔어야 하는데." 그가 말했다.

"하지만 쇼, 여보! 당신은 이 모든 일을 겪은 후인데다가 가엾은 로버트 옆에 앉아서 밤을 절반이나 새우고 왔잖아!"

그는 자기가 앉아서 밤을 반쯤 새운 것은 아니라는 사실을 필립스 양은 왠지 알 것만 같았다.

"난 피곤하지 않아." 그가 말했다.

"그런데 사인 규명 심리가 내일이잖아." 조세핀이 계속 말했다. "당신이 가야 할까?"

"그건 아닐 것 같아. 소환장이 오지는 않았거든."

"저는 가려고 해요." 필립스 양이 말했다.

"헬렌!" 조세핀이 반대했다. "그런 건 좀 병적이지 않아?"

"전 호기심이 **없는** 게 병적이라고 항상 생각해 왔어요." 필립스 양이 말했다.

"그렇지만 헬렌! 이렇게 끔찍한 비극적인 일에는 호기심을 넘어선 다른 어떤 걸 느껴야지!"

"전 그런 느낌은 안 드는 것 같아요. 아시잖아요, 제가 화이트스톤 부부를 한 번도 만난 적이 없다는 걸요."

택시 한 대가 진입로로 들어오고 있었다. 필립스 양과 델란시는 따분한 사람이 정신이 번쩍 들며 흥미를 보이듯 그쪽을 봤다. 택시가 집 앞에서 멈추더니 놀랍게도 엘시 새킷이 내리는 것이었다. 그녀는 목에 프릴이 달린 하얀 원피스를 입고 검정 벨벳 테를 두른 넓은 밀짚모자를 쓰고 있었다.

'아름다운 아가씨야.' 그는 생각했다. '그림 속에 나오는 것같이…'

하지만 조세핀은 어쩌지? 그는 불편한 시선으로 아내를 흘깃 봤다. 그녀는 우아한 미소를 지으며 예상치 못한 손님을 향해 앞으로 나가고 있었다.

"델란시 씨 부인이시죠?" 그 젊은 여성이 물었다. "전 엘시 새킷이라고 해요. 러프 씨 집에 다니러 온 방문객이랍니다. 괜찮으시면…? 델란시 씨와 잠시 얘기를 나눠도 될까요?"

델란시는 그녀에게 거의 화가 치밀었다. 이것은 그와 조세핀 사이에 또 다른 다툼이 시작되기 충분한 일이었다. 그러나 그 젊은 여성이 검은 눈을 자기에게 돌리자 그는 그 생각은 잊고 말았다.

"물론이죠!" 그가 따뜻하게 말했다. "물론입니다! 들어와요!"

그러면서 그는 조세핀은 제 마음대로 생각하게 놔두기로 했다.

그는 엘시를 자기 서재로 들어오게 해서 그녀 앞으로 의자를 당겨주고 담배 한 개비를 내밀었다.

"델란시 씨," 그녀가 말했다. "저는 러프 씨 집을 나왔어요."

"어… 러프 씨 집을 나왔다고요?" 그는 그 말을 반복했다.

"계속 묵을 수가 없었어요. … 불쾌한 일이 생겼거든요. 하지만 저는 이 근방을 떠나고 싶지 않아요. 당신 생각엔, 제가 여기 며칠간 묵게 해 달라고 하면 부인이 허락하실까요?"

그는 처음으로 자신의 의존적 삶이 짓누르는 무게를 통째로 느꼈다. 처음으로 그는 자기를 지탱해 온 그 모든 상냥하고 자잘한 가식이 구겨져서 그야말로 가련한 꼴이 된 자신을 느꼈다. 조

The Death Wish

세핀의 집, 조세핀의 돈, 자기 것이라곤 하나도 없었다. 그에게는 심지어 도덕적 우월성조차 없었다. 그가 그녀에게 미치는 영향력이라는 것은 금방이라도 없어질 수 있는 미약한 것이었다. 그녀가 엘시의 요청을 어떻게 받아들일지 그는 알지 못했다. 그녀는 러프 부부의 손님이 집에 묵는 것을 몹시 반가워할지도 모르고, 질투에 불타 공공연하게, 어처구니없이 질투심을 내보일지도 몰랐다. 그는 알지 못했다. 그는 수치스럽고 비참한 심정으로 아무 말 없이 그 젊은 여성 앞에 서 있는 것밖에는 아무것도 할 수가 없었다.

"델란시 씨, 그게 편하지 않으시면 제가 근방에 있는 호텔에 갈 수 있도록 돈을 좀 빌려주시겠어요?"

마치 어린아이가 뭔가를 요구하듯이 그녀가 너무나 간단히 그렇게 부탁하자 그는 "네, 네. 기꺼이 그러죠, 새킷 양"이라고 대답했다. 그는 어떻게든 돈을 구할 수 있을 것이기 때문이었다. 조세핀에게서 받지 않는다면 뭔가를, 커프스단추라든가 담뱃갑을 팔 수도 있었다. "하지만 아내에게 물어보겠습니다. … 아내에게 어떤 계획이 있는지 제가 잘 몰라서요. … 집에 손님들을 묵게 하기도 하니까…."

그녀는 이 말을 아주 평이하게 받아들이는 것 같았다.

"제가 여기 묵고 싶은 건 로버트 때문이에요." 그녀는 말을 이어갔다. "예전에도 그는 이미 엉망이었는데, 지금은…! 아! 애치슨이라는 남자가 한 짓을 당신이 안다면!"

"왜요? 그가 뭘 했는데요?"

엘시는 앞으로 몸을 기울이며 양손을 모아 쥐었다.

"그야말로 소름 끼치는 일이었어요. 충격으로 병이 들 지경인 로버트에게 오늘 아침 이 남자가 와서는 그가 아내를 살해했다는 혐의를 씌운 거예요."

델란시는 얼굴이 하얘져서 담배를 던져버렸다.

"혐의를 씌웠다니… 하지만… 그가… 하지만… 어떻게 그럴 수가 있었죠?"

"제가 다 말씀드릴게요. 그러면 당신이 로버트를 도와줄 수 있겠죠. 휴 애치슨은 돈과 영향력이 있어요. 만약 그가 그런 이야기를 퍼뜨린다면…. 게다가 심지어 그는 경찰에게 갈 거라고도 했으니…."

"하지만 그가… 무슨… 무슨 근거로…?"

"그의 말로는 어젯밤에 그와 당신이 그 집의 식료품 저장실에서 물에 젖은 수영복을 발견했다더군요. 그러면서 그는 그걸 로버트가 바다에 들어갔던 '증거'라고 했어요."

델란시는 의자에 털썩 앉았다. 기절할 때 사람들은 이런 것을 — 이런 메스꺼움, 머릿속이 이렇게 검게 소용돌이치는 느낌 — 느꼈던 걸까?

"그리고 그가 말한 다른 증거는 우리가 어제 작업실에 갔을 때 로버트가 안경을 쓰지 않고 그림을 그리고 있었다는 거예요." 경멸하는 말투로 그녀가 말했다. "물론, 경찰이야 그에게 전혀 관심을 보이지 않겠지만 다른 사람들은 그럴 거예요. 러프 씨 부부조차도 그럴 테죠. 전 그가 그분들에게 어떤 말을 했는지 몰라요. 하지만 그 집으로 돌아갔을 때 그분들은 달라져 있었어요. 러프 씨 부인은 저와 얘기하고 싶다고 했지만, 전 —. 전 그럴 수 없었어요. 전 그 아주머니께 쪽지를 남기고 나왔어요. 저한테 다정하게 대해주셨는데 이렇게 떠나게 돼서 정말 미안하다고⋯. 하지만 그분들은 애치슨 편이에요. 그들은 같은 부류의 사람들이거든요. 예전이나 지금이나 사람들은 로버트 같은 예술가를 이해하지 못해요.”

그는 그녀가 그렇게 길게 말을 해서 자신을 추스를 수 있게 된 점이 감사했다. 그러나 지금도 그는 자기 목소리가 어떻게 들릴지, 자기 얼굴이 어떻게 보일지 확신할 수 없었다.

“로버트는 화를 냈나요?” 그가 물었다.

“당연하죠. 그것도 격분한 수준으로요. 애치슨이 그런 헛소문을 퍼뜨리지 못하도록 할 무슨 방법이 없을까요?”

“제가 생각해 보겠습니다.” 델란시가 말했다. “그럼요, 잘 생각해 볼게요. 잘 생각해 볼 겁니다. 제가⋯.” 그는 스스로 단속했다. 그가 해서는 안 되는 한 가지 일이 잘 생각하는 것이었다. 그것은 혼자 있게 되어서야 할 일이었다. 사실은, 로버트가 안경을 쓰지 않고 그림을 그린 적은 한 번도 없다는 걸 생각해서는 안 된다. 그 젖은 수영복이 자기 얼굴을 쳤던 걸 기억해서는 안 된다. 무엇보다도, 로버트가 “날씨가 좋으면 내일 그 일을 할 생각이거든⋯.” 이라고 했던 건 절대로, 절대로 기억해서는 안 된다.

“괜찮으시면,” 그가 정중하게 말했다. “가서 아내와 얘기를 좀 하겠습니다.”

그러나 등 뒤로 서재 문을 닫았을 때 그는 한 걸음도 더 갈 수가 없었다. 그는 벽에 기대서서 모든 게 다 괜찮을 거라는 자신의 호쾌한 지론과 오랜 철학을 되새겨 보려고 안간힘을 썼다.

"델란시 씨, 어디가 안 좋으세요?" 헬렌 필립스가 차분한 목소리로 물었다.

그는 얼이 빠진 듯 느끼한 미소를 띠며 그녀를 쳐다봤다. 그는 그녀의 얼굴에서 연민의 표정 같은 것이 보인다고 믿었다.

"그게 저," 그가 말했다. "혹시 조세핀에게 물어봐 **주실 수** 있을지…. 조세핀에게 새킷 양이 며칠간 우리 집에 묵었으면 한다고 말해줄 수 있을까요?"

"저야 아주 기꺼이 그러고 싶은데요…" 필립스 양이 말했다. "하지만 새킷 양이 부인께 직접 말하면 두 사람이 더 잘 조율할 수 있지 않을까요?"

그러자 그는 필립스 양이 자기 말을 이해했으며 이 집의 상황이 어떤지 그녀는 알고 있었다는 것을 알았다. 그는 지독하게 침울한 상태에서 충동적으로 그녀에게 손을 내밀었고 그녀는 침착한 태도로 그 손을 꽉 잡아주었다. 그녀는 미인이 아니었고 특별한 점도 없었으며 마르고 차분한 서른 살의 젊은 여성이었으나, 그는 그토록 인정 많고 위안이 되는 사람을 한 번도 만난 적이 없다고 생각했다.

"당신 말이 맞네요." 그가 말했다.

"식당 방으로 들어와서 우선 위스키를 한잔 드세요." 그녀가 말했다. 그녀는 또다시 옳았다. 그가 원한 것이 그것이었다. 게다가 그녀는 아무것도 묻지 않았고, 심지어 그를 쳐다보지도 않았다.

"부인은 베란다에 계세요." 그녀가 말했다. "그녀와 전 엘시 새킷에 관해 얘기하고 있었거든요. 그녀의 아버지가 폭스 새킷이잖아요."

그는 그녀가 자기에게 말할 거리를 던져주고 있다는 것을 알아차렸다. 그는 헬렌 필립스에게 고마워해야 했지만 그러지 못했다. 그는 위스키를 꿀꺽 삼키고는 넥타이를 바로 잡았다. 그리고 조세핀을 찾아 밖으로 나갔다.

"여보!" 그가 말했다. "좋은 일이 있어! 새킷 양이 당신에게 오는 중인데…. 아무래도 당신이 직접 만나보는 게 좋겠어. 그녀는 당신이 자기를 묵게 해줬으면 하는데…. 난 모르겠어. … 사실, 우리로서는 당황스러운 일일 수도 있고…."

그는 조세핀의 얼굴을 관찰했다. 전에는 한 번도 그랬던 적이 없었다. 그녀는 그가 말을 꺼내기도 전에 화가 나 있었다. 그러다가 깜짝 놀랐고 그다음에는 어리둥절했다.

"하지만 왜?" 그녀가 물었다.

그는 자신이 해야 하는 말 한마디 한마디가 두려웠다. 그러나 상황을 개연성 있게 만들어야만 했다.

"사실대로 말하자면," 그가 말했다. "그녀는 가엾은 로버트에게 관심이 있어. 그러니까, 그는 예술가잖아. 그런데 그녀의 아버지가 음악가였어. 같은 유형의 사람들인 거지. 그녀는…."

"내가 만나볼게." 조세핀은 이렇게 말하고는 집 안으로 들어갔다.

그는 그녀가 의혹을 품고 있으며 반쯤 적대적이기는 하지만 무슨 일인지 궁금해한다는 걸 알았다. 만약 그녀가 그 아가씨를 집에 들이는 걸 거부한다면 그때는 어떻게 하지? 그는 엘시를 데리고 도망칠 수도, 호텔에 데리고 갈 수도, 지금으로서는 돈을 줄 수도 없었다.

'그녀가 오지 않았다면 얼마나 좋았겠어!' 그는 생각했다. '골칫 거리야. … 난 로버트를 보러 가야 하는데….'

그는 로버트를 만나고 싶지 않았다. 로버트를 만나는 것이 두 려웠다. 복도에서 목소리가 들리자 그는 화들짝 놀랐다. 조세핀 과 엘시가 함께 오고 있었다.

"새킷 양이 며칠 동안 우리 집에 있기로 했어." 조세핀이 말했 다. "쇼, 택시비를 내고 이 아가씨의 가방을 가져와 주겠어?"

그는 택시비를 낼 수가 없었다. 그는 그걸 알고 있었지만 그럼 에도 주머니를 더듬어 봤다.

"잔돈 좀 있어, 조세핀?"

"아… 내 가방을 찾아보겠어, 쇼?"

그는 그 질문을 수도 없이 했었고 그러면 그녀는 그렇게 대답 하곤 했었다. 심지어 신혼여행에서도 그랬다. 호텔에서, 다른 사 람들의 집에서, 자기들의 집에서 그는 수도 없이 그녀의 지갑을 찾으러 갔었다. 지갑들은 끝없이 바뀌곤 했지만 늘 향수 냄새가 났고 늘 돈이, 지폐와 잔돈이 가득 들어 있었다. 그녀는 현금을 두둑이 가지고 있고 싶어 했고, 그럴 수 있었다. 그녀는 돈이 너무 많았고, 그는 전혀 없었다. 그녀가 매달 조금씩 나눠주는 그 쥐꼬 리만 한 용돈밖에는 없었다.

그는 복도 탁자 위에 놓인 가방을 찾아서 그녀에게 가져갔다. 그녀가 지갑을 열어서 지폐 한 장을 주는 동안 그는 옆에 서 있 었다. 새킷 양과 헬렌 필립스가 보는 앞에서 이렇게 해야 한다는 견딜 수 없이 쓰디쓴 감정이 그를 가득 채웠다. 그는 조세핀에게

슬쩍 눈길을 보냈다가 그녀의 군살 없는 얼굴에 어떤 못되고 인색한 표정이 나타나 있는 것을 봤다. 전에는 전혀 눈치채지 못했던 사실이었다.

그러나 그는 그 돈을 받아야 했고 거스름돈을 그녀에게 돌려줘야 했다. 그리고 가슴 속에 그 모든 쓰디쓴 감정과 그 소름 끼치는 두려움을 안고서 거기, 베란다에 앉아 있어야 했다.

'혼자 있을 수조차 없는 신세구나!' 그는 속으로 울부짖었다. '난 혼자 있는 게 필요해. 로버트에 관해 생각해 보려면 말이야."

그가 로버트에 관해 생각하지 않기만 하면 혹시 이 일이 흔적 없이 날아가 버릴까? 아니, 이런 일이 진짜로 일어났단 말인가? 이런 일들은 그가 신문에서 재미있게 읽곤 했던 것들이었다.

'그건 사실이 아니야.' 그는 속으로 말했다. '로버트에 관해 그런 일을 생각하다니 어처구니가 없군. 내 제일 친한 친구인데. 그리고 그가 그렇게 바보**일 리가 없어**.'

그 '바보'라는 말에 그는 당황스러웠다. 그것은 그런 식으로 바라볼 일이 아니었다. 그런 일을 저지른 남자를 바보라고 부를 수는 없는 것이었다. 그런 자는 최악의 범죄자일 것이다. 그런데 로버트는 범죄자가 아니었다.

'그건 내가 알아.' 그는 속으로 말하고 또 말했다. '하나님 맙소사! 내가 로버트를 알고 지낸 시간이 몇 년인데. 그도 나만큼이나 그런 악랄한 범죄는 못 저질러.'

다만 그날 자작나무 공터에서 로버트가 했던 그 말을 잊을 수가 없을 뿐이었다. 친구의 얼굴에서 그가 봤던 고통, 분노, 그 괴로움…. 진짜로 누가 봐도 좋게 보이지 않았을 것이다.

'하지만 다른 사람은 아무도 듣지 못했어!' 그는 생각했다. 그러자 안도감이 몰려와서 그는 크게 한숨을 쉬었다. '아무도 그가 어떤 심정이었는지 몰라. … 여기서는 다들 그를 아주 좋아했고. 누가 애치슨의 빈약한 증거를 주목하겠어? 다들 그들 부부가 행복하게 살았다고 생각하고 있단 말이지.'

"쇼, **점심** 먹어." 그의 아내가 말하고 있었다. "당신 무슨 문제 있어?"

그녀는 엘시 새킷을 배려하여 쾌활하고 교양 있게 굴고 있었다. 그녀의 이런 태도가 그는 언제나 살짝 당황스러웠지만 오늘은 거의 견디기 힘들 지경이었다. 엘시의 맑은 눈이 모종의 놀라움을 담아 그녀를 바라보는 것이 보였다. 그보다 더한 것은, 필립스 양이 그녀를 아예 쳐다보지 않는다는 것이었다.

'조세핀은 왜 자연스럽게 굴지 못하는 거지?' 그는 생각했다. '그녀가 좀 다른 모습을 보이기만 한다면…. 내가 그녀와 말을 나눌 수 있다면…. 혼자 있고 싶다고 그녀에게 말이라도 할 수 있다면….'

혼자 있고 싶은 그의 바람은 점점 커져서 열망이 되어가고 있었다. 그럼에도 그는 감히 그 말을 입 밖에 내지 못했다. 그가 침실로 올라가면 조세핀은 그를 따라와서 뭐가 문제냐며 물을 것이었다. 그가 서재로 가면 그녀는 거기 들어올 것이었다. 혼자서 밖으로 걸어 나가거나 차를 타고 나가면 그녀가 뭐라고 그를 비난할지 알 수가 없었다. 그는 그녀에게서 벗어날 수가 없었다. 그는 앞으로도 절대로 그녀를 벗어날 수 없을 것이었다.

"내 가방 어디 있어, 쇼?" 그리고 그녀는 그에게 자기가 주고 싶은 만큼 줄 것이었다. 그는 그녀가 더는 그에게 돈을 보내지 않겠다고, 그가 차를 사용하지 못하도록 하겠다고 위협했던 토요일의 말다툼이 떠올랐다.

'아니, 그 일은 잊을 수가 없어.' 그는 생각했다. '그때 나는 그녀에게 선을 넘었다고 말했었지. 남자에게 어떤 일들은 잊을 수가 없는 법이야.'

그는 자신의 침울한 분노에 놀랐다.

'로버트에 대한 걱정 때문에 신경이 쇠약해졌어.' 그는 생각했다. '로버트에 관해 뭘 해야 할지 생각해 봐야 해.'

생각이 되지 않았다. 로버트를 만나야 한다고 스스로 되뇔 때 그의 내면에서 뭔가가 멈칫거리는 것이었다. 그는 로버트에 관해 그 새킷 양과는 더 이상 얘기하고 싶지도 않았다.

'예쁜 아가씨지.' 그는 기계적으로 생각했다. '로버트에게 신의를 지키고.'

그러나 그녀는 무슨 말을 하고 어떤 행동을 할지 상상할 수 없는, 불안정한 아가씨였다.

'반대로, 필립스 양 같은 아가씨라면….' 그는 생각했다. '그녀는 걱정할 필요가 전혀 없어. 그녀는 능력이 있고 모든 걸 갖추고 있어.'

그는 필립스 양에게 털어놓고 안도하는 자기 모습을 잠시 상상했다. 그녀라면 남다른 이해력을 발휘하며 들어주겠지, 그는 생각했다. 그녀라면 왠지 자기가 그랬던 것처럼 화이트스톤을 이해해 줄 것 같았다. 그러나, 물론, 그건 불가능했다. 그녀에게, 아니 그 누구에게라도 진심을 털어놓는다면 의도했던 것보다 더 많은 것을 말하게 될 것 같았다.

"좋아, 애치슨을 만나보겠어!" 그는 절망에 빠져 속으로 소리를 질렀다. "그와 얘기해 볼 거야. 그가 깨닫도록 애써 볼 거야. 그리고 그에게 대놓고 할 말이 하나 있어. 그가 자신의 '증거'인 수영복과 안경 얘기를 할 거라면, 내가 그 말을 뒷받침할 것으로 기대하지는 말아야 한다는 말 말이야. 실제로, 로버트에게 골치 아픈 일이 생길 것 같으면 난 거짓말을 할 거야. 로버트라도 나를 위해 그렇게 하겠지. 그럼, 그렇고 말고…. 그러면 이 애치슨이라는 친구의 말밖에는 아무것도 없는 거야. 그저 그의 추론일 뿐…."

그들은 점심을 먹고 나서 거실로 들어갔다. 그는 내내 불안에 시달렸기 때문에 제한되고 어색한 그 순간을 거의 의식하지 못하고 있었다.

'러프 씨 부인이 안주인이라면,' 그는 생각했다. '아니면, 필립스 양이라면….'

그가 벽난로 선반 옆에 서서 담배를 피우고 있을 때 엘시가 그에게 다가왔다.

"델란시 씨!" 그녀가 소곤소곤 말했다.

그는 조세핀 쪽을 걱정스럽게 흘깃 쳐다봤다. 그녀는 그에게 소곤거리는 이 아가씨가 마음에 들지 않을 것이었다. 그녀 역시 쳐다보고 있었다. 그는 즐거운 듯 자애로운 미소를 지으려고 해 봤다.

"로버트를 만나러 가실 거죠? 아니에요?" 그녀는 말을 이어갔고 그녀가 뭔가 중요한 얘기를 하고 있다는 것을 누구라도 알 수 있을 것이었다.

"제가 그에게 바로 전화해 보죠." 그가 말했다.

그는 그 방을 나가게 돼서 기뻤고 전화를 생각해 낸 것이 기뻤다. 그는 서재의 문을 닫고 자리에 앉아서 이맛살을 찡그린 채 앞을 내다봤다. 그러고는 수화기를 들어 화이트스톤의 익숙한 번호로 연결을 부탁했다.

그러나 전화를 받은 것은 익숙하지 않은 목소리였다. 부드러운 남자의 목소리가 천천히 말했다. "여보세요!"

"화이트스톤 씨 집이죠?"

"네, 그렇습니다."

"그와 통화하고 싶은데요. 그에게 델란시의 전화라고 해주세요."

"그는 여기 없습니다."

"댁은 누구시죠?"

"저는 맥헨리 장의사에서 나온 조 펄리라고 합니다."

델란시는 사람들과 친하게 대화하는 것을 좋아해서 이 작은 교외 소도시의 아주 많은 사람들과 알고 지냈다. 그는 조 펄리를 알고 있었고 그와 자주 얘기를 나누곤 했었다.

"화이트스톤 씨가 어디 간 건지 알고 있나, 조?"

"그게… 네, 압니다, 델란시 씨." 조가 머뭇거리며 대답했다. 델란시는 그의 머뭇거림에서 뭔가 잘못되었음을 감지했다.

"어딘가, 조?"

"경찰이 와서 데려갔습니다, 델란시 씨. 대략 15분에서 20분쯤 전에요."

"경찰이… 경찰…." 델란시는 말을 했다가 그 기묘한 더듬거림을 극복하기 위해 잠시 지체해야 했다. "아마도… 경찰이 그에게 묻고 싶은 게 있나 보군."

"저기…." 조가 말했다. "그들은 체포 영장을 가져온 것 같습니다."

"체포 영장이라면…? 자네 말은…?"

"그게 저, 델란시 씨, 있잖습니까, 제 친구 중 한 명이 경찰인데요…. 화이트스톤 씨의 안경을 경찰이 해변에서 찾은 것 같습니다."

"안 돼!" 델란시가 고함을 질렀다. "내 말은… 경찰이 그런 황당한 걸로 사람을 체포할 수는 없다는 거야."

"글쎄요, 델란시 씨, 있잖습니까," 조는 일찍이 경험하지 못한 이 신나는 일을 엄청나게 즐기는 마음을 숨기지 못하면서 말했다. "그 안경은 화이트스톤 씨 부인이 익사한 곳 바로 옆에 있었어요. 누군가 그게 화이트스톤 씨의 안경이라는 걸 경찰에게 알려줘서 경찰이 그 안경을 찰리 에덴에게 가지고 갔는데 찰리는 그 안경이 자기가 화이트스톤 씨에게 만들어준 거라고 맹세할 수 있다고 했대요. 그런데, 있잖습니까, 화이트스톤 씨는 맹세코 자기는 그날 아침에 그 해변 근처에 간 적이 없다는 겁니다."

"알겠네." 델란시가 말했다. "알겠네, 조…."

11

반지를 주다

델란시는 서재 방문을 잠그고 방이 흔들릴 정도로 육중하게 의자에 몸을 던졌다.

"어떻게 하지?" 그는 자문했다. "어떻게 해야 하지? 경찰이 내게 물으면, 그래, 난 거짓말을 할 거야. 그 수영복을 봤다는 걸 부인할 거야. 우리가 어제 아침에 그 작업실에 갔을 때 로버트는 안경을 쓰고 있었다고 맹세할 거야. 아, 맙소사, 잠깐이라도 그를 볼 수만 있다면…. 우리가 왔을 때 안경을 쓰고 있었다고 끝까지 우기라고 말해줄 텐데. 그러면 나중에 해변에 갔다가 안경을 떨어뜨렸다고 말할 수 있을 텐데…. 그렇게 말할 정도의 지각이 그에게 있기만 하다면, 애치슨의 이야기 말고는 아무것도 없을 것이고 우리가 그 이야기를 뒷받침하지 않는다면 **그게** 무슨 소용이 있겠어? 하지만 **그녀도** 그를 만났잖아. 얼른 그녀와 얘기를 해봐야 해."

그는 문을 열고 종을 울렸다. 그리고 하녀를 보내 새킷 양에게 할 말이 있으니 와달라고 전했다.

'그녀는 그가 안경을 쓰고 있었다고 맹세해야 할 거야.' 그는 생각했다. '로버트를 위해서 그녀는 그렇게 하겠지.'

그는 속이 메슥거리고 몸이 흔들리는 느낌이었다. 술을 한 잔 더 마시고 싶은 마음이 간절했다. 그러나 식당 방으로 간다면 조세핀에게 붙잡힐지도 몰랐다.

"쇼," 입구에서 조세핀의 목소리가 말했다. "이게 무슨 일인지 알고 싶은데?"

그는 참을 수 없는 분노를 조절하려고 애썼다. 엘시와 말할 기회를 갖기도 전에 경찰이 올지도 몰랐다.

"내가 새킷 양을 불러달라고 했어." 그가 대답했다. "그녀에게 해야 할 말이 있어."

"왜? 내가 물어봐도 돼?" 그녀는 거만하게 따져 물었다.

"나중에 말해줄게. 그녀를 지금 빨리 좀 보내줘."

"난 그렇게는 하지 않을 거야! 이건 전혀 마음에 들지 않아. 난 —."

그는 종을 다시 울렸다. 그리고 하녀가 나타나자 소리를 질렀다. "새킷 양을 여기로 오게 하라고 내가 말했잖아! 귀가 먹었어, 아니면 뭐야?"

"불쌍한 애니에게 소리를 지를 필요는 없어. 애니는 당신 말을 전했어. 하지만 내가 새킷 양에게 내가 가겠다고 —."

"새킷 양에게 **즉시** 여기로 오라고 말해!" 그가 말하자 하녀는 서둘러 나갔다. "이제 당신은 나가 있어!" 그는 아내에게 말했다. "난 그녀와 단둘이 말해야 해."

"난 그렇게는 못 해!" 그녀가 말을 시작하자 그는 그녀를 향해 나아갔다. 그의 시뻘게진 얼굴과 눈에 떠오른 표정을 보고 그녀는 황급히 뒤로 물러섰다. 엘시가 복도로 걸어오고 있었다.

"들어와요!" 그는 그녀에게 큰 소리로 외쳤다. 그리고 그녀가 들어온 후 문을 닫아 잠갔다. "이제, 여길 봐요!" 그가 말했다.

"제발 진정하고 들어야 해요. … 당신이 크게 도울 수 있으니까요. 흥분하지 않는다면 말이죠. 앉아봐요. … 내가… 내가 이런 말을 해야 하는 게 유감이에요."

그녀는 똑바로 선 채 그대로 있었다.

"애치슨이 시작했다는 말인가요?" 그녀가 물었다.

"네." 그가 대답했다. 그리고 그녀의 용맹스러운 작은 얼굴을 쳐다보자 한순간 그는 다른 이야기는 할 수가 없을 것 같았다. 그러나 로버트를 생각한다면, 해야만 했다.

"로버트가… 체포됐습니다." 그가 말했다.

그녀는 짧게 헉하고 숨을 들이켰으나 여전히 아까와 마찬가지로 똑바로, 흔들림 없이 서 있었다.

"아마도 경찰은 그렇게 해야 하는 거겠죠, 누군가 고발을 하면요." 그녀가 말했다. "경찰은 그냥 몇 가지 질문을 하고 그를 풀어줄 거예요. 휴 애치슨이 한 말 때문에 경찰이 그를 잡아 둘 수는 없어요."

그녀의 얼굴에 두려움도, 의심도 보이지 않고 오직 심각한 분노만이 보이자 그는 괴로웠다.

"있죠…," 그가 말했다. "경찰이 해변에서 그의 안경을 찾았습니다. 사건이 일어난 곳 부근에서요."

"그야 뭐, 그가 오후에 거기 갔잖아요."

"아뇨. 우리가 해변에 도착하기 전에 앰뷸런스를 만났던 거 기억 안 나요? 그리고… 그리고 그다음엔, 그날 아침 우리가 작업실에 갔을 때 로버트가 안경을 쓰고 있지 않았다는 애치슨의 진술이 있어요. 그리고… 꽤 많은 사람이 그가 안경 없이는 그림을 그리지 못한다는 걸 알고 있고요.”

“당신 말은…!” 그녀가 소리를 질렀다. 뺨이 붉어지고 있었다.

“아, 내 말은 신경 쓰지 말아요!” 그는 괴로운 마음에 조급하게 대답했다. “어떤 식으로 보든, 로버트에겐 좋지 않은 상황이에요. 내가 생각을 해봤는데요…. 경찰은 분명 당신을 신문할 겁니다. 나도 마찬가지고요. 그러면 난 일요일 아침에 로버트를 봤을 때 그가 안경을 쓰고 있었다고 맹세할 거예요.”

“일이… 그렇게 심각한가요?” 그녀가 물었다. 그리고 그가 아무 말이 없자 그녀는 그의 표정에서 답을 읽었다. “그럼 나도 똑같이 할게요.” 그녀가 말했다. “우리가 거짓말을 해야만 로버트가 풀려날 거라고 당신이 확신한다면요?”

“그건 분명합니다.” 델란시가 말했다.

그리고 그 말을 했을 때 그는 자기의 마음속에 어떤 생각이 있는지를 매우 분명히 알았다. 전에는 그걸 부인했었고, 지금은 부인하고 싶었으나 그럴 수가 없었다. 그는 로버트가 유죄라는 걸 믿었던 것이다. 그는 그걸 **알고 있었다**.

“당신과 내가 그 이야기를 고수한다면,” 그가 말했다. “그러면 그가 안경을 쓰고 있지 않았다는 건 오직 애치슨의 말뿐입니다.”

“그렇죠.” 그녀가 말했다. “알겠어요.”

문에서 노크 소리가 났다.

“뭐야?” 델란시가 크게 말했다.

“쇼,” 그의 아내가 말했다. “쇼! 경찰이 여기 당신을 만나러 왔어.”

그는 문을 확 열어젖히고 밖으로 나왔다. 이럴 것으로 예상했었다. 일어나야 했던 일이 일어나서 그는 기뻤다. 그는 행동을 취하고 싶은 갈망을 느꼈다. 설령 거짓말을 하는 것일 뿐이라고 해도 그는 친구를 방어하기 위해 확실한 뭔가를 하고 싶었다. 그는 엘시 생각은 잊고 있었다. 조세핀이 팔을 붙잡지 않았더라면 그녀도 잊었을 것이었다.

"이게 무슨 일이야?" 그녀가 소곤거리며 말했다.

"로버트에 관한 거야." 그는 아주 낮은 소리로 대답했다. "그가 체포됐어. 쉿! 조용히 해! **지금은** 아무 말도 하지 마. 경찰은 어디 있어?"

경찰은 거실에 있었다. 조금 뚱뚱하고, 날이 더워서 그런지 얼굴이 빨간, 지극히 평범한 경관이었다.

"그린베일 경찰서에서 나온 모나한 경관입니다." 그가 일어서며 말했다. "서장님께서 경찰서로 와주셨으면 하십니다. 저와 함께요. 그냥 몇 가지 질문에 답해 주시면 됩니다."

델란시는 이런 건 예상하지 못했었다. 그는 조사가 여기, 자기 집에서 이루어질 것으로 생각했었다. 그는 침착하게, 어쩌면 조금 익살스럽게 대응할 생각이었다. 그러나 출두하는 것은….

그는 모나한 경관을 바라보며 서 있었다. 그의 내면에 크나큰 두려움이 솟아나고 있었다. 붉은 얼굴의 뚱뚱한 이 남자는 그가 농담을 주고받던 교통순경과는 달랐다. 호쾌한 그의 외모조차도 델란시에게는 극도의 잔인함을 숨기고 있는 불길한 것으로 여겨졌다. 이 사람은 법이었다. 그는 자신의 거짓말이 생각했던 것처럼 단순한 뻔뻔스러움의 문제가 아니라는 것을 알게 됐다. 이 일을 끝까지 수행하려면 용기와 재빠른 기지가 필요하다는 것을 그는 알았다. 그에게는 없는 것들이었다. 한 번씩 그의 마음을 휩쓸고 순간적으로 경련을 일으키게도 하던 섬광같이 끔찍한 통찰의 순간이 찾아왔다. 그는 자기가 어설프고, 느리고, 남에게 쉽게 당한다는 것을 알고 있었다.

그는 두려웠다. 엘시와 필립스 양, 그리고 아내가 경찰과 함께 떠나는 그를 지켜봤다. 그는 자신이 준열한 시험에 들게 되리라는 것을 알았다.

모나한 경관의 차가 진입로를 빠져나가기 전에 애치슨 청년이 그들 쪽으로 차를 몰고 오는 것이 보였다. 자기가 되고 싶었던 사람의 모든 것을 청년 애치슨이 보여주고 있기에 그는 절로 신음이 나왔으나 기침으로 그 사실을 숨겼다.

애치슨은 그를 봤다. 그리고 그가 어디로 가는지, 왜 가는지 알았다. 애치슨은 웬만하면 하지 않는 어떤 행동을 했다. 급하게 엑셀을 밟았던 것이다. 자신이 그렇게 필사적으로 서두르고 있다는 느낌을 그는 살면서 한 번도 경험하지 못했었다. 그는 델란시의 집 앞에 차를 대고 계단을 뛰어올라 베란다로 갔다. 헬렌 필립스가 거기 있는 것을 보고서 그는 크게 안도했다. 그녀는 설명을 듣지 않아도 사태를 이해할 수 있으리라 생각되는 사람이었다.

"헬렌," 그가 말했다. "부탁인데, 저를 위해 엘시 새킷을 데려와 주시겠어요? 몹시 급합니다. 중요한 일이에요."

"알겠어요!" 그녀는 그렇게 말하고 집 안으로 들어갔다.

그녀는 그 궁상맞은 '서재'의 창문 옆에 서 있는 엘시를 찾아냈다.

"새킷 양," 그녀가 말했다. "휴 애치슨이 당신을 보려고 여기 와 있어요. 그는 미친 듯이 서두르고 있습니다.”

“난 그를 보고 싶지 않아요!” 엘시가 그녀를 향해 돌아서며 말했다.

“하지만 제가 당신이라면 전 만나보겠어요.” 필립스 양이 다정하게 말했다. “휴는 아무것도 아닌 일로 이렇게 급히 올 사람이 아니에요. 그는… 기분파가 아니거든요.”

그녀의 조용하면서도 호쾌한 태도에 그 아가씨의 마음이 움직였다.

휴는 베란다 난간 위에 앉아서 담배를 피우고 있었다. 그녀가 나오자 그는 일어섰고 그들은 서로를 마주 봤다.

“얘기 들었는지 모르겠군요.” 그가 말을 꺼냈다.

“로버트가 감옥에 있다는 얘기요?” 그녀가 말했다. “그래요, 들었어요.”

“경찰이 당신을 신문하리라는 건 알고 있나요?”

“각오하고 있어요.” 그녀가 말했다. “그럼 난 가볼게요.”

“기다려요, 제발! 경찰은 어느 때고 당신을 소환할 겁니다. 내가 먼저 당신과 얘기**해야 해요**. 그런데 어떻게 얘기해야 할지 모르겠군요. 어떻게 당신에게 호소해야 할지 모르겠어요. 당신은 누구라도 정말 좋아하는 사람, 다치지 않기를 원하는 사람이 없나요?”

“로버트 말고는 없어요.” 그녀가 말했다.

“당신이 말했던 그 이모는? 러프 씨 부인은? 신문에 대서특필될 뉴스에 나오지 않았으면 하는 사람은요?”

“아무도 없어요.” 그녀가 차갑게 대답했다. “난 당신이 무슨 말을 하려는지 아주 잘 알고 있어요. 당신은 내가 로버트를 저버리기를 바라죠. 그는 지금 곤경에 처해 있어요. 그 곤경을 유발한 건 당신이고요."

"그건 사태를 바라보는 한 가지 방식입니다." 휴가 말했다. "다른 방식은 그가 뿌린 대로 거두고 있다고 생각하는 것이고요."

"당신도 그랬으면 좋겠군요." 그녀가 말했다. "난 당신이 그렇게 잔인하게 거들먹거리면서 이 일에 참견한 대가를 언젠가는 치르기를 온 마음을 다해 바랄 거예요. 로버트가 바보 같았다는 건 알아요. 그는 사람들에게 알랑거리지 않았죠, 당신과 러프 씨 부인 같은 사람들에게요. 그는 친구도 만들지 않았어요. 지금 이런 어처구니없는 일로 거짓 고발을 당한 상황에서 자세를 낮추지도 않고 있죠."

"엘시," 휴가 말했다. "당신은 알아야 해요. … 난 당신에게 어떻게 된 일인지, 화이트스톤이 무슨 짓을 했는지 말해줬어요."

"그가 했다고 당신이 생각한 걸 말해줬죠."

"나만 그런 게 아닙니다. 내가 그를 의심한다는 이유만으로 경찰이 그를 체포하지는 않는다고요."

"그럴 수도 있죠." 엘시가 말했다. "당신이 이 개연성 있는 이야기를 만들어 냈잖아요. 당신은 그 젖은 수영복이 로버트 거라고 했는데 그게 아니라는 걸 그는 지금 증명할 수 없어요. 그 안경은…. 난 당신이 그걸 발견했을 거로 생각해요."

"그래요. 난 그 일이 사고라는 생각에 전혀 안주하지 않았어요. 그리고 그 젖은 수영복을 보고 난 후 알았죠. 경찰은 수고스럽게 해변을 수색할 생각을 하지 않았습니다."

"그런데 **당신은** 했군요?"

"했습니다." 그가 말했다.

"아마도," 엘시가 말했다. "당신이 직접 그 안경을 거기 가져다 놨겠죠. 당신이 영웅이 되는 멋지고 흥미로운 사건을 만들려고요."

"당신은…" 휴가 말을 시작했다. 그리고 그는 자제력을 발휘하려 약간 애를 썼다. "난 당신을 돕고 싶습니다." 그가 말했다. "하지만 당신이 사태의 심각성을 인식하기 전까지는 아무것도 할 수가 없습니다."

"심각성이라고요?" 그녀가 소리쳤다. "당신 상상으로는 내가 로버트가 감옥에 있는 걸 재미있다고 생각할 것 같아요? 모든 사람이 그에게 적대적인 걸 말이에요? 그가 누명을 벗는 게 얼마나 어려울지, 지금 고발당한 일이 그의 미래 전체에 어떤 영향을 끼칠지 난 알고 있어요."

"당신에게 이 말을 하고 싶지는 않아요. 하지만 당신은 조만간 그 일을 직시해야 할 겁니다. 화이트스톤의 유죄를 입증할 논거는 당신이 생각하는 것보다 훨씬 더 강합니다. 그건…" 그는 다시 한번 잠시 말을 멎었다. "그에게 도움이 되도록 당신이 할 수 있는 일이 한 가지 있습니다."

그녀는 이게 함정인지, 화이트스톤에 대한 새로운 위협인지 파악하고 이해하려고 골똘히 생각하면서 그를 쳐다봤다.

"어디 한번 들어보죠." 그녀가 말했다.

"경찰이 당신을 신문하면 화이트스톤을 변호하려고 하지 말아요. 당신들의 관계가 시시한 장난 같은 것일 뿐 아무것도 아니라고 그들이 생각하게 만들어요. 그리고 당신은 나와 약혼한 사이라고 말해요."

"당신과 약혼했다고요?"

"그게 당신에 대한 뒷말을 멈추게 하는 길입니다. 당신이 한 온갖 일 때문에 증폭된 그런 뒷말을요."

"내가 그런 걸 신경 쓸 거로 생각해요?" 그녀가 경멸하듯 다그쳐 물었다. "마음대로 떠들라고 해요."

"당신 머리에 아직 그 생각이 떠오르지는 않았나 보군요?" 애치슨이 신중하게 말했다. "이런 소문이 화이트스톤을 완전히 지옥으로 보내버릴 거라는 생각 말입니다."

그녀의 눈이 휘둥그레졌다. 그녀는 그의 소매를 잡았다.

"안 돼요!" 그녀가 소리쳤다. "그런 말 하지 말아요! 아, 그럴 수는 없어요."

그는 자기를 붙잡은 그녀의 손을 내려다봤다. 그는 무슨 말을 하려는 듯 입을 열다가 멈추고는 잠시 아무 말 없이 뻣뻣하게 서 있었다.

"당신과 화이트스톤 사이에 모종의 합의가 있었다는 게 증명될 수 있다면," 그가 말했다. "그게 그의 충분한 동기라는 점을 어떤 배심원이라도 믿게 될 겁니다."

"난… 그건 몰랐어요. 그런 생각은 하지 못했어요."

"당신은 아예 생각이라는 걸 하지 않았어요." 휴가 말했다. "당신은 자기 자신이나 다른 누구도 고려하지 않고 그냥 일을 벌인 거예요."

그의 목소리에 차가운 분노가 담겨 있었기에 그녀는 화들짝 놀라고 말았다.

"당신 생각으로는 내가 —." 그녀가 말을 시작했다.

"난 당신이 빌어먹을 정도로 어리석은 바보였다고 생각합니다." 휴가 말했다.

그녀의 얼굴이 붉어졌다가 다시 창백해지고, 눈에 어렸던 분노의 빛이 사그라져갔다. 그녀는 바닥을 내려다봤다.

"당신 말이 맞는 것 같아요." 그녀가 말했다. 모멸감이 아니라 깊은 생각이 담긴 말이었다. "그렇지만 내가 지금이라도 그 모든 걸 부인하면 될 거 —."

"아뇨. 당신은 화이트스톤과 당신이 서로에게 푹 빠져 있다는 사실을 최선을 다해 동네방네 알렸어요. 배심원은 당신과 화이트스톤이 아무리 그 사실을 부인해도 신경도 쓰지 않을 겁니다."

그녀는 이제 겁에 질려 있었다. 그녀는 차분한 얼굴로 시선을 바닥에 계속 고정하고 있었다. 하지만 그는 그녀의 숨소리가 가빠졌다는 것을 알았다.

"델란시 씨 외에는 아무도 몰라요." 그녀가 말했다.

"당신은 매디슨 박사와 그 인턴 앞에서 아주 제대로 그 사실을 드러냈습니다. 러프 씨와 그 부인이 알고 있어요. 그리고 나도 압니다."

"하지만 당신들은 말하지 않을…?"

"그분들과 내게 거짓 증언을 하라고 부탁할 겁니까?"

그녀는 그의 목소리에서 친절도, 연민도 감지할 수가 없었다.

"당신은 왜 그런 말을 한 거죠?" 그녀가 물었다. "왜 내게 당신과 약혼했다고 말하라고 한 거냐고요?"

"아마도," 휴가 말했다. "내가 바보인가 보죠. 어쨌거나 나는 당신이 이런 일에 휘말리는 걸 보고 싶지 않습니다. 싸구려 잡지에 '살인자의 여자, 끝까지 사랑과 의리를 지키다' 등등의 제목 아래 당신 사진이 나오는 걸 보고 싶지 않아요."

"이 사건의 극적인 부분은," 그녀가 말했다. "내가 정말로 의리를 지킬 거라는 —." 그녀의 목소리가 불안정하게 떨리는 바람에 그는 움찔했다.

"좋아요." 그가 말했다. "이렇게 합시다. 당신이 이미 말했다시피 내게는 영향력과 돈이 있는 게 사실이죠. 당신은 이제 그걸 이용하면 됩니다. 나의 약혼녀인 당신을 성가시게 괴롭히는 사람은 없을 거예요. 그리고, 당연히도, 화이트스톤의 유죄를 입증할 논거 역시 현저히 약해질 겁니다."

"이해가 안 되네요. 당신은 그의 유죄를 입증할 논거를 확보하기 위해 그 고생을 했는데, 이제는⋯. 그러면 당신은 그 모든 해악을 스스로 저질러 놓고 나서 그가 유죄라는 걸 정말 확신하지는 **않는다**는 거잖아요."

"난 그가 유죄라는 걸 압니다." 휴가 말했다.

"그런데 기꺼이 그를 돕겠다고요?"

"내가 돕고 싶은 건 당신이에요. 그런데 유감스럽게도 그가 혜택을 받지 않고는 당신을 도울 수가 없는 거죠."

그녀는 그를 똑바로 쳐다봤다.

"왜죠?" 그녀가 물었다. "내게 무슨 일이 일어나든, 당신이 왜 신경을 쓰는 거죠?"

"그건 설명하지 못할 것 같군요." 휴는 그녀의 눈높이에 시선을 맞추며 말했다. "나 자신도 이유를 잘 모르니까요."

그들 사이에 잠시 침묵이 흘렀다.

"내가 당신에게 줄 반지를 가져왔어요." 그가 말했다. "우리 어머니가 가지고 계셨던 겁니다. 작은 반지예요. 내 생각엔 당신에게 맞을 것 같아요. 새 반지를 사지 않은 건 추적이 가능하기 때문이고 또 내가 여기 온 첫날 저녁에 우리가 첫눈에 사랑에 빠져 약혼했다고 말하는 편이 낫기 때문입니다."

그녀는 그가 건네준 반지를 받아 손바닥에 올려놓았다.

"난 당신을 속이지는 않을 거예요." 그녀가 말했다. "내가 이렇게 한다고 해도 그건 내가 곤경에서 빠져나오기 위해서가 아니에요. 나에 대해 사람들이 어떤 말을 하는지, 어떻게 생각하는지 신경 쓰기 때문도 아니에요. **오로지** 로버트를 위해서예요."

"이해합니다."

"아마도…." 그녀가 말했다. "내가 로버트에 관해 어떤 느낌인지 — 그가 무슨 일을 했다고 해도 달라지는 건 전혀 없다는 것을 — 당신이 깨닫는다면, 당신 어머니의 반지를 내가 끼는 걸 그렇게 간절히 바라지는 않을 거예요."

그는 그녀의 손가락으로 반지를 밀어 넣고 자기 손 위에 그녀의 손을 얹었다.

"당신은 대인이군요." 그녀가 말했다.

12

결점

휴는 한 가지를 말하지 않았다. 아니, 내비치지 않았다. 그러나 엘시는 마음속으로 그것을 생각했다. 그의 말들은 그녀에게 큰 충격을 주는 일격이었다. 그러나 그녀는 그 말들을 부인하거나 자신을 합리화할 생각은 하지 않았다. 그가 한 말은 사실이었다. 그녀는 오직 화이트스톤에 대한 신의를 지키고 싶었고 자기가 그렇게 헌신적이라는 것을 그뿐만 아니라 세상 사람들이 다 알도록 하고 싶었었다. 그녀는 이제 휴의 말처럼 자기가 어리석었다는 것, 그리고 화이트스톤에게 피해를 줬다는 걸 알 수 있었다.

그리고 순진할 정도로 솔직하고 용감한 그녀의 눈앞에 또 다른 가능성이 바로 보이고 있었다. 그것은 너무나 무서운 일이었기에 그녀의 심장은 두려움으로 얼어붙어 갔다. 그럼에도 그녀는 집요하게 그것을 곱씹고 있었다.

화이트스톤의 쪽지에 답을 했을 때 그녀는 로절린드 화이트스톤을 죽게 한 원인을 제공했던 것일까?

화이트스톤이 그녀에게 빠져 있었다는 사실은 배심원이 생각할 때 너무나 충분한 동기라고 휴는 말했었다. 그게 진짜 범죄의 동기였다면?

복도에서 발소리가 나자 그녀는 베란다 계단을 달려 내려갔다. 그리고 보기 좋게 가꾸어 놓은 정원 안에서 사람들의 눈에 띄지 않게 혼자 있을 수 있는 곳을 찾으며 길을 따라갔으나 부질없는 일이었다. 분재 전나무들과 깔끔한 잔디가 있을 뿐 나무들이 거의 없는 그곳에는 숨어 있을 데가 없었다. 그녀는 길가에 둘러친 철제 울타리로 갔다. 거기 몸을 기댄 채 그녀는 화이트스톤과 나눈 짧은 로맨스의 과정을 되돌아봤다.

그녀는 몸을 사리지 않았었다.

'난 내가 그의 수호천사가 될 거라고 생각했어.' 그녀는 돌이켜 생각했다. '근데, 내가 악마였다면? 그를 유혹한 악마였다면?'

그녀는 화이트스톤을 생각했다. 얼마나 강렬하게 생각했던지 눈앞에 화이트스톤의 얼굴이 보일 정도였다. 그리고 그녀는 마음속으로 다른 질문을 던졌다. 자신은 화이트스톤이 그런 유혹에 넘어갈 수 있는 사람이라는 걸 믿었던가? 그가 살인을 할 수 있는 사람이라는 걸 믿었던가? 그녀는 정말 진심으로 답을 해야만 했다.

'모르겠어.'

그녀는 자기가 그를 이해한다고 생각했었다. 그가 예민하고, 불안정하고, 가여울 정도로 약하고, 외롭다는 것을 알았다. 다른 남자라면 무시해 버릴 일에도 그는 마음의 상처를 입고 화를 냈다. 그는 로절린드와 사는 게 불행해서 비참할 정도였고 그녀에게 희한할 정도로 속수무책이었다. 그는 분노로 날뛸 수는 있지만 자기를 실제로 방어하지는 못했다. 그가 가진 그런 약점이 엘시에게는 호소력으로 작용했다. 그녀는 약하지 않았기 때문이다. 그녀는 자기의 활기찬 젊음과 그에 대한 믿음이 그의 작업에 영감을 불어넣고 그가 자기 자신을 새롭게 다시 믿을 수 있도록 해줄 것이라고 믿었었다. 그녀는 이제 자기가 그에게 불어넣은 것은 다른 어떤 것, 가공할 만큼 끔찍한 어떤 것일 수 있었음을 깨달았다.

'그는 그런 일을 할 수 있었을 거야.' 그녀는 생각했다.

가능한 일이었다. 그녀는 그 점을 인정했다.

'만약 그가 그랬다면,' 그녀는 생각했다. '그건 내 잘못이야.'

그녀는 서 있었다. 여름 한낮의 정원에 하얀 원피스를 입고 서 있는 젊고 매력적인 아가씨, 그 모습 속에서 그녀는 인생 최악의 시간을 최선을 다해 견뎌내고 있는 것이었다.

'휴 애치슨이 옳아.' 그녀는 생각했다.

휴는 그녀가 항상 반항하며 맞서 온 전통을, 그 모든 특성을 대표하는 사람이었다. 그는 누구도 무너뜨릴 수 없는 힘 있고 부유한 세계에 속해 있었고 그녀의 영혼과 심장은 다른 쪽의 사람들, 억압받는 반항아들과 함께하고 있었다. 그렇지만 그녀는 휴를 존경했다. 지금, 자신이 고통스러운 이 순간 그에게 감사의 마음을 느낄 수는 없었으나 그에게 고마움을 빚지고 있다는 사실을 그녀는 인정했다.

'그는 언제나 나를 도우려 했어.' 그녀는 생각했다. '그는 언제나 옳았지. 그가 내게 하라고 하는 일이 유일하게 가능한 방법이야.'

또한, 당장 해야 할 것이었다. 그녀는 손가락에 그의 반지를 끼웠다. 반지는 약간 헐렁했으나 그리 눈에 띌 정도는 아니었다. 다이아몬드가 햇빛 속에서 반짝거렸다. 아마도 값비싼 반지일 거라고 그녀는 생각했다. 어떤 여자라도 그런 물건을 보면 그럴 수 있듯이 그녀는 순간적으로 감탄했다. 그러고서 그녀는 여전히 얼음처럼 차가운 가슴을 안고 그 집으로 돌아갔다.

그녀가 맡은 부분을 연기하는 것은 신기할 정도로 쉬웠다. 전에는 그런 게 그리 쉬울 거라고는 짐작도 하지 못했었다. 그녀는 복도 탁자 위에 놓인 화병에 꽃을 꽂고 있는 조세핀을 발견하고는 미소를 지으며 그녀에게 다가갔다.

"부인에게 제일 먼저 말씀드리는 건데요, 델란시 씨 부인." 그녀는 반지를 낀 손을 내밀며 말했다.

"어머나!" 조세핀은 야윈 얼굴에 광채가 돌 만큼 기뻐하며 말했다. 그녀는 양팔로 엘시를 감싸 안고 따뜻하게 어루만지며 입맞춤해서 그녀를 놀라게 했다.

그 포옹은 진심으로 다정한 느낌이었으나 그보다 훨씬 더 많은 것이 담겨 있었다. 불행한 델란시 씨 부인에게 이것은 최고의 환희가 될 만한 일이었다. 그녀가 "그놈의 러프네 인간들!"이라고 부르던 사람 중 한 명에게서 이런 은밀한 소식을 처음 듣는 사람이 자기였으니 말이다. 그녀는 그 사람들에 대해 오랜 시간 화가 나고 감정이 상해 있었지만 그럼에도 그들에게 끊임없이 신경이 쓰이고 있었던 것이다. 엘시가 온 것은 그녀의 상처에 소금을 뿌린 격이었다. 엘시가 와서 그녀가 아니라 쇼를 찾았기 때문이었다. 게다가 애치슨은 와서 그녀에게 전혀 신경도 쓰지 않았다.

그보다 더한 것은, 그 아가씨가 아찔할 정도로 사랑스럽고 젊다는 것이었다. 조세핀은 기상천외한 생각을 하고 그런 생각 일부를 헬렌 필립스에게 말했었다.

"그녀는 지난 2주 동안 쇼를 쫓아다니고 있었어." 그녀는 이렇게 말했었다. "어떤 유형인지 내가 잘 알지! 흔히들 말하는 그 '사교계 아가씨들' 말이야! 어떤 것도, 어떤 사람도 존중하는 마음이 전혀 없는…. 그런데 쇼는 여자들에 관해선 바보잖아. 어떤 여자라도 그에게 조금만 살랑거리면…."

"어머, 제 생각엔 엘시 새킷은 '사교계 아가씨'라고 부를 수는 없을 것 같은데요." 헬렌은 반대 의견을 표명했었다. "그리고 분명 그녀는 —." 그녀는 잠시 말을 멈췄다. "만일 그녀가 델란시 씨에게 마음을 두고 있다면 여기 오지 않았을 게 분명해요."

그녀의 말, 그녀의 말투 때문에 조세핀은 더 불행해졌다. 그녀는 우월한 헬렌 필립스가 자기에게 기겁했다는 느낌이 들었다. 자신이 무능하고, 멍청하고, 지지리 못난 것 같다고 느껴졌다. 그녀는 일부러 웃는 척했다.

"쇼에 관한 한 난 바보가 된 기분이야." 그녀가 말했다. "너무 잘생겼잖아, 안 그래?"

"아, 그럼요!" 필립스 양이 맞장구쳤다. 그런데 그 말투가 뭘 뜻하는지 조세핀은 판단할 수가 없었다.

그녀는 필립스 양이 엘시의 약혼 소식을 아주 기묘하게 받아들인다는 느낌도 들었다. **그녀는** 엘시에게 키스하지 않았고 전혀 따뜻하게 반응하지 않았던 것이다.

"휴는 행운아군요." 그녀는 예의 바르게 말했다.

그래도 그런 것으로 조세핀의 승리감이 없어지지는 않을 것이었다. 엘시 새킷과 어마어마하게 부자인 휴 애치슨이 바로 자기 집에서 약혼했다니, 그녀는 그 사실을 백방에 알리고 싶었다. "우리는 작은 축하연을 열어야 해요!" 그녀가 큰 소리로 말했다.

"음, 그건…!" 헬렌 필립스가 말했다.

조세핀은 또다시 자기가 경우에 맞지 않게 굴었다는 느낌이 들었다. 그러나 엘시는 미소를 지었기에 조세핀은 필립스 양의 의사를 거스르겠다고 결심했다. 그녀는 아주 대담해졌다.

"러프 씨 부부를 초청하면 좋을 것 같아." 약간 흥분한 불안정한 목소리로 그녀가 말했다. "애치슨 씨도 물론 와야지. 그들과 함께 지내고 있잖아."

"제가 그분들께 전화할까요?" 엘시가 물었다.

조세핀으로서는 더할 나위 없이 좋은 일이었다. 그녀는 마음속으로 그 온화한 러프 씨 부인을 두려워하고 있었기 때문이었다. 그녀는 쇼에게 몇 달 전 어떤 점심 식사에서 러프 씨 부인과 자기가 어떻게 '말다툼'을 벌였는지 자세히 설명한 것이 기억났다. '말다툼'이라는 것은 그 볼썽사나운 일에 쓰기에는 좀 아리송한 단어였다. 조세핀은 러프 씨 부인이 어떤 말을 한 것에 기분이 상해서 거만하게 굴면서 그녀의 말에 완강하게 반대했던 것이다. 그녀는 자기가 모욕을 느꼈다는 것을 러프 씨 부인이 알게 할 생각이었다. 그러나 그런 의도가 과연 성공을 거두었는지 아닌지는 알지 못했다. 마찬가지로 러프 씨 부인이 그녀의 초대를 어떻게 받아들일지도 상상할 수가 없었다.

엘시가 전화했을 때 러프 씨 부인은 응접실에서 작은 회합을 하는 중이었다. 그녀와 그녀의 남편, 휴 애치슨과 그린베일 경찰서 부서장, 이렇게 네 사람이 모여 있었다. 그녀 평생 그보다 즐겁지 않은 모임은 없었을 것이다.

경찰서 부서장은 아주 예의 바른 청년이었지만 그가 할 일은 대답하기 쉽지 않은, 혹은 유쾌하지 않은 질문을 하는 것이었다. 러프 씨 부인은 토요일에 거기서 저녁을 먹을 때 화이트스톤에게 뭔가 이상한 점이 있다고 느꼈던가?

그런 직설적인 질문을 받은 순간, 그리고 대답이 중요하다는 것을 아는 순간 대답하기가 거의 불가능해진다는 건 이상하고도 괴로운 일이라고 러프 씨 부인은 생각했다. 자기가 거기 있을 때 실제로 화이트스톤의 행동이 이상하다고 생각했던 것인지, 아니면 그사이에 알게 된 일 때문에 그가 이상했다고 지금 상상을 하는 것인지 그녀는 정말 알 수가 없었다. 그녀는 너무나 오래도록 망설이고 있었다. 그러고 나자, 그 선량하고 젊은 경찰관이 그녀의 대답을 잘 계산된 것으로, 그래서 솔직하지 못한 것으로 생각할지도 모른다는, 아니 그럴 게 분명하다는 느낌이 들었다.

"저는… 글쎄요… 아뇨… 전 이상한 점을 알아차린 기억이 없습니다." 그녀가 말했다.

화이트스톤 씨 부인에 관해서는 뭔가 이상한 점을 느꼈던가?

"아뇨! 전혀요!" 러프 씨 부인은 곧바로 명확한 태도를 보이게 된 것을 기뻐하며 대답했다. 어느 때라도, 한 번이라도 화이트스톤 부부 사이에 불쾌하고 껄끄러운 어떤 일이 있는 걸 그녀가 목격한 적이 있었나?

"아뇨! 한 번도 없어요!" 대답하고 나서 그녀는 자기 말투가 너무 격했다고 느꼈다.

그리고 그때 그녀가 두려움 속에 긴장하며 기다리고 있던 그 질문이 나왔다.

"그럼 이제… 당신들 집에 묵고 있는 이 새킷 양 말인데요…. 괜찮으시면 그녀와 얘기를 좀 하고 싶습니다."

"그 애는 집에 없어요, 지금은요." 러프 씨 부인이 대답했다.

그녀는 억지로 애를 써서 양손을 무릎에 편안하게 뒀다. 손을 꽉 쥐어서는 안 된다. 엘시의 이름이, 엘시의 사진이 싸구려 잡지에 나오는 걸, 엘시가 증인석에 서는 걸 생각해서는 안 된다. 그의 다음 질문을 두려워해서는 안 된다.

"어딜 가면 새킷 양을 만날 수 있을지 말씀해 주시겠어요?"

어떻게 대답해야 할까? 사실대로 말해야 하는 걸까, 엘시가 짐을 싸서 나갔는데 어디로 갔는지 모른다고…?

"저한테 말씀을 —?" 그가 다시 참을성 있게 말을 하기 시작했을 때 휴가 끼어들었다.

"러프 씨 부인은 아마 모르실 겁니다." 그가 말했다. "하지만 새킷 양은 지금 델란시 씨 집에 있습니다. 거기서 하룻밤 묵을 거예요."

"감사합니다, 선생." 부서장이 말했다.

"제가 더 말씀드릴 수 있는 게 있으시면…?" 휴는 최대한 적극성을 표하며 말했다. "새킷 양을 만나지 않으셔도 원하시는 어떤 질문이든 제가 답해드릴 수 있습니다. 그게, 새킷 양과 저는 약혼한 사이입니다. 그리고 저는 그녀와 이 일에 관해서 얘기를 나눈 바가 있기에…"

짧은 침묵이 흘렀다.

"감사합니다, 선생." 부서장이 다시 말했다. "이제, 러프 씨. 어느 때든 —?"

전화벨이 울렸고 책상 근처에 앉아 있던 러프 씨 부인이 수화기를 들었다.

"러프 씨 부인 좀 부탁합니다. … 아! 저 엘시예요, 아주머니…. 말씀드리고 싶은 게 있어서…. 휴와 제가 약혼을 했어요."

러프 씨 부인은 부서장을 염두에 두고 있었기에 "정말 잘됐네!"라는 말 이상은 하지 않았다. 여기에는 너무 많은 것이, 위험할지도 모르는 너무 많은 것이 있었고 그녀는 반쯤만 이해했을 뿐이었다.

그 짤막하고 상냥한 한마디에 엘시는 으스스한 느낌이 들었다. 그녀는 약간 마지못해하며 말을 이어갔다.

"델란시 씨 부인이 아주머니와 아저씨, 그리고 휴가 오늘 저녁에 식사하러 오시면 좋겠다고 하는데요?"

'이게 휴가 원하는 건가?' 러프 씨 부인은 생각했다. '이 일을 사람들이 다 알도록 하는 것…?'

그녀는 그에게 눈길을 보냈지만 그는 단정한 금발 머리를 옆으로 살짝 기울인 채 바닥을 내려다보고 있었다. 그녀는 그에게 묻는 게 두려웠다. 어쩌면 그는 이 모든 게 사전에 계획되고 있던 일로 보이기를 바랐을 것이다.

"부인께 감사하다고 전해주겠니?" 그녀는 이름을 거론하지 않으려고 조심하면서 말했다. "우리는 기꺼이 갈게."

부서장이 질문을 계속하는 동안 그녀는 정신을 바싹 차리고 냉정을 잃지 않으면서 상냥한 태도를 유지했다. 그러나 그가 일을 끝내고 물러가자 그녀는 의자 뒤로 기대앉았다. 갑자기 피로가 몰려오고 중압감에 짓눌려 창백한 모습이었다. 그녀의 남편이 그녀 쪽으로 와서 어깨에 손을 얹었다. 그녀는 그를 올려다보며 미소를 짓고는 그가 잘 아는 표정으로 눈썹을 치켜올렸다.

"음….” 그가 말했다. “그럼, 뭐…! 난 나가서 바람을 좀 쐬고 오겠어.”

휴는 여전히 무릎 사이에 양손을 움켜쥔 채 앉아서 바닥을 보고 있었다.

"휴,” 그녀가 말했다. “얘야…. 넌 엘시에게 **무척** 관대하구나. 의협심이 정말 강해.”

그는 그녀에게 시선을 던지며 미소를 지었다.

"이게 바로 아주머니가 원하셨던 것 아닌가요?” 그가 물었다. “우리 두 사람을 같은 때 여기로 초대했을 때 아주머니가 기대하셨던 게 이런 것 아니에요?”

"그건 내가 원하는 게 아니란다 ─ 지금은 말이야.” 그녀가 신중하게 대답했다.

"죄송합니다.” 그가 말했다.

"난 엘시를 좋아해.” 그녀가 계속 말했다. “난 그 애가 다른 아가씨들과는 다르다는 걸 네가 아마 알게 될 거로 생각했단다. 하지만 지금은… 진심으로, 그 애를 절대 여기 오라고 하지 말았어야 했다고 생각해. 그 애는 자기가 무슨 짓을 하고 있는지 깨닫지 못하는 게 확실해. 하지만 어쨌든, 그렇다고 해서 달라지는 건 없지. 이 **모든 일**은 그 애의 책임이야.”

"네?” 그가 날카롭게 물었다. “그 말씀은 ─?”

"휴, 아닌 척해봐야 아무 소용 없어. 이건… 말하기 끔찍한 일이지만 난 말을 할 거야. 엘시가 여기 오지 않았다면 화이트스톤 씨 부인은 여전히 살아 있을 거야.”

"다들 그렇게 생각하겠죠, 그렇고 말고요. 그런데 그건 부당한 일입니다. 아주 부당하다고요."

"나한테 엘시를 변호할 필요는 없어, 휴. 난 그 애를 버리지 않을 거야. 조와 나, 우리 두 사람은 그 애를 위해 우리가 할 수 있는 모든 걸 다하고 싶단다, 온당한 범위 내에서 말이야. 하지만 네가 하는 일은 온당하지 않아. 끔찍한 추문이 막 터지려고 하는 바로 이 시점에 네가 그 애와 약혼을 발표하는 건… 너무 과한 일이야."

"저로서는 약혼한다고 해서 해가 될 일이 전혀 없습니다." 휴가 말했다. "그런데 그녀에겐 크게 도움이 될 거예요. 아주머니는 지금으로서는 이게 그녀를 위한 유일한 일이라는 걸 직접 확인하실 수 있을 겁니다."

"휴," 러프 씨 부인이 그를 쳐다보지 않으며 말했다. "혹시 네가 —?"

"그녀를 사랑하게 됐냐고요?" 그가 말했다. "아닙니다."

그의 말투에 묻어나는 뭔가가 그녀의 심사를 어지럽혔다. 그녀는 그를 쳐다봤고 그는 그 시선을 붙잡았다.

"그거 아세요?" 그가 말했다. "제가 그럴 수 있다면 얼마나 좋을지요."

"그건 왜, 휴?"

"대단한 여자잖아요." 그가 말했다.

러프 씨 부인은 한동안 그 말을 곰곰이 생각했다.

"무슨 말인지 알겠다." 그녀가 말했다. "하지만 그 애는 지독한 해를 입혔 —."

"그건 부당합니다." 그가 다시 말했다. "설사 그녀가 경솔하고 어리석었다고 — 화이트스톤을 부추겼다고 — 해도 그렇습니다. 그렇다고 해도 여전히 그가 저지른 범죄의 책임이 그녀에게 있지는 않죠. 기억해야 할 것은 오래전부터, 엘시를 만나기도 전부터 그는 자기가 저지른 일을 할 수 있는 사람이었다는 겁니다. 그런 게 내재한 사람이라는 거죠. 그는 천성이 폭력적이고 무모합니다. 그의 인성은 최악이에요. 그녀가 그를 그렇게 만든 게 아니죠. 그녀를 아예 만나지 않았다고 해도 그는 살면서 어느 시점에 이런 종류의 일을 했을 겁니다."

"그건 네가 알 수 없는 일이지, 휴."

"글쎄요," 그가 말했다. "저는 뭔가를 잘 알아본답니다. 그리고 제가 알아본 걸 과거의 경험과 연관해 보면…."

"네가 관찰력이 아주 좋다는 건 인정할게, 휴. 하지만 넌 매우 젊기도 해. 실수할 수 있다는 거야."

"압니다." 그가 말했다. 사과하는 말투였다. "하지만 전 왠지 사람들에 관해서는 실수하지 **않는답니다**."

"**사랑하는** 휴, 얘야!"

"제 말이 어떻게 들리는지 압니다. 하지만 사실이 그런걸요. 화이트스톤을 처음 본 순간 저는 그 사람의 결함을 볼 수 있었어요. 그리고 그 결함은 그의 친구에게도 있더군요."

"어떤 친구 말이니?"

"델란시요."

"설마, 휴!" 그녀가 반쯤 화를 내며 말했다. "그건 좀 너무 도가 지나쳐. 델란시는 세상에서 제일 사람 좋은, 악한 구석이라고는 없는 남잔걸."

"그는 근성이 없어요." 휴가 짤막하게 말했다.

"그래. 그럴 것 같기는 해. 하지만 그게 어떻다는 거니?"

"몇 년 전에 제가 프레스톤과 함께 배를 타고 플로리다로 떠났던 것 기억하시죠?"

"그리고 사흘 동안 실종 상태였잖아. 그걸 내가 잊을 리가 없지."

"우리와 함께 간 친구 중에 델란시 같은 친구가 있었어요. 외판원 같은 유형의 쾌활하고 덩치 큰 친구였는데 그런 외형 밑에 예민한 신경이 있었죠. 항로를 벗어나는 일이 생기자 우리는 마음이 상당히 불편했어요. 다른 사람들은 그걸 으레 있는 일로 받아들였어요. 아시다시피 그런 일이 일어날 수 있는 거잖아요. 딱 한 사람이 문제를 일으켰는데, 그가 델란시 같은 그 친구였어요. 그는 모든 것에서 자기 몫을 조금 더 갖고 싶어 했죠. 그런데 우리가 구조되기 전에 그는 쓰러지고 말았어요."

"잘 알겠어." 그녀가 말했다. "아마도 가엾은 델란시는 비상 상황에서는 그리 훌륭하게 처신하지 못할 것 같아. 그렇다고 해서 네가 그 가엾은 남자를 그렇게 낮게 평가하는 게 정당화될 수는 없어."

"자 그럼, 보세요." 휴가 말했다. "문제는 뭐냐면요, 언제 비상 상황이 생길지 아무도 모른다는 거예요." 그는 자리에서 일어섰다. "사랑하는 러프 아주머니!" 그가 말했다. "엘시가 돌아와서 여기 있도록 해주세요, 네?"

그녀는 그에게 짜증 난 모습을 보이고 싶었지만 그럴 수가 없었다.

"그러도록 해볼게." 그녀가 말했다.

13

동맹

애나벨 러프는 사회생활에서 올바르게 처신하도록 철저하게 교육받았을 뿐만 아니라 천성적으로 예의 바르고 상냥한 사람이기도 했다. 그녀는 델란시 씨 부인을 좋아할 수는 없었으나 그 집에서 저녁을 먹게 된다면 안주인의 기분을 즐겁게 해주기 위해 최선을 다할 것이었다. 그녀는 왠지 화장을 공들여서 해야 할 것 같았다. 고단하고 체념한 상태였던 그녀는 등이 파인 짙은 보라색 드레스를 입고 목에는 다이아몬드 목걸이를 둘렀다. 그리고 하녀를 불러 보드라워서 손질이 힘든 옅은 갈색 머리의 매무새를 잡는 걸 돕게 했다.

결과는 만족스럽지 않았다. 이날의 긴장이 그녀의 얼굴에 흔적을 남겨 놓은 것이었다. 화장대 앞에 앉아서 그녀는 립스틱을 조금 발랐다.

"성미 고약한 여자처럼 — 그게 어떤 건지 모르겠지만 — 보이네." 그녀가 촌평했다.

"아마 당신이 그런 여자일걸." 그녀의 남편이 우울하게 말했다. "나를 그 사람들과 함께하는 저녁 자리에 끌고 가다니, 그런 게 성미 고약한 장난이 아니고 뭐겠어. 당신 속옷 끈이 보여."

"난 끈 달린 속옷은 안 입어요." 러프 씨 부인이 말했다. "이건 어깨끈인데, 어떻게 처리해야 할지 모르겠네."

"음… 애나벨! 이 약혼에 관해선…?"

"그에 관해서 뭐 말이야, 조?"

"아무것도 아니야." 그가 말했다. "다 됐어?"

휴가 현관에서 그들을 기다리고 있었다. 그들은 모두 차에 탔다. 그들은 짧은 침묵이 흐르는 것조차 참을 수가 없어서 모두 허겁지겁 너무 많은 말을 했다.

델란시 씨 부인은 그늘에서 너무나 무심한 태도로 그들을 맞이했다. 그녀는 바닥에 쓸리는 길이의 새까만 긴소매 드레스를 입고 있었다. 아주 값비싼 프랑스제 옷이어서 애나벨은 진심으로 감탄하며 그 옷을 바라봤다. 그러나 델란시 씨 부인은 손님이 거만하다고 마음대로 생각했고, 모든 게 엉망인 듯한 기분이 들었다. 또한 러프 씨 부인이 자기 집 살림살이의 사소한 흠조차 알아볼 것만 같았다. 애나벨 러프는 사실 살림에는 전혀 관심이 없는 사람이었음에도 말이다. 게다가 정신이 딴 데 팔린 것처럼 대답하는 애나벨을 보며 그녀는 무례하고 무심하다고 생각했다.

사실, 러프 씨 부인으로서는 이번 방문이 그녀의 재치와 친화력을 거의 발휘하지 못한 경우 중 하나였다. 그녀는 엘시를 너무 걱정하고 있었기 때문에 다른 어떤 것에 관심을 두기가 어렵고 사실상 거의 불가능했다.

"엘시의 얼굴이 좋아 보이지 않는군요." 그녀는 델란시 씨 부인에게 말했다.

박복한 조세핀은 그 말에서도 약간의 모욕을 느꼈다.

'그녀는 나를 만나러 여기 온 게 아니라는 걸 분명히 하고 싶은 거야.' 그녀는 생각했다. '그래, 그녀의 소중한 엘시가 전부지. 그

The Death Wish   173

리고 내내 헬렌 필립스하고만 얘기하고 있는 저 애치슨이 있고. 이곳이 마치 호텔이라도 된다는 듯이 말이야.' 그녀는 미소를 지으며 크게 말했다. "자, 당연히도… 오늘은 엘시에게 흥분된 날이었을 거예요. 그렇죠? 우선, 약혼을 했죠. 그다음엔, 그 경찰관이 질문을 하려고 왔잖아요."

"어머!" 러프 씨 부인이 말했다. "여기 경찰이 왔어요?"

"아주 오래 있었답니다. 경찰이 왜 **그녀에게** 성가시게 굴어야 했는지 전 모르겠어요. 그리고 가엾은 제 남편도요! 하지만 그건 물론 그가 그 불운한 남자의 친구였기 때문이겠죠. 그들이 그를 경찰서에 데려갔는데 아직 돌아오지 않았어요."

칵테일이 제공되었다. '너무 많고 너무 독해.' 러프 씨 부인은 생각했다. 그들은 모두 응접실에 앉아서 칵테일을 마시고 담배를 피웠다. 러프 씨 부인이 말을 하고 헬렌 필립스가 능숙하게 그녀를 도왔다. 그러나 휴는, 전에는 항상 너무나 믿음직스러웠던 그는 지금은 쓸모가 없었다. 델란시 씨 부인은 너무 어색하고 인위적이었다. 그리고 엘시는 생동감 넘치던 예전 자기 자아의 작은 유령이라도 되어버린 듯이 거기 앉아 있었다.

"쇼가 너무 늦네요." 델란시 씨 부인이 말했다. "10분만 더 그를 기다려 볼까요?"

그녀는 실망스럽고 분통한 마음에서 고함을 지를 수도 있었으나 그러지는 않았다. 그녀의 저녁 식사는 엉망이 되었다. 모든 게 다 잘못됐다. 쇼는 늦었고 나머지 이 사람들은 혐오스럽고 모욕적이었다. 러프 씨는 말이라고는 몇 마디도 하지 않았고….

소름 끼치는 정적이 찾아왔다. 그러자 러프 씨 부인과 헬렌 필립스, 두 사람이 동시에 말했다.

"여러분은 —?"

"여러분은 —?"

그들은 서로를 쳐다보며 웃음을 터트렸다. 조세핀에게 그것은 고의로 자기를 소외시킨 웃음으로 여겨졌다. 그녀는 가정부를 찾는 종을 울렸고 식사를 내오라고 지시했다. 너무나 고압적인 목소리여서 러프 씨 부인은 깜짝 놀랐다. 델란시가 들어오자 그들은 모두 자리에서 일어섰다.

처음에 러프 씨 부인은 그가 술에 취했다고 생각했다. 그는 문틀에 기댄 채 입구에 서 있었다. 머리카락은 젖어서 이마에 붙어 있고 얼굴은 핼쑥하고 꾀죄죄했으며 파란 눈은 멍하니 앞만 응시하고 있었던 것이다.

"쇼!" 그의 아내가 소리쳤다. "무슨 일이야?"

그는 아주 힘겹게 텅 빈 시선을 그녀에게 돌렸다.

"경찰이…." 그가 말했다. "정말이지…." 그는 몸서리를 치더니 몸을 추슬렀다. "상당히 나를 못살게 굴었어." 그가 오래된 자기 방식으로 말했다. "난…. 그런 건 사람을 지치게 하거든…. 난 저녁 모임이 있을 줄은 몰랐는데…."

"칵테일 드릴까요?" 휴가 조용한 목소리로 물었다. 그리고 대답을 기다리지 않고 델란시에게 줄 칵테일 한 잔을 가져왔다.

델란시 씨 부인은 이제 공포에서 회복되고 있었다. 그녀는 그의 상태가 자기의 저녁 파티에 새로운 재를 뿌리고 있는 것을 알았다.

"얼른 가서 옷을 입는 게 좋겠어, 쇼." 그녀가 날카롭게 말했다.

"우리 모두 너무 오래 기다렸단 말이야."

"이렇게 더운 저녁인데 제가 델란시 씨 대신 부탁드리면 안 될까요?" 헬렌 필립스가 말했다. "그냥 지금 그 상태로 오시면 안 되나요?"

조세핀은 "안 돼!"라고 소리치고 싶었다. 핼쑥하고 초췌하고 꾀죄죄한 인간이 자신의 멋진 식탁에 앉아 있는 것을 생각하면 견딜 수가 없는 것이었다. 그러나 그녀는 애써 양보해야 한다는 것을 느꼈다.

"그래요! 그럼 손이라도 씻어요." 그녀는 다른 사람이 없다면 반드시 모욕을 줬을 테지만 사람들이 있는 앞이어서 억지로 참는 어머니와 같은 말투로 말했다.

'그녀는 모르는 걸까?' 러프 씨 부인은 생각했다. '저 사람은 진짜 **어디가 안 좋다는 걸…**."

그녀는 델란시 때문에 정말로 불안했다. 술을 두세 잔 마시고 나자 창백했던 그의 얼굴은 검붉어졌다. 그는 부산하게 움직이기 시작했다. 양손은 떨리고 있었다.

'몸이 안 좋은 거야.' 그녀는 생각했다.

그러나 델란시는 몸이 아픈 게 아니었다. 죽을 정도로 상처를 입은 것은 그의 영혼이었다. 사람이란 자존감 없는 삶을 견딜 수 없는 법인데, 그의 자존감은 흔들리고 죽어가고 있었다.

그는 자기 자신을 기만하는 놀라운 능력의 소유자였으나 지금은 그렇게 할 수가 없었다. 자신의 불행한, 벌거벗은 영혼을 이미 보고 말았던 것이다. 그는 싸웠고 완전히 패했다. 그는 최선을 다했는데 그의 최선은 치욕스러운 것이었다. 그는 자기가 무슨 말을 했는지 절반도 기억할 수 없었지만, 자기가 친구를 배신했다는 것은 알았다. 경찰은 그에게 그 젖은 수영복에 관해 물었고 그는 그게 로절린드의 것인 줄 "알았다"고 했다.

실제로 그걸 봤는가? 맹세할 수 있는지? 어떤 색깔이었나? 그는 기억이 나지 않았다. 그렇다면 어떻게 그게 로절린드의 것인 줄 알았나?

그는 거기서 패배했다. 그리고 안경에 관해서도 패배했다. 그는 자기들이 일요일 아침에 그 별채에 들어갔을 때 그가 안경을 쓰고 있는 것을 봤다고 주장했다. 맹세할 수 있다고 했다.

땀이 비 오듯 쏟아지는 방에서 두 남자가 그와 함께 앉아 있었다. 둘 다 시종일관 그를 응시하고 있었다. 차갑고 주의 깊은 눈으로 응시하고 있었다. 그는 공포로 온몸이 땀범벅이 된 채 거기 앉아서 솔직하고 선량한 사람의 분위기를 내려고 애쓰고 있었다.

"우리는 화이트스톤이 그림을 그릴 때 안경을 항상 쓰지는 않았다는 다른 증인의 진술을 확보하고 있습니다. 당신이 아는 한, 그게 사실입니까, 델란시 씨?"

그렇게 진술한 증인이 엘시였다면? 그녀가 그들의 질문에 점점 더 혼란스러워져서 화이트스톤이 안경을 쓰고 있지 않았다고 인정했다면? 그녀의 진술과 그의 진술이 일치하지 않았다면? 위증인 것이다.

"저는… 글쎄요… 네… 때로는 쓰지 않았습니다."

"하지만 그 일요일 아침에는 쓰고 있은 게 분명하다는 겁니까?"

엘시가 아니라고 했다면….

"글쎄요… 네. 그래요, 쓰고 있었습니다."

"우리는 그날 아침 해변에서 화이트스톤의 안경을 발견했습니다, 델란시 씨."

"아, 그렇군요. 그에게 안경이 몇 개 더 있었을 수 있지 않을까요?"

그들은 돌연 그 문제를 접어버렸는데 그것이 최악이었다. 그가 뭔가 치명적으로 잘못 말했던 것일까?

"당신은 우리에게 도움이 될 만한 사실은 어떤 것도 숨기지 않고 계시죠, 델란시 씨?"

그는 그렇다고 했다, 그렇다고. 자기는 훌륭한 시민이라고. 그들을 돕고 싶다고.

"화이트스톤과 그의 아내 사이가 어땠는지, 알고 계신 모든 걸 우리에게 말씀해 주시겠습니까?"

"그럼요, 기꺼이…." 그는 손바닥이 점점 더 축축해지는 것을 느끼며 대답했었다.

자기를 좀 쉽게 해준다면, 10분 만이라도 쉽게 해준다면… 담배를 피울 수 있게 해준다면 얼마나 좋겠는가…. 그러나 그들은 그에게 물 한 잔도 주지 않았다. 그리고 그는 그 시간 내내 그들이 뭘 하는 것인지 알았다. 그들은 그를 무너뜨리고 있었다. 그는 다른 사람들이 겪은 일에 관해 들은 적이 있었다. 그 사람들은 무너질 때까지 이렇게 갇혀서 쉼 없이, 자비도 없이 질문을 받았다. 그러나 그들은 무장 강도, 범죄자, 혹은 강인하지 않은 사람들, 그리고 세상에 설 곳이 없는 사람들이었다.

"이 질문들에 대답하지 않아도 됩니다만 좀 더 좋은 건…."

그는 그럴 필요가 없었고 그러지 **않을 것**이었다. 그는 목이 말랐다. 물을 한 잔 마시고 담배를 피우고 싶었다. 한 개비만…. 그 남자들은 절대로 그에게서 눈을 떼지 않았다. 그가 말하기 전까지는 절대로 멈추지 않을 것이었다. 절대로, 절대로 말이다. 안돼! 그 일은 생각조차 해서는 안 된다. 경찰이 그의 머릿속을 읽을지도 모른다. 그들은 그의 뇌리에 새겨진 그 말들을 알지도 모른다.

'화이트스톤은 아내를 죽일 거라고 했어. … 화이트스톤은 아내를 증오한다고 했어.'

그는 갑자기 격렬하게 울분을 터뜨렸다.

"자, 이것 봐요! 당신들은 선량한 시민을 이런 식으로 다룰 권리가 없어요. 난 갈 겁니다. 내 말 들려요? 나를 못 가게 막는지 어디 한번 보고 싶군요!"

그는 일어났다. 그러나 그들은 여전히 원래 있던 자리에 앉아 그를 쳐다보고 있었다. 그리고 자기가 격분해도 그들이 아무런 영향도 받지 않자 그는 겁이 났다. 그들은 그가 원하는 것을 얻지 못한다는 것을 **알고 있었다. 그들은 자신들이 그를 무너뜨리고 있다는 것을 알고 있었다.** 그는 그들을 내려다봤다. 그리고 그들의 눈에서 자신들에게는 힘이 있고 그는 약하다는 것을 안다는 냉정한 표정을 봤다.

"당신과 화이트스톤은 아주 친한 친구였죠, 델란시 씨?"

"네, 그랬습니다! 지금도 그래요!"

"그의 제일 친한 친구였다고 해도 되나요?"

"난… 뭐…. 네, 그럴 겁니다."

"그렇다면 그는 다른 사람보다는 당신에게 속마음을 털어놓곤 했겠군요?"

"네."

"델란시 씨, 화이트스톤이 당신에게 결혼 생활이 불행하다고 말한 적이 있습니까?"

"아뇨. 한 번도요."

"확실합니까? 기억해 보시죠."

"확실합니다."

"그렇다면, 당신이 그의 제일 친한 친구였다면, 그가 다른 여러 사람에게 자신의 결혼 생활이 불행하다고 말한 사실은 어떻게 설명하시겠습니까?"

"그가… 아마도 그가… 그냥 했던 말일 겁니다. 그는… 신경과민에 시달렸던 사람이어서… 지금도 그렇고요."

"그가 당신에게는 한 번도 그런 식으로 말하지 않았다는 건가요, 델란시 씨?"

"네!"

"당신은 어떤 경우든 화이트스톤과 그의 아내가 부부싸움을 한 적이 있다는 걸 전혀 몰랐다고요?"

"네."

"델란시 씨, 당신이 나오미 브라운 씨의 피크닉에 갔던 사실은 인정하십니까?"

그렇다면 그들은 그 싸움에 관한 얘기를 들었던 것이다. 나오미가 말해줬을 것이 틀림없었다. 그는 이렇게 단호하게 부인하지 말았어야 했다.

"아, 그거참…!" 그는 웃으려고 애쓰면서 말했다. "모든 부부는 수시로 아웅다웅하는 법이죠."

"당신은 화이트스톤과 그의 아내가 부부싸움을 했다는 것을 전혀 모른다고 진술했습니다. 그 진술을 철회하고 싶으신가요?"

"제 말은… 그렇게 심각한 싸움은 아니었다는 겁니다."

그들은 그를 혼란스럽게 했고, 그를 괴롭혔다. 그는 어떻게 말하는 것이 최선인지 알 수가 없었다. 그리고 지금, 지금 그는 자기가 무슨 말을 했는지 **기억할** 수가 없는 것이었다. 맙소사! 의도하지 않았던… 알아차리지 못했던… 어떤 걸 그가 그들에게 말했던 걸까? 화이트스톤이 그에게 했던 말을 어떻게든 그들에게 알려줬던 걸까?

그는 죽고 싶었다. 지루하게 죽어가는 과정을 끝내고 이미 죽은 상태가 되어 땅속에 파묻히고 싶었다. 그러면 아무도 그를 볼 수 없고 그에 관해 사람들이 하는 말을 들을 수 없을 것이다. 그는 삶을 가치 있게 만드는, 견딜 만하게 만들어주는 모든 것을 잃었다. 그는 모든 것을 송두리째 빼앗겼고 자기에게 남은 것은 인간다움이라고는 없는 껍데기뿐이라고 느꼈다.

그는 그 껍데기라도 온전히 남아 있도록 손님들에게 웃어 보이려고 애썼다. 그러나 불가능한 일이었다.

'난 나가 죽어야 해.' 그는 생각했다. '난 살인자야! 내가 로버트를 죽였어.'

그는 의자를 뒤로 밀었다.

"실례하겠습니다." 그가 정중하게 말했다. "저는 나가서 —." 그는 말을 중단했다. 딱 마침맞게 멈춘 것이었다. 그들에게 말을 해서 좋을 일이 당연히도 없을 것이니…. 그들은 그를 막으려고 할 것이었다.

"쇼, 혹시 이미 뭘 먹은 거라면…." 그의 아내가 짜증스럽게 이맛살을 찌푸리며 말했다.

"그래, 맞아." 그는 아무 생각 없이 말하고는 불안정한 걸음으로 비틀거리면서 서둘러 그 방에서 나왔다. 조세핀의 목소리가 복도에서 그의 뒤를 따라 계속 울려오는 상상이 들었다.

"쇼! 쇼!" 심통 사납고 불만에 찬 그 목소리였다. 그에게 불만이 가득한…. 다른 모든 사람에게 그런 것처럼…. 그는 서재에서 블라인드를 내리고 책상 앞에 앉았다. 괴로운 일이 더 생기기 전에 지금 당장 총을 쏴서 죽을 생각이었다. 그에게는 군용 리볼버가 있었다. 전쟁터에 나간 적은 한 번도 없었는데 말이다. 그는 그 총을 꺼내 책상 위에 놓았다.

그는 자기가 총을 쏘지 않을 것임을 알고 있었다.

'소음이 문제야.' 그는 생각했다. '귀청이 터질 것 같을 게 분명해.'

그는 고막을 찢는 듯한 굉음이 머릿속을 울리며 뇌를 꿰뚫고 지나가는 것은 견딜 수 없었다. 그 소리가 영원히 계속될지도 모른다. 심지어 자기가 죽었다고 사람들이 생각한 이후에도 계속….

누군가 문을 노크했다. 그는 양손으로 얼굴을 가리고 울었다.

'나를 좀 내버려 둘 수 없어? 한 시간만이라도 내 시간을 가질 수는 없냐고?'

그는 대답하지 않기로 마음먹었다. 누구든 아무 상관 없었다.

이 세상에 그가 보고 싶은 사람, 보고도 견딜 수 있는 사람은 아무도 없었다. 손가락 사이로 눈물이 흘러내렸다. 그는 너무나 고단했다. 이루 말할 수 없이 지치고 괴로웠다.

엘시의 목소리가 그를 불렀다. 어찌 된 셈인지 그녀가 안으로 들어왔다. 그가 문을 잠그는 것을 잊은 게 분명했다.

"나가줬으면 좋겠어요." 그가 말했다. "내가 몸이 좀 안 좋아요."

"나갈 거예요, 델란시 씨." 그녀가 가라앉은 목소리로 대답했다. "전 경찰이 당신에게 로버트를 보게 해줬는지 너무나 알고 싶은 것뿐이에요."

그는 양손을 내려놓고 그녀를 쳐다봤다. 그의 얼굴은 꾀죄죄했고 파란 눈은 젖은 속눈썹 때문에 유난히 순진하고 가련해 보였다.

"아뇨," 그가 정중하게 대답했다. "그러지 않았습니다."

조세핀이 서재 문으로 와서 귀를 기울이며 문밖에 선 것은 바로 그때였다. 문 안쪽에 있는 두 사람이 비참한 심정이었다면, 그녀도 똑같이 그랬다. 그들이 고통과 두려움에 사로잡혀 있었다면, 그녀 역시 그랬다.

"당신이 지금 말하고 싶지 않다는 건 알고 있어요." 그녀가 말을 이어갔다. "하지만… 아아! 제겐 당신**밖에** 없는걸요."

"아니에요." 델란시가 말했다. "그럴 리가요."

그는 자기가 무슨 말을 하는지 거의 의식하지 못하고 있었다. 그날 오후 경찰의 손에서 무너져 버린 여파로 그는 지금 부드러운 목소리의 이 어린 생명체에게 다시 한번 마음을 털어놓고 다시 한번 허물어지고 싶은 강렬한 욕망에 휩싸여 있었다. 그는 젖먹던 힘까지 다해 그런 욕망에 맞서 싸우고 있었다. 그는 담뱃불을 붙이려고 했으나 손이 떨려서 할 수가 없었다. 엘시가 그의 옆에 와서 성냥을 쳐서 그에게 내밀었다. 그는 눈물이 더 쏟아질까 두려워서 그녀에게 고맙다고 말을 할 수가 없었다.

"당신밖에는 **없어요**." 그녀는 이렇게 말하고는 그를 봤다. 그가 너무나 힘들어하며 몸을 떨고 있어서 그녀는 필사적으로 말했다. "제가 휴 애치슨과 약혼한 게 대단한 의미가 있다고 생각하시는 거예요? 그건 **아무것도 아니에요**! 아, 당신은 저와 당신이 모든 사람에게 맞서 함께 버텨야 한다는 걸 모르시는 건가요?

"우리는 못 해요." 델란시가 말했다. "이제 우리는 할 수 있는 게 없습니다."

"제발, 제발 부탁이에요. 일을 그런 식으로 보지 말아요! 제발 희망을 잃지 말아요! 전 생각하고, 또 생각하고 있다고요. … 우리에게 지금 필요한 건 돈이에요. 당신은 돈이 있잖아요."

"난 없어요." 그가 말했다. "내 돈은 없습니다. 한 푼도 없어요."

"그럼, 어떻게든 구할 수 있잖아요." 그녀가 말했다.

조세핀이 견딜 수 있는 한계는 거기까지였다. 그녀는 엘시가 쇼에게 '당신밖에' 없다고 말하는 걸, 애치슨과 약혼한 건 자기에게 아무 의미도 없다고 말하는 걸 들었다. 그녀는 엘시가 쇼에게 그녀에게서, 그의 아내에게서 돈을 구하라고 다그치는 걸 들었다. 그리고 그는 시도할 것이다. 그는 늘 그래왔던 식으로 그럴싸한 거짓 이유를 대며 그녀에게 올 것이다. 그녀는 계단을 뛰어올라 자기 방으로 가서 침대에 몸을 던져 얼굴을 묻었다. 그녀의 손님들은 그녀와 남편이 없어져서 놀랄 것이었다. 그러라고 해!

"빌어먹을 인간들!" 그녀는 소리를 질렀다. "난 그들이 전부 다 싫어."

그녀의 남편은 형편없는 안식처인 걸로 판명 난 '그만의' 서재에서 새로운 시련을 겪고 있었다. 그가 그것을 견뎌낼 수 있었던 것은 기진맥진한 데다 감각조차 멍해진 상태였기 때문이었다.

"당신 아내가 돈을 줄 거예요." 엘시가 말했다.

"아뇨." 그가 대답했다. 부끄러운 줄도 모르고 자기 처지를 시인한 것이었다.

"하지만 모르시겠어요? 우리는 로버트에게 가능한 최고의 변호사를 구해줘야 한다고요. 그렇게 할 수 있는 사람은 당신밖에 없어요. 당신과 나만이 그를 믿는 유일한 사람들이잖아요."

그들의 눈이 마주쳤다. 그녀의 표정을 보고 델란시는 의자에서 몸을 바로 세워 앉았다.

"우리야 물론 로버트를 믿고 있죠." 그는 예의 따뜻한 목소리로 말했다. "다른 사람은 누구도 믿지 않는다고 해도 우리는 알죠."

"그럼요!" 그녀가 동조했다.

그들은 잠시 말이 없었다. 그들이 말하지 않은 생각은 두 사람 모두에게 명백했다. 두 사람은 모두 화이트스톤의 결백을 전혀 믿지 않았던 것이다. 두 사람은 모두 그가 결백할지도 모른다는 희망조차 품지 않았다.

'내 잘못이야.' 엘시는 생각했다. '내가 로버트를 그렇게 하게

만든 거야.'

델란시도 역시 생각했다.

'그가 전기의자에 앉게 된다면 내가 보낸 거야. 내가 그를 경찰에 갖다 바친 거야.'

그는 일어나서 그녀의 어깨에 손을 얹었다.

"걱정하지 말아요, 아가씨." 그가 말했다. "내가 돈을 구할 거고 우리는 제일 똑똑한 변호사를 찾을 겁니다. 우리가 로버트를 이 상황에서 빠져나오게 할 거예요."

그것이 그가 할 수 있는 유일한 일이었다. 그가 속죄할 수 있는 유일한 길이었다. 그는 조세핀에게 가서 부탁할 것이었다. 필요한 돈을 달라고 애원할 것이었다. 그녀가 무슨 말을 하든 견딜 것이고 어떤 고통도 겪을 것이었다.

"걱정하지 말아요, 엘시!" 그가 말했다. "내가 잘 처리할게요." 그는 잠시 말을 멎었다. "그런데 내 생각엔 당신은 여기 묵지 않는 게 좋을 것 같습니다. 당분간은요."

"왜요?"

"내가 나중에 설명할게요." 그가 말했다. 그리고 그의 엄숙한 말투에 그녀가 감동하는 것을 보고 마음이 뿌듯했다. 그는 그녀가 진실을 알게 되기를 바라지 않았다. 그는 조세핀이 조만간 엘시를 문제 삼으리라는 것을 너무나 잘 알고 있었다. 그녀는 점점 더 터무니없는 일들로 그를 비난하곤 했다. 그녀는 오늘 아침 기분이 좋지 않았는데 젊고 예쁜 엘시는 그녀가 새로운 공격을 개시할 핑계가 될 것이었다. 그는 정말로 더는 견딜 수가 없었다.

'우리는 손님을 초대해선 안 돼.' 그는 생각했다. '우리는 그 어

떤 정상적이고 즐거운 생활도 할 수가 없어, 없다고.'

"제가 여기 묵지 않는 게 그렇게 중요한 일인가요?" 엘시가 물었다.

"그렇습니다." 그가 말했다.

"하지만 전 어디로 가죠?"

그는 잠시 그 문제를 생각하는 척했다.

"러프 씨 부인과 함께 돌아가는 게 좋겠습니다." 그가 말했다. "그게 훨씬 보기 좋다는 걸 알게 될 겁니다. 그리고 지금은, 어떻게 보이느냐가 정말 중요합니다."

그는 자기 말이 일관성이 있는지, 말이 되는 소리인지 분명히 알지 못했다. 다만 엘시가 가기만을 바라고 있었던 것이다. 그는 혼자 있고 싶었다. 조세핀에게서 돈을 받아낼 방법을 생각하고 계획을 짜고 싶었다.

그리고 그러는 내내, 한 푼의 돈도 구하지 못할 것임을 그는 알고 있었다.

14

델란시의 세심한 계획

필립스 양은 자기가 안주인 역할을 해야 하는 상황이라는 걸 알고서도 당황하지 않았다. 그녀는 델란시 부부의 부재를 해명하려는 시도도, 그들을 위한 변명도 하지 않았다. 그들의 행동에 대한 책임이 그녀에게 있는 것이 아니었고 러프 부부와 휴 애치슨은 그 점을 알고 있었던 것이다.

'델란시 부부에게 정말 학을 떼겠어.' 그녀는 생각했다. '난 내일 집으로 갈 거야.'

새킷 양 역시 사라지고 없자 휴는 마음이 불편했다. 그러나 어떻게 해볼 수가 없었다. 필립스 양은 그녀를 찾아 집을 훑을 의향이 전혀 없었다.

'그 세 사람은 어딘가에서 한판 거하게 싸우고 있을 가능성이 농후해.' 그녀는 생각했다. '조세핀은 엘시를 죽으라고 질투하고 있잖아. 그러니 그들은 그러고 있겠지.'

엘시는 이내 다시 나타났다. 그녀는 무척 괴로워 보였지만 필립스 양은 그런 철부지들과 대화를 나누는 것은 너무나 힘든 일이라고 생각했다. 뿌루퉁하게 토라진 건지 실제로 괴로운 건지 아는 것이 거의 불가능했던 것이다. 곧바로 러프 씨 부인이 가겠다는 인사를 하려고 일어섰다.

"필립스 양," 그녀가 말했다. "델란시 씨 부인에게는 당신이 말해주겠어요?"

그들의 눈이 마주쳤다.

"아무거라도 생각나는 대로 말해줘요." 러프 씨 부인이 조용히 말했다. "나는 모르겠군요." 그들이 가자마자 헬렌 필립스는 한 가지 생각만 했다. 델란시 부부 중 누구라도 그녀를 붙잡고 그들의 가정사를 토로하기 전에 자기 방으로 올라가야겠다는 생각이었다.

'그 남자가 안됐어.' 그녀는 생각했다. '그렇지만 그는 절대로 그걸 모를 것 같아.'

그녀는 그들 중 누군가가 밑에서 자기를 부르거나 위에서 문이 열릴지도 몰라 두려워하며 불안한 마음으로 계단을 올라갔다. 집은 고요했다. 놀라울 정도로 고요했다. 희한하게도, 그들은 조용조용 '싸우거나' 이제 다 싸운 모양이었다. 아무도 그녀를 가로막지 않았다. 그녀는 자기 방에 다다르자 안도의 한숨을 쉬고는 문을 잠갔다.

'**무슨 이런** 저녁이 다 있담!' 그녀는 생각했다. '불쌍한 쇼는 질려 보였어. 저녁 시간 전체가 진저리 날 정도였어.' 창문 닫히는 소리가 들리는 바람에 그녀는 깜짝 놀랐다. '심지어 지금도 약간 진저리가 나는걸.' 그녀는 생각했다. '내가 왜 애초에 저런 표독한 여자의 초대를 수락했던 거지? … 물어볼 필요가 없는 질문이야, 헬렌…. 돈을 아끼려고 그런 거잖아. … 하지만 난 내일 집으로 갈 거야. 자존심 있는 가난한 생활로 되돌아갈 거야."

그녀는 잠옷을 입고 침대에 누워서 책을 읽으려고 했다. 그러나 그녀는 평화로운 저녁을 보낼 운명이 아니었다. 그로부터 10분도 채 지나지 않아 '싸움' 소리가 들렸는데 전에는 한 번도 들어본 적이 없는 정도의 소리였다. 문이 쾅 닫히고 조세핀이 소름 끼치도록 비명을 지르는 목소리가 들렸다.

"이걸로 끝이야! 내 말 들려? 당신이랑은 **끝났어**. 거짓말쟁이! 도둑놈!" 그녀는 숨을 들이켜는 것으로 끝을 내고는 한동안 아무 말이 없었다. 그러나 그녀의 말에 답하는 사람은 없었다. 그녀는 이 세상에 홀로 있는 것인지도 몰랐다. "더는 한 푼도 없어. 내 눈앞에서 꺼져! 내가 살아 있는 동안은 물론이고 죽은 뒤에도 얼씬도 하지 마. 난 내일 유언장을 변경할 거야. 당신은 게을러서 일을 안 하면 굶어 죽을 수도 있다고…. 난 당신하고는 단 하룻밤도 더 한 지붕 밑에 있지 않을 거야. 난 나갈 거야, 지금 말이야!"

그래도 여전히 아무런 대꾸도, 대답도 없었다. 침대에서 몸을 일으키고 앉은 필립스 양은 그 무시무시한 목소리와 그 목소리가 뱉어낸 끔찍한 말들이 혐오스럽고도 우울해서 몸이 살짝 떨렸다.

'말해 뭐해, 그에게 모멸감이라는 게 있다면,' 그녀는 생각했다. '목을 졸라서라도 그녀의 말을 막았겠지. 하지만 어쨌거나, 그가 안됐기는 해.'

"난 지금 나갈 거야!" 조세핀이 계속 말했다. "또 당신의 그 귀한 러프 씨 부인에게 왜 그런지 이유를 말할 거야."

문이 다시 쾅 닫혔고 필립스 양은 베개에 등을 기댔다. 문에서 노크 소리가 났다.

"난 대답하지 않을 생각이야." 그녀는 혼잣말을 했다.

노크 소리가 반복되더니 델란시가 낮은 소리로 그녀의 이름을 불렀다. 그녀는 여전히 잠시 주저했지만 연민인지 단순한 예의인지 모를 어떤 감정이 들면서 마지못해 자리에서 일어나 문을 열었다. 델란시가 거기 서 있었다. 얼굴은 창백하고 더러웠고 머리카락은 헝클어져서 눈 뜨고 봐줄 수 없는 형색이었다. 그러나 그는 새로이 평정심을 유지하고 있었는데 기묘하게도 감동적인 모습이었다.

"귀찮게 해서 미안합니다, 필립스 양." 그가 말했다. "하지만 조세핀의 상태가 좋지 않습니다. 아마도 당신 말은 듣지 않을까 하는 생각이 들어서요. 내 말은 듣지 않을 거예요. 당신이 아내에게 가서 내가 지금 당장 집을 나갈 거라고, 알아듣게끔 말을 해주면 좋겠습니다. 아내는 나갈 필요는 없어요. 사실, 어디로 갈지 알지도 못하면서 그녀가 황망히 나가서는 안 되는 거죠."

"부인이 제 말을 들을 것 같지 않은데요." 필립스 양이 말했다. "누군가 개입하면 사태가 정말로 더 나빠질 거로 전 생각해요, 델란시 씨. 저기 —."

그녀가 열린 문간에 서 있을 때 조세핀의 목소리가 또다시 들리더니 이제 자기 방으로 들어가 문을 닫아버리는 것이었다. 하지만 그 안에서 나오는 소리는 꽤 잘 들렸다. 그녀는 전화하고 있었다.

"여보세요! 여보세요! 그래요, 계속 전화 걸어줘요! 여보세요! 전 러프 씨 부인과 통화하고 싶어요. 고맙지만 괜찮습니다, 러프 씨. 저는 부인과 얘기해야 해요. 말씀드렸다시피 꼭 그래야만 합니다! 시급한 일이에요. 러프 씨 부인 되시나요? 조세핀 델란시예요. 전 당신에게 제가 남편을 떠날 거라는 것과 이 일의 원인을 제공한 사람이 새킷 양이라는 걸 말하고 싶어요. '당신밖에는 없어요! 아, 당신은 제게 돈을 구해줄 수 있어요!'라고 그녀가 말하는 걸 제가 직접 들었다고요."

엘시의 목소리를 가성으로 흉내 낸 그녀의 목소리는 듣기 괴로운 것이었다. 헬렌 필립스는 곁눈질로 델란시를 봤다. 그리고 엄숙하고 고요하며 아무렇지도 않은 그의 표정을 보고 놀랐다. 그런 표정을 하고 있으니 평범하던 평소의 그의 얼굴에 잘생긴 남성미가 흐르는 것이었다.

'이러니저러니 해도, 그는 **남자**구나.' 그녀는 경탄하며 생각했다.

"여보세요! 여보세요! 그 전화번호를 다시 연결해 줘요!" 조세핀은 고함을 지르고 있었다. "그 사람들이 거기 있는 걸 **난 안다고요**. … 여보세요!" 그러나 그녀는 바라던 것을 얻지 못했다. 그러더니 잠시 후 그녀는 하던 시도를 그만두고 방문을 홱 열어젖혔다.

"그래, 거기 있었네!" 그녀가 남편에게 말했다.

"난 막 나가는 중이야." 그는 차분하게 대답했다. "필립스 양에게 부탁하고 있었던 거야. 나 대신 당신에게 말해줄 수 있냐고 말이야. … 그럼, 잘 지내!" 그는 돌아서서 복도를 걸어갔다. 한 번도 본 적이 없던, 유연하고 똑바른 자세를 하고서.

'그는 저 잔인한 여자에게 한마디도 하지 않았어.' 필립스 양은 생각했다. '놀라울 정도로 분노를 억제하고 있었던 거야. 그래, 그는 진짜 **남자**야.'

쇼 델란시는 아래층 복도에서 모자를 집어 들었다.

'죽여버릴 거야.' 그는 생각했다.

그는 등 뒤로 현관문을 닫으면서 안도의 한숨을 내쉬었다. 그리고 밤 공기 속으로 걸어 나갔다. 공기가 차갑고 달콤한 물처럼 얼굴을 적시는 느낌이 들었다.

'그녀를 죽여야 해.' 그는 생각했다. '다른 방법이 없어.'

그는 주머니에 양손을 꽂은 채 자갈이 깔린 진입로를 걸어 나 갔다. 별들을 볼 수 있도록 머리를 뒤로 젖히고서 걸었다.

'인간사가 얼마나 아름다운지,' 그는 상념에 젖었다. '그녀가 깨 닫도록 해주지.'

그러자 그는 친구인 로버트가 별들을 볼 수 없다는 것이, 오늘 밤만이 아니라 앞으로 다시는 볼 수 없다는 것이 떠올랐다.

'내가 그를 돕지 못한다면 말이야!' 그는 생각했다. '그리고 내 가 도울 수 있는 길은 오직 —.'

그랬다, 조세핀이 죽어야만, 그것도 유언장을 변경할 기회가 오기 전에 죽어야만 그럴 수 있는 것이었다.

'그러니까…' 그는 생각했다. '논리적으로 볼 때… 그녀가 존재 해서 사람들에게 좋은 점이 뭐가 있는 거지? 본인이 행복하지도 않잖아. 그녀는 자신조차 더 비참하게 만들고 있어. 그녀가 계속 살아간다면 무슨 일이 생길지 한번 봐. 난 로버트를 위해 아무 일 도 할 수 없을 거야. 가엾은 엘시가 어떻게 될지는 아무도 모르 지. 아마도 이혼 소송에 휘말리겠지. 그리고 조세핀이라는 인간 은 모든 사람에게 자기는 엘시 때문에 나를 떠났다고 말할 거야. 난 이 일을 해야만 해.'

그는 다시 한번 감방에 있는 로버트를 생각하고 그 두 사람의 경찰관을 생각했다.

'안 돼!' 그는 생각했다. '맙소사! 난 그런 건 다시는 견딜 수 없어. 그러느니 차라리 죽고 말 거야.' 그러나 그는 너무 건강하고 힘이 나고 정신이 멀쩡하고 머리가 맑다고 느꼈다. 이건 잘못된 일이었다. **자기가** 죽는다는 건 말도 안 되게 부당했다. 그는 아무에게도 나쁜 짓을 하지 않았다. 반대로, 나쁜 대접을 받은 사람이었다. 모든 면에서 그는 망신당하고 모욕당하고 상처를 입었었다.

'로버트는 부주의했어.' 그는 생각했다. '아주 부주의했지.'

그는 자기 친구에게 걷잡을 수 없는 연민을, 비통한 정을 느꼈다.

'그런 일을 하려면,' 그는 생각했다. '부주의해서는 안 되지. 아무도 알아내지 못하도록 할 수 있다고 난 생각해. … 그렇게 할 수 있다고…. 사고처럼 보여야 하는 거야. 물론, 로버트도 그렇게 하려고 애를 썼어. 하지만 부주의했던 거야. 그가 안경을 떨어뜨리지 않았다면….'

그는 조용히 앉아서 생각하고 싶었다. 그의 뇌는 놀랍도록 잘 돌아가고 있었으나 몸은 지쳐 있었다.

'호텔로 가자.' 그는 그렇게 결정했다. 그러고 나자 자기는 짐도 없고 돈도 없다는 것이 기억났다. 게다가 행색은 더럽고 엉망이었다. 그에게는 갈 수 있는 곳이 아무 데도 없었다. 그는 머리 위에 지붕도, 먹을 음식도 없이, 심지어 옷조차 깨끗하지 않은 채로 여기 있었다.

'이건 그녀 잘못이야, 제기랄!' 생각을 하자 갑자기 분노가 치솟았다. '난 굶어 죽을 수도 있어. 게으름을 피워서 일하러 가지 않는다면 말이야! 어디 한번 두고 봐!'

그는 나무 아래 축축한 잔디에 앉아서 담배를 찾아 주머니를 더듬었다. 한 개비가 남아 있었다. 그런데 이제 더는 **그녀에게** 받지 못할 것이고, 음식도, 안식처도, 아무것도 없게 될 것이다.

'이걸 다 피우기 전에 계획을 끝내고 싶군.' 그는 생각했다. '자, 보자…. 아내는 차에 치이게 되는 거야.'

조금도 애쓰지 않았는데 그 생각이 떠올랐다. 그는 자기 머리가 이렇게 명쾌하고 쉽게 돌아가는 것에 안도감과 편안함을 느꼈다.

'제일 먼저 할 일은 알리바이를 만드는 거야. 어떤 식으로도 그 사고와 **나를** 연결할 수 없어야 해.'

그는 어떻게 그렇게 할 수 있을지 정확히 알았다. 그에게는 차고 열쇠가 있었다. 그는 차를 빼내서 린니가 차 소리를 듣지 못하도록 조용히 밀고 나갈 것이다. 그는 집에서 몇백 미터쯤 떨어진 곳에 있는, 차를 숨길 수 있는 끝내주는 장소를 알고 있었다. 그 다음 집으로 돌아가서 그가 거기 있었다는 것을 필립스 양이 알게 할 구실을 찾아낼 것이다.

'칼로 손을 베야지.' 그는 생각했다. '그리고 그녀에게 붕대를 감아 달라고 부탁하는 거야.'

차가 없어진 것을 아침에 알게 되겠지만 아무도 그 일을 그와 연관시키지 않을 것이다. 그는 밤새 자기 집에 있을 것이다. 목욕과 면도를 하고 단정하게 옷을 차려입고 아침에 집을 나서기 전에 하녀가 그를 볼 수 있도록 할 것이다. 정기 승차권을 구입해서 시내로 들어가서 아무도 오기 전에 사무실에 도착할 것이다. 그런 다음 조세핀에게 전화해서 자기가 그린베일에 있는 스테이션 호텔에 있으니 예전 말이 다니던 길에서 만나자고 부탁할 것이다.

시간은 지금은 정할 수 없었다. 기차 시간표를 먼저 알아야 했던 것이다. 그는 그녀에게 적절한 말투를 사용해야 할 것이다. 그건 물론, 충분히 가능할 것이다. 만일 그녀가 이 마지막 만남을 거부한다면 자살할 거라고 말할 수도 있다. 그러나 어떻게 하면 그녀가 절대로 아무에게도 말하지 않고 그를 만나러 오게 할 것인가?

그 어려운 문제에 그는 잠시 걱정이 됐다. 그러다가 기가 막힌 생각이 떠올랐다. 그는 자기가 사용할 바로 그 단어들을 다급하면서 나지막한, 바로 그 말투로 스스로 반복해서 말해봤다.

"어젯밤에 당신을 떠날 때 난 **절망적**이었어. 내게 무슨 일이 생기든 아무 상관 없다는 기분이었어. 당신이 날 버렸다고 해도 나는 지금 개의치 않아. 하지만 난 내가 당신 체면에 먹칠을 하게 될 거라는 건 깨닫지 못했어. 나는 아무래도 괜찮아. 나한테는 총이 있어. 내 머리를 날려버리면 되겠지. 하지만, 이 일에 당신을 끌어들이고 싶지는 않아. 당신이 도둑의 미망인으로 신문에 실리는 건 원하지 않는다고."

그는 '미망인'이라는 단어가 유감스러웠다. 냉소적으로 들렸던 것이다. 그러나 그 단어를 피해 갈 수는 없었다.

"그건 사소한 문제일 뿐이야." 그는 계속했다. "경찰에게 잡히기 전에 당신을 볼 수 있다면, 사람들에게 알려지지 않게 당신이 문제를 해결할 수 있어. 예전 말이 다니던 길에서 만나. 제발, 당신이 어디로 가는지 아무도 알아채지 못하게 해줘."

오늘밤 그의 정신은 너무나 명료하게 작동하고 있었기에 이 이야기에 아주 많은 결함이 보였다. 그러나 대단히 중요한 것들은 아니라고 그는 생각했다. 조세핀은 어떤 때도 논리적이었던 적이 없었다. 그래서 그녀에게 이 이야기를 다급하게 들려주면 그녀는 혼란에 빠져 제대로 분석할 수가 없을 것이다. 그녀는 핵심적인 부분만 잡아낼 것이다. 도둑의 미망인으로 신문에 나온다니! 머리를 날려버린다니! 그는 조세핀을 너무 잘 알고 있었다. 그는 그녀가 오리라는 것을, 대낮에 자기 집 바로 근처에서 만나는 것이니 아무런 의심 없이 오리라는 것을 확신했다.

그녀는 올 것이고 그는 그녀를 맞을 준비가 되어 있을 것이다. 말이 다니던 길은 통행이 거의 없는 곳이었다. 그곳에 누가 있을 확률은 백분의 일에 가까웠다.

'그러니 운에 맡겨봐야 하는 거지.' 그는 철학자처럼 생각했다.

그는 계속해서 나아갔다. 사무실에서 조세핀에게 전화한 후 시내에서 친구 중 한 명에게 10달러, 혹은 15달러를 빌릴 것인데, 이렇게 하면 현금이 생길 뿐만 아니라 알리바이까지는 아니더라도 최소한 그가 그린베일 근방에 있지는 않았다는 추정을 하게 해줄 것이다. 그런 다음 그는 그린베일로 돌아가되, 알아보는 사람들이 있는 그랜드 센트럴 역이 아니라 125번가에서 출발하는 작은 지선을 이용해 갈 것이다. 이 노선의 종점에서 버스를 타고 다시 택시를 탄 다음 차를 숨겨 놓은 지점까지 걸어서 갈 것이다. 말이 다니던 길은 그 바로 옆에 있었다. 그는 시동을 걸 것이고 조세핀이 오는 것을 보면….

그 부분을 생각하자 기분이 좋지 않았다. 나무가 쭉 늘어선 그 좁은 도로에 있는 그녀의 모습이 너무나 생생히 보였다. 그는 그녀에게 다가가야 할 것이고 그들은 서로의 얼굴을 봐야 할 것이다.

'하지만 순식간에 그 모든 건 끝이 날 거야.' 그는 생각했다. '난

그녀를 건드리지도 않을 거고.'

왜 그런지, 그로서는 그것으로 마음의 짐이 제일 덜어지는 느낌이었다. 어쩐지 그렇게 하면 잔혹한 행동을 전혀 하지 않아도 될 것 같았다. 담배가 거의 다 타들어 가서 손가락을 태웠다. 그는 담배를 던져 버리고 한숨을 쉬며 일어섰다. 안도의 한숨이었다. 그는 분명 그 일을 원했고 계획을 세웠으니 다 된 것이나 마찬가지였기 때문이다.

그는 가볍게 잔디밭을 가로질러 차고로 걸어가서 열쇠로 문을 열었다. 차를 밀고 나오는 것은 쉬웠고, 언덕길을 내려가는 것도 쉬웠다. 그리고 고속도로에 들어선 순간 시동은 쉽게 걸렸다. 머릿속 예행연습으로 자신감이 생긴 그는 이 모든 일을 재차 하는 느낌이 들었다. 그는 차를 숨기고 걸어서 집으로 돌아갔다. 갖고 있던 현관 열쇠로 집에 들어간 그는 서재로 다시 들어갔다. 이제 그는 손을 베야 했는데, 그건 그가 예상했던 것보다 더 어려웠다. 훨씬 더 어려웠다.

그는 노력했지만, 주머니칼에 손등이 긁히는 정도일 때조차 쇠붙이가 닿는 첫 느낌에 몸이 움찔했다. 그는 칼을 응시하며 불쌍하게 앉아 있었다. 그는 살아 있는 사람의 살을 너무나 대담하게 베어 가르는 의사들을 생각해 보려고 애썼다. 술을 한 잔 마시고 나니 좀 더 안정이 됐고, 한 잔, 그리고 여러 잔을 더 마시고 나서 그는 마침내 칼로 찌르는 것 비슷하게 살을 베었는데, 상처는 그가 의도했던 것보다 더 깊었다.

조금도 아프지는 않았다.

'그게 아니면 아마,' 그는 생각했다. '내가 통증에 그리 민감하

지 않은 거야. 신경이 튼튼한 거지. … 이런 일을 할 수 있는 사람은 정말 몇 없어.'

손에서 피가 많이 흘렀고, 그는 그게 자랑스러웠다. 그는 위층으로 가서 필립스 양의 방문을 노크했다. 그녀가 문을 열었을 때 그는 줄무늬 가운을 입고 가는 허리를 벨트로 묶고 있는 그녀가 너무나 매력적이며 깔끔하고 침착하며 젊어 보인다고 생각했다.

"제가 손을 약간 다쳤어요." 그가 말했다. "붕대를 좀 감아주시면 얼마나 감사할지 모르겠습니다."

그녀는 그를 바라봤다. 그의 손에서는 피가 바닥으로 떨어지고 있었고, 그녀는 얼굴이 백지장처럼 하얘져서 그렇게 그를 바라보고 있었다.

15

델란시 씨 부인, 집을 비우다

그날 아침 러프 씨 부인은 자기가 남편을 어찌할 수가 없다는 것을 알았다. 잠시 그녀는 어떻게든 눈물을 보여볼까 긴가민가했으나 그런 습관을 버린 지 이미 오래되었기에 그러는 게 과연 설득력이 있을지 의문이었다. 게다가, 그녀는 무척 지쳐 있었다. 너무나 지쳐 있었기에 그녀는 다루기 힘든 이 남자에게 거의 모든 걸 양보할 생각이었다.

"하지만 그건 너무 잔인하고 너무 **모질다고** 생각해." 그녀는 말했다.

남편은 침대 옆에 서서 그녀를 내려다보고 있었다.

"당신이 자기 모습을 좀 봐야 하는데!" 그가 매섭게 말했다. "당신은… 진짜 몰골이 말이 아니라고."

"커피를 마시면 —."

"말도 안 되는 소리!" 그가 말했다. "당신이 정신을 차리려면 커피로는 부족해. 난 이 이상 더는 용납 못 해! 그 빌어먹을 여자가 한밤중에 전화해서 당신을 깨우고 경찰이 집에 오고…. 당신은 이제 더 이상 젊지도 않은데 —."

"조!"

"그래그래," 그가 말했다. "내가 요령 없이 말했다면 미안해. 내가 볼 때야 당신은 지금이 더 예쁘지. 예전 그 어느 때보다 더

멋져.”

그녀는 그의 손을 잡으려고 손을 내밀었다.

“이 일은 그냥 내게 맡겨줘.” 그가 말했다. “그 망할 녀석을 내가 박정하게 대하지 않을 거라는 걸 알잖아. 난 그 애가 안타까워. 하지만 그 애는 자기 집에서 지내는 게 더 나을 거야. 어쨌거나 최우선으로 고려돼야 하는 사람은 **당신이라고**. 당신이 먼저야.”

“조….” 그녀가 말했다. “물론 내가 당신을 부단히 훈련시킨 결과이긴 하지만 당신은 정말 내게 더할 나위 없는 남편이야.”

“여기 샬럿이 아침을 가져왔어.” 그가 말했다. “제발, 뭘 좀 먹어. 조금 이따가 내가 보러 올 거야.”

아래층으로 내려가면서 그는 담배를 피웠다. 아침을 먹기 전에 그가 담배를 피운 것은 몇 년간 없던 일이었다. 그러나 이토록 머리끝까지 화가 났던 적도 몇 년간 없었다.

어젯밤에 그들은 그 델란시라는 여자에게서 온 전화 때문에 잠에서 깨야 했다. 애나벨은 델란시 씨 부인이 무슨 말을 했는지 들려주지 않았지만, 그녀의 목소리가 너무 컸기에 그는 대부분을 다 들을 수 있었다. 그녀는 엘시 때문에 자기 남편을 떠나겠다는 것이었다.

‘미쳤어.’ 그는 생각했다. ‘델란시를 처다보지도 않을 아이인데. 그 애에 관해 이러쿵저러쿵할 수 있겠지만, 그 애는 절대로 남자를 홀리는 애는 아니야. 분란을 일으키기는 하지만 말이지.’

그들이 델란시 씨 부인의 어색하고 불편했던 저녁 모임에서 집으로 돌아왔을 때 네 명의 기자들이 그들을 기다리고 있었다. 그리고 기자들은 더 나타날 것이 분명했다. 엘시는 그들을 끌어들이는 자석이었던 것이다. 엘시는 이 잔인하고 추악한 범죄에서 '최고의 관심'이었다. 그녀가 휴 애치슨과 약혼한 사이임을 인정했다는 사실이 사태를 더욱 악화시켰다. 신문기자들은 그녀가 화이트스톤에게 관심이 있다는 것, 혹은 있었다는 것을 매우 잘 알고 있었다. 그건 그들의 질문에서 드러났다. 그리고 사인 규명 심리 후에는 그들의 입을 다물게 할 수 있는 것이 아무것도 없을 거라고 러프는 생각했다. 이제 그들이 원하는 것은 '백만장자 폴로 선수의 로맨스'에 관한 상세한 내용과 사진이었는데 그들과 아주 잠깐 마주친 상황에서 엘시는 겸연쩍어하지도 않는 듯했다.

러프는 그 점이 놀라웠다. 엘시는 분명 화이트스톤에게 심취해 있었다. 그런데 그가 살인을 저질렀을지 모른다는 의혹이 생기자 즉각 그에게 등을 돌리고 휴를 향했다는 것인가? 만약 그렇다면 그는 기뻐해야 할 것이었다. 그런데도 기쁘지 않았다. 아침 식탁에 앉아 있는 엘시를 봤을 때 그녀가 너무 어리고 몹시 불행해 보였기 때문에 측은한 마음이 들기는 했으나 그는 기쁘지 않았다.

'쭉 돌이켜보면…' 그는 생각했다. '제일 먼저 저 애는 애나벨을 저버리고 델란시의 집에서 지내겠다고 제 발로 걸어 나갔지. 그런 다음 돌아오겠다고 결정했어. '괜찮을까요, 아주머니?' — 그게 다였어. 사과도 없고… 아무것도 신경 쓰지 않고….'

그렇지만, 오늘 아침의 모습을 보면 그녀는 뭔가를 '신경 쓰고' 있었다. 그는 그녀에게 다정한 목소리로 말을 걸었다.

"엘시… 하하! … 얘야… 내가 생각해 봤는데 말이지. 이 기자라는 친구들이 이제 막 판을 벌이고 있는 거잖아. 앞으로 벌어질 일이…. 내가 볼 때, 엘시, 너는 잠시 이 동네를 떠나 있는 게 좋을 것 같구나."

"하지만 그 말씀은 —?"

"우선 집으로 가거라." 그가 말했다. "이모에게 돌아가렴."

그는 그 말을 한 것을 거의 후회할 뻔했지만 이내 애나벨을 생각하고는 후회를 접었다.

"전… 사인 규명 심리 때… 여기 있어야 해요." 엘시가 말했다.

그는 한참 말이 없었고, 그녀도 마찬가지였다.

"어떤 상황인지 알아요." 그녀가 곧 말했다. "아주머니가 얼마나 불쾌하실지 알고 있어요. … 하지만 전 여기를 떠날 수가 없어요, 아직은요. 전 여관에 묵으면 돼요."

"안 된다." 그가 말했다. "그건 안 돼. 네가 혼자 그런 데 묵는 건 안 돼. 문제는… 애나벨은 네게 말하지 않으려고 했지만 난 네가 알아야 한다고 생각한다. 델란시 씨 부인… 그 여자가 반쯤 정신이 나가서… 어젯밤에 전화를 했어. 정말 불쾌해. 애야, 넌 여기 머물러 있어서는 안 된다."

"그녀가 뭐라고 했는데요?"

"그건 중요하지 않아, 엘시. 그녀 같은 부류는 —."

"그녀는 제게 친절하게 대해줬어요."

"이런, 그녀는 네게 친절하지 **않아**!" 그가 말했다. "착한 아이가 되렴. 그리고 어떤 식으로든 델란시 부부와는 더는 교류하지 않겠다고 내게 약속해라."

"전 델란시 씨를 봐야 해요."

"맙소사!" 그가 고함을 질렀다. "넌… 델란시를 만나서는 안 돼."

"전 그래야 해요."

"이것 봐! 델란시 씨 부인이 어젯밤에 전화를 했어. 그녀는 자기 남편을 떠날 거라고 했어. 그게 너 때문이라고 했단 말이다."

"저 때문이라고요?" 엘시가 비웃듯이 그 말을 따라 했다. "완전히 정신이 나갔네요!"

"그렇게 정신이 이상해지면 아주 고약한 일이 생기는 법이야."

그녀는 잠시 자기 접시를 내려다봤다. 그러고는 까만 눈을 들어 그의 얼굴을 쳐다봤다.

"아주머니와 아저씨가 걱정하시지 않도록 최선을 다할게요." 그녀가 말했다.

"그게 중요한 게 아니야. 넌 네 평판을 생각해야 해, 엘시."

"전 그런 건 상관하지 —." 그녀가 입을 열었을 때 휴가 들어왔다.

"늦어서 죄송해요!" 그가 말했다. "늦잠을 잤네요."

러프가 볼 때 휴와 엘시 두 사람은 인간적인 면모가 거의 느껴지지 않을 정도로 자신들을 둘러싸고 벌어지고 있는 일에 개의치 않는 것 같았다. 며칠 전에 그들을 초대했던 집의 안주인이 살해당하고 그 남편은 감옥에 있으며 그들 두 사람을 두고 세간의 추문이 떠돌고 있는데, 그럼에도 그들은 너무나 천연덕스러웠다.

"상쾌한 아침이군요." 휴가 말했다. "전 하루 더 쉬려고 생각하고 있어요. 드라이브할래요, 엘시?"

"좋죠, 고마워요." 그녀가 대답했다.

"지금 출발하는 게 어때요?" 그가 말했다. "차를 밖에 대놨어요."

"엘시는 아직 아침을 다 먹지 않았어." 러프가 반대했다. "그리고 자넨 식사를 시작하지도 않았고."

"먹을 거야 언제든지 먹을 수 있는걸요. 지금이 하루 중 제일 좋은 때예요. 갈까요, 엘시?"

"잠깐만요." 그녀가 말했다. 그리고 두 번째 커피를 다 마시고는 일어나서 복도로 나갔다.

"뒷문입니다." 휴가 말했다.

그녀는 그를 따라 식료품 저장실을 거쳐 옆문을 통해 행상들이 이용하는 길로 갔다.

"왜 뒷문으로?" 그녀가 물었다.

"기자들요." 그가 말했다. "그리고… 내가… 다른 사람에게 듣기 전에 내가 당신에게 할 말이 있습니다."

"나쁜 일인가요?" 그녀가 물었다.

"네." 그가 대답했다. "유감스럽지만, 그렇습니다."

그들은 울타리에 난 틈을 통해 나갔다. 두 남자가 앞으로 튀어나왔다.

"새킷 양!" 한 사람이 소리쳤다. "하실 말씀이…?"

휴가 차를 출발시키자 찰칵찰칵 카메라 소리가 들렸다.

"우리를 찍었어요." 엘시가 말했다. "자, 그런데요?"

"당신이 알아야 하겠죠." 휴가 말했다. "화이트스톤이 어젯밤에 자백했습니다." 그는 그녀를 쳐다보지 않고 앞의 도로에 눈을 고정하고 있었다. 군살 없는 양손은 흔들림 없이 핸들을 잡고 있었다.

"진짜 자백은 아닐지도 몰라요." 잠시 말이 없다가 그녀가 말했다. "경찰에게 고문당해서 저지르지도 않은 일을 자백한 사람들 얘기를 읽은 적이 있어요.”

“이건 진짜예요.” 휴가 말했다. “그의 변호사와 얘기를 나눴습니다.”

그는 그 소식을 조심스럽게 알리려는 시도도 하지 않았고, 그 의미를 최소화하려고도 하지 않았다. 러프였다면 그의 방식이 놀랍도록 거칠고 잔인하다고 생각했을 것이었다. 그러나 그녀에게는 그게 맞는 방식이었고, 그녀는 그런 것을 원했다. 그의 직설적이고 차분한 태도는 그 어떤 연민의 표현보다 더없이 그녀의 마음에 들었다.

“그 사람은 훌륭한 변호사예요?” 그녀가 물었다.

“네. 똑똑한 친구죠. 이름은 베시입니다.”

“그에게 승산이 많을까요?”

“아뇨.” 휴가 말했다.

“더 좋은 변호사를 구하면요?”

“베시가 좋은 변호사입니다. 그는 화이트스톤에게 죄를 인정하라고 조언하고 있고… 그런 다음 심신미약과 극심한 도발이 있었다는 걸 증명하려고 노력할 겁니다.”

“어떤 걸… 극심한 도발로 어떤 걸 내세울까요?”

“내 생각엔 브라운 부부와 한두 명의 다른 사람들을 통해… 화이트스톤의 아내가 그의 작품 활동에 적대적이었고 그걸 그가 느끼고 있었다는 걸 증명할 것 같은데요. 그에게 그런 직업을 갖게 했고, 또 그런 등등의 것들로…”

“그런 걸로는 부족해요.” 엘시가 말했다.

“그게 그를 위해 해줄 수 있는 최선입니다.”

"아뇨," 그녀가 말했다. "만일 다른 도발이 있었다면 승산이 더 많을 거예요."

그가 차선을 바꾸더니 차를 세웠다.

"베시의 변호사비는 내가 내고 있습니다." 그가 말했다. "화이트스톤은 가진 게 전혀 없어요. 그는 관선 변호사를 써야 했을 겁니다."

"내게 빌려준 1,000달러로 ―." 그녀가 입을 열었다.

"그 수표는 내가 지급을 중지시켰어요."

그녀의 입술이 떨렸다. 그러나 말투나 시선은 전혀 부드러워지지 않았다.

"당신은… 그가 정말 승산이 있도록 하지 않는 거군요." 그녀가 말했다. "난 신문을 읽었어요. 그런 일들이 어떤 건지 안다고요. 법정에서 그가… 나를 사랑했고… 그리고 내가 그를… 사랑했다는 사실이 밝혀지면 그에 대한 연민이 천배는 더 커질 거예요."

"아닙니다." 휴가 말했다. "보통 사람은 그 문제에 관해 나와 똑같이 느낄 겁니다. 내가 화이트스톤에게 지금 느끼는 감정은… 연민이 아니에요."

"당신은… 냉정하니까요." 그녀가 말했다. "냉정하고… 관용이라고는 전혀 없죠."

그는 그녀를 흘깃 봤다. 그녀의 눈은 눈물로 반짝이고 있었다. 그러나 그녀는 눈물을 흘리지는 **않을 것이었다**.

"또 다른 문제가 있습니다." 그가 말했다. "화이트스톤 본인이 당신이 이 일에서 빠지기를 바란다는 겁니다."

"난 그러고 싶지 않아요. 이건 모두 내 잘못이에요."

"당신이 그렇게 생각할 줄 알았습니다. 그러나 틀렸어요. 그 일을 사실대로 바라봐요. 그는 당신보다 족히 열 살은 더 많습니다. 그가 어떤 사람이건, 그건 당신이 그를 만나기 훨씬 전부터 그런 사람이었던 겁니다."

"내가 그를 부추겼어요."

"그런 짓을 하라고 부추긴 건 아니죠."

"모르겠어요." 그녀가 말했다. "어쩌면 그 사람 생각으로는…."

이제 눈물이 뺨으로 흘러내리고 있었다.

"돈이 많은 사람들은… 전기의자에 앉지 않죠." 그녀가 말했다. "당신이… 그를 구해준다면… 오늘 당장… 당신과 결혼할게요. 당신이 말하는 건 뭐든지 할게요."

"난 당신과 결혼하고 싶지 않습니다, 엘시." 그가 말했다.

그 말에 그녀는 깜짝 놀랐다.

"당신은… 시간이 흐르면 내가… 당신을 좋아하게 될 거라고 생각했던 거잖아요." 그녀가 도전적인 태도로 말했다.

"그러지 않았습니다. 난 당신이 나를 절대 좋아하지 않을 거라는 걸 분명히 알고 있습니다."

"그렇다면 이건… 그저 숭고함의 발로인가요?" 그녀가 조소하며 다그쳤다.

"좋을 대로 생각하세요. 난 당신을 좋아합니다. 당신에게 감복했다고나 할까요. 당신을 도울 기회가 있어 기쁩니다. 나로서는 전혀 힘든 일이 아니기 때문에 더욱 그렇습니다."

그녀가 팔로 그의 목을 안고서 그의 머리를 밑으로 기울였다. 그리고 그의 입에 키스했다. 그가 망연자실할 정도의, 그의 놀라운 평정심을 한순간에 완전히 무너뜨린 키스였다.

"엘시!" 그가 말했다.

"이게 당신에 대한 내 느낌이에요." 그녀가 말했다. "난 당신을 사랑하지 않아요. 난 로버트 말고는 아무도 사랑한 적이 없어요. 앞으로도 결코 없을 거예요. 하지만 난 당신을 좋아해요. 당신은 로버트보다 백배 천배 더 훌륭한 사람이에요. 백배 천배 더 강하고, 더 선하고, 이해심도 많아요. 그러나 내가 사랑하는 사람은 그 사람인걸요. 그리고 다시는 그를 보지 못한다고 해도 그건 마찬가지예요."

그들은 서로의 손을 잡고 아무 말 없이 오랫동안 앉아 있었다.

"당신은 로버트 같은 사람들에게 자비로운 마음을 가졌어야 해요." 그녀가 말을 이었다. "당신이 생각할 때… 아아, 정말 참을 수가 없어요! 그가 견디고 있는 일… 그가 견뎌야 했던 일은 당신 같은 사람에 비해 그에게는 훨씬 더 가혹한 일이에요. 어젯밤에 감방에 있는 그를 생각하고 있자니…"

"그런 걸 치유할 방법을 말해주죠." 휴가 말했다. "화이트스톤이 너무 안됐다는 느낌이 들면 그의 아내를 생각해요."

그녀는 그에게서 떨어져 앉았다. 그리고 한숨을 쉬었다.

"그녀는 모든 고통에서 벗어났어요." 그녀가 말했다. "하지만 다른 사람들은 그렇지 않죠. 난 좌우의 모든 사람에게 분란을 일으키고 참담한 일을 만들었어요. … 아저씨가 오늘 새로운 얘기를 해줬어요. 델란시 씨 부인이 어젯밤에 전화해서 자기는 남편을 떠날 거라고, 그리고 그건 나 때문이라고 했대요."

"**뭐라고요!**" 휴가 말했다.

"황당하죠." 엘시가 또다시 한숨을 쉬며 말했다. "내가 그 사람을 생각하는 것 이상의 어떤 생각을 그가 나에 대해 하고 있다는 느낌을 난 한 번도 받은 적이 없어요. 하지만 나라는 사람은 그냥 모든 사람에게 불행을 가져다주나 봐요."

"이제 돌아가야 할 것 같습니다."

"난 러프 씨 집에 더는 묵을 수가 없어요, 휴. 아저씨가 그렇게 말했어요."

"어쨌든 점심 먹을 때까지는 있어요." 그가 말했다. "그리고 그 얘기는 나중에 하죠."

"왜 그렇게 서두르는 거죠?"

"내가 할 일이 좀 있습니다." 그가 대답했다. "하지만 그리 오래 걸리지는 않을 거예요."

그는 괜찮다고 생각되는 선에서 빠르게 차를 몰고 돌아왔다. 그리고 엘시가 베란다에 있는 동안 러프 씨 부인을 찾으러 갔다.

"부탁인데, 엘시를 좀 돌봐주세요!" 그가 말했다. "어쨌든 제가 돌아올 때까지만요. 그런 다음에 그녀 때문에 골치가 아프시다면 제가 그녀가 있을 곳을 찾아보겠습니다."

"휴!" 러프 씨 부인은 크게 마음이 상해서 소리쳤다. 그러나 그는 그녀의 말을 듣지 않았다. 아니, 최소한 귀를 기울이지 않았다. 그녀가 창문으로 갔을 때 그의 차는 속도를 내어 진입로를 내려가고 있었다.

그는 어떻게든 조세핀 델란시가 자기들의 가정불화에 엘시를 끌어들이지 못하도록 해야 한다고 마음먹었다. 그는 그러기 위해 뭐든 할 태세였다. 그는 심지어 자기가 좋아하는 러프 씨 부인에게 적대적인 태도로 말을 하기까지 한 것이었다.

'이것 또한 희한한 일이야.' 그는 생각했다.

그는 델란시의 집까지 차를 몰고 가서 통상 하던 것보다 더 세게 초인종을 울렸다.

"델란시 씨 부인을 뵙고 싶습니다." 그가 가정부에게 말했다. "애치슨이라고 전해주세요."

"부인은 안 계세요, 선생님."

"곧 오실까요?"

"그건 제가 말씀드릴 수가 없네요, 선생님." 가정부가 대답했는데 그녀의 태도에 주저하는 기색이 있어서 그는 불안해졌다. 그 불행한 여자가 벌써 집을 나가서 지독하게 불쾌한 헛소문을 사방에 퍼트리고 다닌다면?

"델란시 씨는 안에 있나요?"

"저는… 모르겠어요. 한번 볼게요."

그녀는 그를 응접실로 들어가게 하고는 나갔다. 휴는 가만히 서서 가만히 생각하려고 노력했다. 델란시가 금세 응접실로 들어왔다. 발걸음은 불안정하고 얼굴에는 얼이 빠진 듯한 웃음기를 띠고 있었다. 지금 **그와** 얘기를 나누려고 해봐야 소용없는 일이었다.

"부인이 언제쯤 집에 올지 말씀해 주시겠습니까?" 그가 물었다.

"미, 미안합니다." 델란시가 말했다. "그럴 수가 없네요. … 아내가 어디로 갔는지 아, 아무도 모릅니다."

"부인이 떠나셨다는 말입니까? 집을 나갔다는 건가요?"

"가방 같은 건 가져가지 않았습니다. 모자도 가져가지 않았고요. … 그냥 가버렸어요. 사, 사라져 버렸습니다."

16

조세핀이 간 곳

애치슨은 어떤 느낌이 들었든 그 느낌을 속에 담아두었다.

"잘 이해가 안 되는군요." 그가 말했다. "부인이 이리 돌아오지 않을 거란 뜻입니까?"

"사라졌어요."

그 순간 애치슨의 눈에 반가운 헬렌 필립스의 모습이 현관에 보였다. 가방을 손에 들고 문으로 향하는 중이었다. 그는 주인을 남겨두고 나가는 것에 전혀 개의치 않고 서둘러 그녀의 뒤를 쫓아갔다.

"헬렌!" 그가 말했다. "이 집에 무슨 일이 있는 거죠?"

"아, 친애하는 휴!" 그녀가 큰 소리로 외쳤다. "이게 정말 무슨 일인지! 전 모르겠어요. 하지만 전 떠날 거예요."

"제가 역까지 태워 드리죠."

"택시를 불렀어요."

"그건 제가 처리하겠습니다." 그가 말했다. 그리고 곧 돌아와서 그녀가 차에 타는 것을 도왔다.

"그 여자는 어디로 간 거죠, 헬렌?" 그가 물었다.

"전 몰라요. 그리고 알고 싶지도 않아요. 앞으로 내 인생에서 델란시라는 이름을 다시 보는 일은 없을 거예요."

"전 그녀를 찾고 싶습니다, 헬렌. 그녀는 문제를 일으킬 소지가 다분합니다."

"엘시 때문에요?"

"그 일을 알고 있나요?"

"아주 잘 알죠. 델란시 씨 부인이 러프 씨 부인에게 전화하는 걸 들었어요. 또 그에 앞선 전주도 들었죠. 그녀는 정말로 제가 본 이래 최악의 격분 상태에 있었어요."

"그럼 그녀를 막아야 한다는 건 알겠군요."

"방법을 모르겠어요."

"어쩌면 그녀가 겁을 먹게 하면 될 수도 있어요. 만일 그녀가 자기들의 사소한 가정불화에 엘시의 이름을 거론한다면 소송을 당하게 될 거라고 말할 수도 있죠."

"제가 당신이라면," 필립스 양이 말했다. "전 협박하는 대신 회유해 볼 것 같아요, 휴. 당신은 마음만 먹으면 정말 좋은 사람이 잖아요."

"이 순간 제 생각을 당신이 읽을 수 있다면," 그가 말했다. "저를 절대 '좋은' 사람이라고 하지 않을 겁니다. 그런데 어떻게 해야 그 여자에게 연락이 닿을까요?"

"전 상상이 안 돼요. 그녀는 두 시간쯤 전에 그냥 집에서 걸어 나갔어요. 제가 12시 55분 열차를 타는 걸 알고 있었는데 제게 작별 인사도 하지 않았죠. 그래서 저는 그녀가 돌아올 거로 예상했어요."

"차를 가지고 가지 않은 건 확실한가요?"

"아, 그게 또 다른 문제예요! 그들은 어젯밤에 차를 도난당했어요. 그녀가 오늘 아침에 경찰에 신고했죠. 그래서 그 운전기사와 볼썽사나운 말다툼이 또 벌어졌고요. 그 불쌍한 사람은 자기는 문을 잠그고 나갔다고 맹세하지만, 오늘 아침에 그 문은 잠겨 있지 않았어요. 그녀는 지독한 욕을 퍼붓고는 그 자리에서 그를 해고했어요. 하여튼 한마디로, 전 아주 **색다른** 방문을 하고 가는 셈이에요."

"그녀와 그 남편이 어젯밤에 엘시 때문에 부부싸움을 했나요?"

"사실은 그녀 혼자 싸운 거죠. 그는 놀라울 정도로 참을성이 있다는 생각이 들던걸요. 그녀는 자기가 당장 이 집을 나갈 거라고 했지만 쇼는 자기가 나가겠다고 했어요. 그가 돌아와서 저를 깨우기 전까지는 전 그에게 심한 연민을 느끼기 시작하고 있었어요."

"당신을 왜 깨운 거죠?"

"손을 베었더군요. 피가 많이 흐르고 있었어요."

"하지만 그렇다고 해서 그에게 등을 돌릴 이유는 없잖아요."

"그는 술에 취한 상태이기도 했어요. 그는 그 뒤로 내내 취해 있었던 것 같아요."

"그녀가 나가기 전에 그가 자기 아내를 봤나요?"

"그녀는 어젯밤에 그가 집을 나간 후 집으로 돌아온 것도 몰랐던 게 거의 확실해요. 제가 그의 손에 붕대를 감아준 뒤 그는 아래층으로 내려갔어요. 아주 조용히요. 그런데 전 잠을 이룰 수가 없었어요. 그가 집에 불을 지를지도 모른다는, 여자들이 흔히 느끼는 두려움에 휩싸였거든요. 그래서 아래층으로 내려갔죠. 그가 그 애잔한 '서재'에서 이리저리 움직이는 소리가 들렸어요. 전 그에게 정신을 차리라고 말할 용기가 나지 않았답니다. 그래서 그냥 뜬 눈으로 누워 있었는데 몇 시간 동안 담배 냄새가 나더군요. 오늘 아침에 조세핀은 아침을 먹고 나서 서재에 들어가고 싶어 했는데 문이 잠겨 있는 걸 알고는 엄청 짜증을 냈죠. 그녀는 그가 항상 주머니에 열쇠를 넣고 나간다고, 열쇠 수리공을 부르러 보낼 거라고 하더군요. 그런 걸 보면 그녀는 그가 거기 있는지 몰랐고 그가 돌아올 거로 예상하지 않은 것 같지 않아요?"

"그렇네요." 휴가 말했다. "하지만 그 모든 게 제가 그녀를 찾는 데 도움이 되지는 않는군요. 그녀가 당신에게 단서가 될 만한 무슨 말을 하지는 않았나요, 헬렌?"

"그녀가 나가기 직전에 누군가 그녀에게 전화를 했어요. 전 별로 주의를 기울이지는 않았는데 그녀의 목소리는 상당히…! 제 **생각에**… 그녀가 '불쌍한 내 사람!'이라고 말하는 걸 분명히 들은 것 같아요."

"조만간 남자친구가 될 사람이 있는 걸까요?"

"그럴 것 같지는 않은데요." 헬렌은 미심쩍어하며 말했다. "하지만 알 수 없는 일이죠. 다 왔네요! 그럼 잘 있어요, 휴! 일이 어찌 되는지 제게 알려주세요."

그는 승강장에 서서 떠나는 기차를 바라보고 있었다.

'그녀를 찾아야만 해.' 그는 생각했다. '만일 그녀가 떠들기 시작하고 기자들이 조금이라도 힌트를 얻는다면…. 안 돼! 그건 감당할 수 없는 일이야! 난 그녀를 찾겠어. 아마도 그녀는 하인 중 한 명에게 무슨 얘기를 했을 거야.'

그는 델란시의 집으로 돌아가서 다시 한번 초인종을 울렸다. 그는 하녀에게 억지로 미소를 지으며 인사했는데 미소가 제대로 지어지지 않은 기분이었다.

"저기요!" 그가 말했다. "내가 아주 중요한 일이 있어서 델란시 씨 부인을 가능한 한 빨리 만나야 하는데요." 그는 하녀의 손에 지폐 한 장을 찔러 넣었다. "나를 좀 도와줄 수 있을까요?" 그가 물었다. "부인이 혹시 어디로 가는지 언질을 주진 않았나요?"

"아뇨, 안 그러셨어요. 죄송합니다, 선생님. 아, 실례해요. 지금 경찰이 왔네요. 사모님이 제게 경찰을 차고로 안내해서 자물쇠 등등을 다 보여주라고 하셨어요."

건장하고 근엄한 경찰관 한 명이 베란다 계단을 오르고 있었다.

"쇼 델란시 씨를 좀 뵙고 싶은데요." 그가 말했다.

"차고에 관해서라면 —." 하녀가 말을 시작했다.

"아뇨, 그건 아닙니다." 경찰관이 말했다. "그냥 델란시 씨에게 제가 그와 몇 마디 나누고 싶어 한다고 해주세요."

"주무시고 계세요."

"그렇다면 깨워야 합니다." 그 경찰관이 말했다. "그에게 전할 소식이 있습니다."

하녀는 당황하고 기분이 언짢은 것 같았다.

"저, 있잖아요," 그녀는 말했다. "델란시 씨는 몸이 좋지 않으세요."

"그거 안됐군요. 하지만 저는 그를 만나야 합니다."

그녀는 애원하듯이 휴를 쳐다봤다.

"경관님을 델란시 씨에게 모시고 가는 게 좋겠습니다." 그가 말했다. "그리고 제가 따라가죠."

델란시는 서재 소파에서 잠들어 있었다. 그는 부르는 소리에도, 몸을 흔들어도, 다른 어떤 방법을 써도 깨어나지 않았다.

"흠⋯." 경찰관이 휴를 돌아보며 말했다. "당신은 델란시 씨의 친구인가요, 선생? 저는 그에게 개인적으로 얘기하라는 지시를 받았습니다만…. 그가 정신이 들었을 때 당신이 얘기해줘도 될 것 같기는 합니다. 그러니까… 그의 상태가 나아지면 말입니다. 사고가 났습니다. 교통사고인데 델란시 씨 부인이 다쳤어요. 그녀는 병원으로 옮기는 도중에 사망했습니다."

경찰이 가고 나자 그 예쁜 하녀는 울기 시작했다.

"이제 이 집에는 저와 요리사 말고는 아무도 없어요. 아무리 그래도 가엾은 델란시 씨에게 우리가 어떻게 이 소식을 전하죠?"

"한번… 생각해 보죠." 휴가 말했다. "그가 언제 깨어날지 알 수가 없군요. 얼마나 오래 자고 있었는지 모르는 거죠?"

"네."

"오늘 아침 내내 이런 상태였나요?"

"아, 아니에요, 선생님! 사장님은 —." 그녀는 불현듯 입단속을 했다. "그런 것 같지는 않아요."

"왜요?"

"모르겠어요. 그냥 안 그러셨던 것 같다고 짐작한 것뿐이에요."

"내게 모든 걸 말해주면 큰 도움이 될 겁니다." 휴는 깃털처럼 부드럽게 말했다. 그러나 그는 이상하게 흥분이 되면서 심장 박동이 빨라지고 있었다. 하녀는 혼란스러워하는 게 분명했고 뭔가를 감추려고 좌불안석하는 모양이었다. 이제 휴는 델란시 부부의 가정사가 무척 흥미로워졌다. 아마도 그 하녀는 엘시를 둘러싼 또 다른 부부싸움을 들었을지도 몰랐다.

"전… 전 아무것도 몰라서 말씀드릴 게 없어요." 그녀가 말했다.

"이 사고로 모든 게 바뀌었다는 걸 당신도 알겠죠." 휴가 말했다. 그의 말투가 너무 심각하면서도 너무 합리적이어서 그녀는 별 의미 없는 그 말들이 아주 타당하다고 받아들였다.

"그럼, 그 일이 지금은 어떤 피해도 끼칠 수가 없겠군요." 그녀는 이렇게 말하고는 다시 울기 시작했다. "사모님이 돌아가신 마당이니까요."

"그렇죠." 휴가 맞장구쳤다. "당연히 그렇습니다."

"제가 선생님께 말씀드리는 게 옳은 일이면 좋겠어요. 오늘 아침에 델란시 씨를 봤는데요. 제가 내려오니까 여기 아래층에 계셨어요. 그때는 아무렇지도 않으셨어요. 제게 '내가 밤새 집에 있었다는 걸 아내에게는 말하지 마. 이건 장난 같은 거야'라고 말씀하셨어요."

"알겠습니다." 휴는 이렇게 말하고는 델란시를 내려다보며 서 있었다. 그의 회색 눈빛에 묘한 표정이 감돌았다. 묘하기도 하고 좀 무섭기도 한 눈빛이라고 그녀는 생각했다.

"제가 옳은 일을 한 것이었으면 좋겠어요." 그녀는 걱정스럽게 말을 꺼냈다.

"그렇게 한 겁니다." 휴가 말했다.

그리고 그는 정말로 그렇게 생각했다. 자기가 이 말을 들어야 했던 게 옳았다고 그는 생각했다.

그는 다시 차를 타고 그린베일 경찰서로 갔다. 다행히도 젊은 부서장은 안에 있었고 휴를 흔쾌히 맞아줬다.

"혹시 델란시 씨 부인이 사망하게 된 자세한 상황을 제게 전부 말씀해 주실 수 있을까 해서요." 그가 부탁했다. "제 이름은 —."

"기억합니다. 러프 씨 댁에서 봤죠. 사고 기록을 가져오게 하겠습니다." 그가 전화하자 기록이 전달되었다.

"큰 충돌이었습니다." 그가 말했다. "더 나쁘지 않았던 게 기적이에요. 폴슨이라는 라디오 판매상이 오늘 아침 11시 15분에 도로를 운전 중이었는데 델란시 씨 부인이 패닝의 집 뒤쪽 예전 말이 다니던 길에서 나와서 그의 차 옆을 정면으로 들이받은 겁니다. 그는 그녀가 경적을 전혀 울리지 않았고 최고 속도로 달려와서는 그냥 들이받았다고 맹세하고 있습니다. 그는 차에서 튕겨 나왔지만 무사했는데 차는 박살 났죠. 그리고 그녀는 치명상을 입었습니다. 허리가 부러지고 두개골이 함몰됐어요. 그때 우연히 그곳을 지나던 택시 기사가 앰뷸런스를 불렀습니다. 폴슨은 갈비뼈 몇 군데가 부러진 것으로 끝났지만 델란시 씨 부인은 도중에 사망했습니다. 이 사고에는 한 가지 흥미로운 점이 있는데요." 그가 부연했다.

"뭐죠?" 휴가 물었다.

"델란시 씨 부인이 어떻게 자기 차를 몰고 왔냐는 겁니다. 그녀는 오늘 아침에 그 차의 도난 신고를 했거든요. 우리는 사람을 보내 그 운전기사를 만나게 했습니다. 그 친구는 곧이곧대로 할 얘기를 다 했습니다. 자기는 아무 소리도 못 들었다고, 문은 잠갔다고요. 하지만 그건, 어쨌든, 그의 말이긴 합니다. 잠금장치에 손을 댄 흔적은 없었습니다. 그가 잠그는 걸 잊었던 건지도 모르죠. 그건 그리 이상한 일도 아니고요. 하지만 전 그녀가 그 차를 어떻게 되찾았는지 알고 싶은 겁니다"

"그렇군요." 휴가 말했다. "기묘한 일이네요."

"그렇죠." 그 젊은 부서장이 말을 계속했다. "사람들은 터무니없는 일들을 하곤 합니다. 특히 여자들이 그렇죠. 예를 들어, 누군가 아끼는 개를 잃어버립니다. 실종 신고를 하죠. 그리고 우리는 사람을 배치합니다. 하지만 그 사람이 일을 시작하기도 전에 누군가 개 주인에게 전화를 합니다. '50 달러를 주면 개를 돌려줄 수 있어. 질문은 사절이야!' 주인은 그 사람에게 '오케이'라고 하고 돈을 내죠. 그러고는 개를 돌려준 사람에 관해서는 설명하지 않으려고 합니다. **그런 게** 어떤 결과에 이르는지 아시겠죠. 그런데도 사람들은 항상 경찰에 맞서는 일을 하고 있죠. 바로 그 사람들이 우리를 '비능률적'이라고, '부패'했다고 항상 떠들어대는 거고요. … 델란시 씨 부인은 자기 차를 놓고 그같이 은밀한 거래를 했을지도 모릅니다. 말이 다니던 길 같은 데서 차를 몰고 나온 걸로 보면 제게는 그런 것으로 보이는군요. 거기는 차를 숨기기에 안성맞춤인 곳일 거예요."

"그 사건을 수사는 하셨겠죠?" 휴가 물었다.

"아뇨, 뭐 하려요." 다른 경찰관이 대답했다. "이제 사건은 없는걸요. 그녀는 자기 차를 찾았고 우리로서는 어찌 된 건지 알아낼 길이 없죠."

"사인 규명 심리는 열릴까요?"

"아, 그래야죠."

"경찰은 이런 사건은 부검하지 않습니까?"

"아이고야, 안 하죠!" 그 다른 경찰관이 약간 놀라며 말했다. "그거야 죽음의 양상에 무슨 문제가 있을 때만 하는 거죠. 여기는 아무것도 없는걸요."

"글쎄요, 이것 보세요!" 휴가 말했다. "저는 종종 궁금한데요. 누군가 — 그냥 평범한 개인 말입니다 — 사인 규명 결과에 만족하지 않는다고 칩시다. 그러면 그 사람은 부검을 요구할 수 있나요?"

"그럴 수 있습니다." 부서장이 호기심 어린 시선으로 휴를 보며 말했다. "그럴 만한 이유가 있는 것으로 경찰이 생각하게 할 수 있다면 말이죠. 그러나 이런 경우는…."

"아, 물론 그렇죠. 이런 경우는요." 휴가 그 말에 동의하며 부서장에게 감사를 표했다. 그리고 자기 차로 돌아갔다. 그는 이제 배가 무척 고팠다. 아침도 먹지 않았는데 벌써 점심시간이 훌쩍 지나 있었던 것이다. 그는 노상 식당에 들러 배불리 식사를 했다.

'엘시에게 점심 먹으러 돌아갈 거라고 했지.' 그는 생각했다. '그녀가 제발 더는 어리석은 짓을 안 한 상태면 좋겠는데.'

만약 그녀가 그런 짓을 했다면, 그녀를 힘든 상황에서 구제하는 것이 그의 일이 될 것이고 그는 그럴 태세가 되어 있었다. 그는 천성적으로 다른 사람이나 자기 자신에게 너그러운 사람은 아니었다. 그는 죄를 지으면 신속하고 확실하게 무서운 벌을 받는, 그런 세상에서 강인하게 살아왔다. 그런데도 그 여자에 대해서는 한없는 아량을 베풀고 있는 것이었다.

그가 집으로 차를 몰고 갔을 때 그녀는 러프 씨 부인과 함께 베란다에 앉아 있었다. 러프 씨 부인이 눈에 들어오자 그는 후회가 밀려들며 가슴이 저릿했다. 그는 엘시에게 말을 건네기도 전에 곧장 그녀에게 갔다. 그녀에게 자기가 했던 말을 사과하려고 했으나 그녀의 얼굴을 들여다보자 이미 자신이 용서받았음을 알 수 있었다.

"휴, 이 골치 아픈 녀석," 그녀가 말했다. "점심을 먹으러 오지 않을 거면 그렇다고 말을 했어야지. 네가 소고기찜을 먹으러 오지 않아서 미니는 오후 내내 뽀로통해 있을 거야."

"제가 온 동네 여자분들을 일주일 동안 행복하게 해드릴 소식을 가져왔습니다." 그가 말했다. 그리고 난간에 앉아서 엘시를 흘 긋 쳐다봤다. 그녀의 검은 눈이 그의 눈과 마주쳤다. 그녀는 그에게 진심이 우러난 미소를 살짝 보였는데 그 미소에 그는 말도 안되게 기분이 고조되었다. "나쁜 소식이에요." 그가 말했다. "델란시 씨 부인이 운이 없었어요."

"어머! 그녀에게 무슨 일이 생긴 거니, 휴?"

"오늘 아침에 자동차 사고로 죽었습니다."

"휴!" 러프 씨 부인이 자리에서 일어나며 소리를 질렀다. 그리고 의자 등받이에 팔을 기댔다. "휴! 난 정말 무섭다!"

그는 그녀 쪽으로 갔다. 그녀의 얼굴은 너무나 창백해서 걱정될 정도였다.

"무섭다고요?" 그가 온화하게 말했다. "하지만 ―."

"모르겠어? 화이트스톤 부부의 집에 우리가 저녁을 먹으러 간 다음 날 아침에 무시무시한 일이 일어났잖아. 어젯밤에 우리는 델란시 부부와 함께 저녁을 먹었는데 지금 ―."

"하지만 아주머니는 그런 일은 믿지 않으시잖아요, 믿을 수가 없다고 ―."

"가끔은… 믿는단다." 그녀가 말했다. "그리고 설령 내가 그런 걸 믿지 않는다고 해도 무서운 건 사실이야. 난 좀 누워야겠다. 고맙지만 괜찮다, 엘시. 혼자 좀 있고 싶구나."

휴는 그녀를 부축해서 집 안으로 들어가게 했다.

"최고의 여성이에요." 그가 말했다.

"나도 알아요." 엘시가 말했다. "그리고 아주머니가 이 일에 대해 어떤 느낌일지 이해가 돼요. … 기묘한 일이죠."

"그렇게 생각해요?" 그가 담뱃불을 붙이고 난간에 앉으며 말했다. 그곳에서는 그녀의 얼굴을 관찰할 수가 있었다.

"당신은 안 그래요? 그 사고는 어떻게 일어난 건가요?"

"얘기해 주죠." 그가 말했다. "당신이 그에 대해 무슨 말을 할지 듣고 싶네요. 우선, 델란시 씨 부인이 밤사이에 차를 도난당했습니다. 오늘 아침 8시 반쯤 그녀가 도난 사실을 경찰에 신고했고요. 11시 15분에 그녀는 자기 차를 몰고 샛길에서 나와서 최고 속도로 다른 차를 박았어요."

그는 말을 멈추고 그녀가 뭐라고 말을 하기를 학수고대 기다리고 있었다.

"그녀는 혼자였나요?"

"틀림없이 그랬을 겁니다. 아무도 그 충돌 사고에서 살아서 탈출할 수는 없었을 거예요."

"사고를 목격한 사람은 없었나요?"

"네. 택시 기사 한 사람이 굉음을 들었죠. 그는 몇 분 뒤에 그곳에 도착했습니다."

"휴," 그녀는 그의 얼굴에 눈을 고정한 채 말했다. "당신은 거기 뭔가 잘못된 게 있다고 생각하는군요?"

"그래요." 그가 대답했다.

"뭐죠, 휴? 자살인가요?"

"자살할 생각이었으면 차를 절벽으로 몰고 가거나 나무에 부딪히지 않았겠어요? 고의로 다른 누군가의 목숨을 위태롭게 하는 대신 말이죠."

"그럼 뭐죠?"

그는 대답하지 않았고 그녀 역시 한동안 말이 없었다.

"델란시 씨를 만나봤나요?" 잠시 후 그녀가 물었다.

그 질문에 그는 희한하게 짜릿한 즐거움을 느꼈다. 그가 가진 정보를 알지 못한 상태에서도 그녀의 마음은 그와 같은 방향으로 움직이고 있었던 것이다.

"오늘 아침에 두 번 봤습니다. 처음에는 술에 취해 있었어요. 그리고 내가 그를 두고 나왔을 때 그는 완전히 정신을 잃고 말았고요."

그녀는 약간 안도하는 한숨을 쉬었다.

"그럼 그는 아침 내내 집 안에 있었다고 봐야겠군요." 그녀가 말했다.

"아뇨. 그는 아침 일찍 집에서 나갔습니다. 그가 언제 돌아왔는지는 — 아직은 — 모릅니다."

"그렇지만, 휴! 어떤 경우든… 그녀는 혼자 차에 타고 있었고, 직접 운전을 했잖아요."

"그녀가 운전을 했는지는 확실하지 않죠."

"하지만 그렇다면 — 난 모르겠어요 — 그녀가 운전한 게 아니라면…."

"그녀가 그때 살아 있었는지 확실하지 않습니다."

"알겠어요." 그녀가 말했다. "그 전에 일이 이루어졌다는 거군요?"

"난 그런 걸로 생각해요. 어쨌거나, 그건 그렇게 어렵지는 않았을 거예요."

"그럼, 당신은 그녀가 살해됐다고 생각하나요?"

"그게 내 생각입니다."

"그녀의 남편이 한 짓이고요"

"그걸로 덕을 보는 게 그 사람이죠."

엘시는 의자에서 몸을 앞으로 기울였다.

"경찰도 그렇게 생각하나요?" 그녀가 물었다.

"아뇨. 의심스러워 보이는 점이 전혀 없잖아요."

그녀는 다시 등을 기댔다.

"그렇다니 다행이에요." 그녀가 말했다.

"어째서요?" 그가 놀라며 물었다.

"난 경찰이 절대로 어떤 의심도 하지 않기를 바라요."

"진심인가요? 그의 짓이라고 믿어도 —?"

"그는 착한 사람이에요." 그녀가 말했다. "정말로 친절하고 착해요. 그리고 그녀는 지독한 사람이었고요. 그가 추적당해 잡히는 걸 당신이라고 보고 싶을 리가 없어요."

"내가요?" 휴가 무섭게 말했다.

"어쨌거나, 이게 당신과 무슨 상관이 있나요?"

"이건 품위 있는 사람이라면 누구나 상관있는 문제입니다." 놀랍기도 하고 분노가 빠르게 솟구치기도 하는 것을 느끼면서 그가 말했다.

"아 그래요, 정말 잘났군요!" 그녀가 말했다. "설령 그 비참하고 가엾은 남자가 그런 짓을 했다고 해도 그를 벌 주는 건 당신 일이 아니잖아요."

"당신은 이런 일이 용납이 돼요? 살인이?"

"'용납'이라고 부를 일인지 아닌지 난 모르겠어요." 그녀는 느릿느릿 말했다. "당신이 그런 것처럼 나도 이게 끔찍한 일이라고 생각해요. 하지만 델란시 씨 같은 남자를 추적해서 죽이는 건 그보다 훨씬 더 끔찍하다고 생각해요. 그가 뭘 했건 난 아무 상관 없어요. 그는 나쁜 사람도, 위험한 사람도, 잔인한 사람도 **아니에요. 난 그걸 알아요!**"

"그건 당신이 모르는 일입니다. 난 당신이 이런 관점을 취한다는 걸 상상할 수가 없군요. 피해자에 대해서 어떤 연민의 감정도 들지 않는다는 건가요? 그 불쌍한 여자는…?"

"안 들어요." 엘시가 말했다.

"정의가 실현되든 아니든 아무 상관도 없다고요?"

"그래요."

그녀는 자리에서 일어섰다.

"만일 델란시 씨가 그랬다면," 그녀가 말했다. "**왜 그랬는지 당신은 모르겠어요?**"

그녀의 목소리, 그녀의 얼굴에는 그에게 충격을 주는 뭔가가 있었다.

"당신 말은… 그의 아내가 그를 불행하게 했다는 겁니까?" 그가 물었다.

"아뇨." 그녀가 또다시 말했다. "그런 게 아니에요. 생각해 보면 이해하게 될 거예요."

그는 뭐가 뭔지 혼란스럽고 지독히도 마음이 쓰라렸다. 그녀는 그런 그를 남겨두고 그의 옆을 지나 집 안으로 들어갔다.

17

애치슨, 사건을 조사하다

그는 그 말을 이해하고 싶었다. 그래서 그녀가 가고 난 후 잠시 생각을 했고, 그러자 거의 이해할 수 있을 것 같았다. 거의 말이다. 그녀의 마음속에서 델란시는 필연적으로 화이트스톤과 연결될 수밖에 없고, 그래서 델란시를 비난하면 자기 애인이 저지른 범죄를 비난하게 되는 것이라는 점을 그는 이해할 수 있었다.

'하지만 그 이상의 뭔가가 있어.' 그는 생각했다. '우선, 그녀는 화이트스톤에 대해 한 번도 변명하려고 하지 않았어. 그녀는 심지어 그가 무죄라고 생각하는 척하지도 않아. 그녀는 그야말로, 자기 말대로, 그의 옆에 끝까지 서 있는 것뿐이야. 그녀가 말하는 방식으로 볼 때 그녀는 델란시에게 어떤 특별한 사정이나 이유가 있다고 생각하는 것 같아. 모르겠어. … 그래! 난 모르겠어.'

그는 한숨을 쉬었다.

"내가 일을 끝낼 때쯤이면," 그는 혼잣말을 했다. "그녀는 나를 미워하겠지." 그럼에도 그는 이 일을 끝내지 않으려는 생각은 한순간도 하지 않았다.

'러프 아주머니는 내가 '도덕군자'인 척한다고 하셨지.' 그는 생각했다. '그리고 '냉정하다'고. 그래, 아마도 아주머니가 옳을지 몰라.'

그리고 그는 계속 그럴 것이었다.

'그래도 난 한 번 더 해볼 거야.' 그는 생각했다. '엘시에게 설명하려고 애써볼 거야.'

그는 그녀를 찾아 온 집 안을 돌아다닌 끝에 마지막으로 그녀의 침실 문을 노크했다. 그녀는 바로 문을 열었다. 그녀의 얼굴을 쳐다보자 눈물 자국이 보였다. 그는 화이트스톤 사건에서 그녀가 견뎌왔고 견뎌야 했던 모든 것을 떠올렸다. 이 모든 일이 그녀에게 닥친 것은 오로지 그녀가 아낌없이 주는 사람이 되고 싶었기 때문이었다.

"엘시," 그가 말했다. "이것 봐요, 엘시⋯. 내게는 감정이라는 게 없을 거라고 상상하지 않았으면 합니다. 그러나 —."

"그를 추적할 건가요?" 그녀가 추궁하듯 물었다.

"모르겠어요? 이런 종류의 일을 처벌하지 않고 그대로 두면 안 되죠."

"당신은 자신의 의무를 다하겠군요, 공공의 사형 집행인같이 말이죠." 그녀가 말했다. "어서 해봐요! 난 당신을 막을 수가 없으니까요!"

"엘시⋯." 그가 조금 흔들리는 태도로 말했다. "당신이 내게 조금 부당하게 군다는 생각은 안 들어요?"

"난 '정의로운' 척하지 않아요." 그녀는 사정없이 말했다. "난 사람들이 나를 정의롭게 대하는 게 아니라 다정하게 대하기를 원해요. 그리고 나도 다른 사람들에게 그렇게 하고 싶고요."

"하지만 이 같은 범죄는 —."

"난 델란시 씨가 뭘 했든 아무 상관 없다고요!" 그녀가 소리를 질렀다. "당신은 이해 못 해요. ⋯ **그는** 범죄자가 아니에요.

… 그가 내몰려서, 들들 볶인 끝에 끔찍한 일을 하나 저질렀다고 쳐요." 그녀의 입술이 떨렸다. 그녀는 잠시 말을 멈췄다. "내가 당신처럼 느낀다면, 난 **살 수가** 없어요. 만일 로버트가 처벌받기를 바란다면 난 살 수 없단 말이에요. 그가 한 일은 극악무도하죠. 그보다 더 극악한 일은 있을 수 없을 거예요. 하지만 난 그가 정의가 아니라 자비를 얻기를 바라고, 신께 기도하고 있어요. 잘 가요."

그녀는 문을 닫았고, 그는 자리를 떴다. 마음이 아팠다. 그녀는 고집부리는 아이처럼 이런 말을 한 것이 아니었다. 그것이 그녀의 신조였던 것이다. 그리고 그의 신조는 그렇지 않았다. 그는 이 일을 진행할 것이었다.

그는 도로 델란시 부부의 집으로 가서 다시 한번 그 작고 예쁜 하녀를 찾았다. 그녀의 말로는, 델란시 씨의 상태가 좋아져서 그녀와 요리사가 그에게 그 소식을 알렸다고 했다.

"사장님은 곧장 병원으로 가셨어요, 선생님." 그녀가 말했다. "뭔가 엉망진창인 모습으로요."

"그럴 거로 예상하지 않았나요?" 휴가 연민이 실린 다정한 목소리로 말했다. "그가 술이라도 마신 게 어쩌면 다행이죠."

"저도 요리사에게 그렇게 말했답니다. 사장님이 그렇게 흐리멍덩한 상태인 게 축복이라고요."

"그런 상태까지 되려면 틀림없이 꽤 오랜 시간이 걸렸을 거예요." 휴가 생각에 잠겨 말했다. "아마도 오전 내내 그런 상태였겠죠."

"아, 아니에요! 사장님은 11시 반이 넘어서야 집에 오셨는걸요.

그리고 엄청나게 더워하셔서 저는 걱정스러웠어요. 그러니까 그게, 덩치 큰 사람은 더운 날씨에 조심해야 한다고 사람들이 말하잖아요. 사장님 얼굴은 딱 —." 그녀는 형용할 말을 찾느라 잠시 말을 멎었다. "딱 불타고 있었어요!" 그녀는 그렇게 말하고는 흡족해했다. "막 달려왔다고 생각될 정도였어요."

"어쩌면 그랬는지도 모르죠." 휴가 미소를 띠고 말했다.

"그건 아니에요. 사장님은 데일 씨 부인의 차를 타고 오셨어요. 바로 문 앞에서 내리셨는걸요."

"오크 애비뉴에 사는 그 데일 씨 부인 말인가요?" 휴가 물었다.

"아뇨. 이 데일 씨 부인은 바로 요 위에 살아요. 탑 같은 게 있는 하얀 집에요."

"알겠습니다. 델란시 씨에게 내가 들렀다고 말해주겠어요?"

"선생님이 다시 와주시면 좋겠어요." 그녀는 진심으로 말했다. "저녁에 사장님이 여기 혼자 앉아 계시는 걸 생각하면 그냥 무서워요. 사장님은 —." 그녀는 울먹이며 말을 중단했다. "요리사와 저, 우리 두 사람 다 우리가 모시고 일해본 분 중에서 사장님이 제일 좋은 분이라고 말한답니다."

휴는 밖으로 나가면서 그 말을 생각하고 또 생각했다. 그는 자기의 의혹이 사실로 확인되면 그 하녀와 요리사가 무슨 말을 할지 궁금했다. 자기와 같은 느낌이 들까, 아니면 엘시처럼 느끼게 될까?

그러자 그는 불과 몇 시간 전에 봤던 조세핀 델란시의 모습, 유행하는 검정 드레스를 입고 화장을 하고서 어색하게 가식적으로 행동하던 그 모습이 생각나서 우울해졌다. 자신이 불쌍한 마음을 느껴야 한다면 그건 죽어야 했던, 그리고 아무도 그 죽음을 가슴 아파하지 않는 그녀의 몫이었다.

그는 데일 씨 부인의 집으로 갔다. 다행히도 그녀는 집에 있었다. 그는 이미 구실을 생각해 놓고 있었다.

"번거롭게 해서 죄송합니다." 그가 말했다. "제 이름은 애치슨입니다. 저는 지금 러프 씨 댁에 방문 중인 사람인데요. 오늘 아침에 이 근방에서 검은 셰퍼드 개 한 마리를 못 보셨는지 물어보려고 왔습니다."

이 말은 그가 예상했던 것보다 더 효과가 좋았다. 심지어 필요 이상이었다. 그는 데일 씨 부인이 개들을 엄청나게 좋아하고 그 질문에 무척 흥분했다는 것을 알게 됐다.

"그런 개는 본 **기억이** 없어요." 그녀가 말했다. "내가 봤다면 확실히 기억**할 게 분명**하니까요. 개는 정말 훌륭한 동물이죠. 당신 개를 잃어버린 건가요, 애치슨 씨?"

"제 친구가…." 그가 말했다. "저는 물어보고 다니는 중이에요. 어떤 사람이 그 개를 이곳과 델란시 씨 집 사이에서 본 것 같다고 하더군요. 저는 이런 상황에서 델란시 씨에게는 묻고 싶지 않아서 —."

그녀는 무슨 상황인지 알고 싶어 했고 그의 말을 듣고는 충격을 받으며 침울해졌다.

"상상해 봐요!" 그녀가 외쳤다. "내가 그를 역에서 태워줬거든요. 그런데 우리 두 사람 다 그런 일을 **조금도** 예감하지 못했다니!"

그 비극적인 일을 두고 몇 마디 더 적절한 말을 나눈 뒤 휴는 인사를 하고 나가려고 했다.

"델란시 씨에게는 그 셰퍼드 건은 물을 수가 없어서요." 그가 말했다. "하지만 만약 부인께서 ―."

"**내가** 보지 못한 걸 가엾은 델란시 씨가 봤을 수가 없답니다, 애치슨 씨."

"그렇지만 어쩌면 부인께서 그를 태워주기 전에⋯."

"아, 하지만 우리는 역에서 만났는걸요! 그는 시내에서 막 오는 길이었죠. 날이 심하게 덥다고 하더군요. 그리고 놀랄 정도로 얼굴이 시뻘겠어요. ⋯ 애치슨 씨, 그 개에게 보상금을 거는 게 어떻겠어요? 그렇게 멋진 동물이 어떤 사람인지도 모를 누군가의 수중에 있다는 걸 생각하는 건 너무 끔찍해요."

그녀가 검은 셰퍼드에게 너무 큰 관심을 보이는 바람에 그는 그녀에게서 벗어나기가 힘들었다.

"그 녀석을 찾게 되기를 진심으로 바랄게요." 그가 나가고 있을 때 그녀가 말했다. "델란시 씨 부인 일은 정말 충격적이죠? 그녀가 내게 특별한 친구였다고는 말할 수 없지만, 델란시 씨는 내가 정말 좋아하는 사람이랍니다."

지금까지 휴는 조세핀 델란시를 안타까워하는 말을 한마디도 듣지 못했다. 그리고 그녀가 그런 식으로 외면당하고 무시당할수록 그녀에게 정의가 이루어지는 것을 보고야 말겠다는 그의 결심은 점점 커졌다. 그가 그녀를 위해 싸우는 유일한 투사라고 해도 아무렇지 않았다. 그녀가 복수하지 못한 채 영원히 누워 있어서는 안 되는 것이다.

그는 이제 더욱더 확신했다. 그는 일어난 일을 자신이 종합적으로 맞출 수 있다고 믿었다.

처음에 델란시가 휴에게 아내가 "사라졌다"고 했을 때 그는 살짝 불편한 마음이 들었고, 하녀가 이야기를 들려줬을 때는 이상하게도 일말의 진실이 보였었다. 언제나 그런 것처럼 그는 자기의 본능, 예지력을 믿었고, 또 언제나 그런 것처럼 그것을 증명하려고 하기 시작했다. 그 부서장으로 인해 그의 원래 생각은 굳어졌는데 엘시조차도 똑같은 의혹을 품고 있었다. 그러나 그것으로는 부족했다. 그는 자기의 추론을 하나씩 하나씩 확인할 작정이었다.

데일 씨 부인의 집에서 차를 몰고 나오면서 그는 자기가 지표로 삼을 수 있도록 범죄를 재구성해 봤다. 그는 델란시가 아침 일찍 자기 집을 나갔다는 것을 알고 있었다. 조세핀은 나중에, 전화를 받은 후 나갔다는 것을 알고 있었다. 헬렌 필립스는 그녀가 "불쌍한 내 사람"이라고 말하는 것을 들었다. 그리고 휴는 그 말이 남편을, 자신을 죽음으로 소환한 그 남자를 가리키는 것이라고 생각했다. 차고에서 그 차를 훔친 것은 열쇠가 있는 사람이었다. 조세핀은 어찌어찌 그 차를 훔친 사람과 어딘가에서 만났다. 그녀는 집을 나선 다음 11시 15분에 죽었다. 11시 30분쯤 데일 씨 부인이 기차역에서 델란시를 차에 태웠다. 만약 달려갔다면, 그는 말이 다니던 길에서 15분 만에 그곳에 도착할 수 있었을 것이다. 그리고 데일 씨 부인은 그의 모습이 "놀랄 정도로 시뻘겠다"고 설명했다. 하녀 역시 그렇게 말했다. 그는 뉴욕에서 오는 기차가 들어오고 있을 때 역에 도착할 수 있었을 것이고 그리 어렵지 않게 도착하는 승객들에게 섞일 수 있었을 것이다. 그런 다음 그는 집으로 가서 술을 마시기 시작했다. 그 만남의 장면이 마음속에 있었으니 그는 술을 많이 마셨을 것이다.

'그가 그녀를 죽인 거야.' 휴는 생각했다. '그는 그녀를 차에 집어넣고 차를 앞으로 출발시켰어. 그가 그녀를 어떻게 죽였는지, 그 차를 어떻게 손에 넣었는지는 모르겠어. 그러나 조만간 알게 되겠지.'

그는 그린베일 병원으로 차를 몰고 가서 조세핀보다 운이 좋았던 폴슨이라는 라디오 판매상을 면회할 수 있는지 물었다. 수간호사는 거절하지 않는데, 상당히 많은 것을 알고 이해하는 휴였지만 그 이유를 짐작하지는 못했다. 그는 자신이 휴 애치슨이라는 사실, 매우 훌륭한 태도를 지니고 매우 부자인 아버지를 둔 매력적인 젊은이라는 사실만으로 자기가 얼마나 수월하게 조사를 할 수 있었던 건지 알지 못했다. 다른 사람들이 요청한다면 그렇게 쉽게 받아들여지지 않는다는 것을 그는 사는 동안 절대로 알지 못할 것인데, 그런 사실을 그는 깨닫지 못했다. 그는 남자 병동으로 들어갔다. 폴슨이 거기 있었다. 그는 죽음을 접했던 충격으로 핼쑥하고 우울한 모습으로 상당한 통증에 시달리고 있었지만, 겁을 내면서도 기꺼이, 열성적으로 대화에 응했다.

"전 아내에게 — 제 아내는 방금 나갔습니다 — 말했죠. '내가 여자 운전자들에 대해 항상 뭐라고 했어?'라고요. 아내는 항상 운전을 배워서 우리 차를 몰고 싶어 했는데 제가 늘 안 된다고 했거든요. 전 항상 여자들은 너무 겁이 많아서 책임지는 일을 하지 못한다고 말해왔어요. 여자들이 머리가 비었다고 말하는 게 아니에요. 남자만큼 똑똑한 여자들이 있죠. 다만 담대하지 못하다는 거예요.”

그는 멈출 줄을 몰랐다. 그는 자기가 같은 말을 반복하고 있으며 아무 의미도 없는 말들을 줄줄 늘어놓고 있다는 것을 알고 있었는데 멈추지 못하는 것이었다. 휴는 그렇다는 걸 알았다.

“제가 도울 수 있는 게 있을까요?” 그가 물었다.

“아, 아닙니다, 감사합니다.” 폴슨이 대답했다. “제 차는 보험에 들어 있습니다. 좀 있다가 하나 더 들 수도 있고요. … 다만, 제 일이라는 게 혼자 하는 사업이다 보니…. 제 고객이 원하는 걸 이해하고 약속을 정하고 그런 일을 할 사람이 저밖에 없습니다. 제 일 같은 사업에서는 할부금 약정이나 그 모든 게 다 기록돼 있지는 않거든요.”

그의 눈에 눈물이 맺혔다. 절망적인 걱정과 고통의 눈물이었다.

“전 델란시 씨에게 소송을 걸고 싶지는 않습니다.” 그가 말했다. “그는 훌륭한 사람이에요. 언제나 좋은 말을 듣는 사람이었죠. … 하지만 이건 그 사람 아내 잘못이었어요. 모든 게 그녀의 잘못이죠. 맙소사! 전 절대로 못 잊을 거예요. 저는… 전… 전….” 그는 한동안 말을 잇지 못했다. “그녀는 정면으로 제 차를 향해 달려왔어요. … 그녀가 오는 게 보였어요. 무슨 일이 일어날지 알았죠. … 잠깐 사이에 머릿속에 들어오는 생각을 당신도 믿지 못했을 거예요. 그녀는 제 옆을 정면으로 와서 받았답니다. 제 차의 조금만 더 앞부분을 받았다면 제 아내는 지금 과부가 되어 있었을 겁니다.”

그는 웃으려고 노력했다.

“델란시 씨는 지금 이 일을 처리하느라 정신이 없을 겁니다.” 휴가 말했다. "하지만 뭐라도 제가 할 수 있는 일이 있을 거라고 저는 생각하고 있습니다. 오늘 아침에 그를 만났는데요." 그는 자기가 델란시 부부의 친구라고 말할 수는 없었지만 그런 느낌을 시사했다. "당신이 이 어려움을 헤쳐 나갈 수 있게 제가 도울 수 있다면…. 제가 병원비를 전부 내드리겠습니다. 그리고 어쩌면 —."

폴슨의 고마워하는 모습에 그는 너무나 불편하고 부끄러웠다. 그건 동료인 인간에게 자신이 해줄 수 있는 아무것도 아닌 일이었던 것이다.

"한 가지 좋은 일이라면," 그가 말했다. "델란시 씨 부인은 분명 아주 빨리 저세상으로 갔을 거라는 점이죠."

폴슨이 한동안 말이 없었다.

"그, 그렇죠." 그가 더듬거리며 말했다. "그럴 것 같습니다. 그 택시가 바로 왔거든요. 택시 기사가 충돌음을 들었을 정도였던 거죠. 그때는 우리 둘 다 의식이 없었어요. 그녀는 살아 나오지 못했어요. 하지만 그 직전에… 저는 그녀가… 그녀가 뭔가 일어난다는 걸 알고 있었던 것 같아요. 그녀는 뚫어져라 앞을 보고 있었어요."

휴는 얼른 화제를 바꿨다. 그가 병실을 나올 때 폴슨은 여전히 통증에 시달렸지만 더 이상 아내와 사업에 관한 걱정으로 괴로워하지는 않았다.

'그녀는 뚫어져라 앞을 보고 있었다.' 휴는 생각했다.

뚫어져라 본다는 건 벌어질 일에 아연실색했기 때문일까? 아니면 아무것도 보이지 않았기 때문일까? 만약 그녀가 이미 죽어 있었다면 폴슨은 그걸 알았을까?

만약 그랬다면, 만약 델란시가 그 차를 도로를 향해 앞으로 보냈다면, 그는 이중으로 범죄를 저지른 것이었다. 아내가 있고, '1인 사업'을 하는 그 가엾은 청년, 폴슨도 그냥 죽었을지 모르는 일이었다. 그런 일에 자비란 있을 수 없었다. 이제 진실을 찾는 일을 잠시도 멈춰서는 안 되는 것이다.

그가 다음으로 할 일은 그린베일 경찰서로 돌아가는 것이었다. 그 젊은 부서장은 바빴지만 책상 앞에 앉아 있던 경찰관은 그의 질문에 정중하게 답을 했다.

"델란시 씨 부인의 운전기사가 오늘 아침에 조금 곤란한 상황에 처했다고 들었는데요." 그가 말했다.

"그녀는 생각을 바꿨답니다." 상대방이 대답했다. "처음에 그녀는 제게 차량 도난에 그가 관여돼 있는 걸 자기가 안다고 했거든요. 하지만 제가 그녀에게 그를 고소하고 싶냐고 물었더니 한 발 뒤로 물러났어요. 그래도 어쨌든, 그는 감정이 상했죠."

"괜찮은 사람인데 말이에요." 휴가 말했다. "그가 어디 있는지 안다면 제가 그에게 일자리를 하나 구해줄 수도 있는데요."

"아, 그는 바로 아래 스테이션 호텔에 있습니다. 지금은 일자리가 그리 많지는 않죠. 그가 좋아할 것 같군요."

휴는 린니가 그 호텔의 작고 음침한 라운지에서 열을 올리며 어떤 다른 남자와 얘기하고 있는 것을 발견했다. 가능한 일자리가 있다는 말에 그는 관심을 보였다.

"제가 필요한 만큼 저축하지 못했거든요." 그가 말했다. "몇 주 이상은 버틸 수가 없답니다. 그건 오로지 그 일을 잃을 거라는 생각을 전혀 못 했기 때문이에요. 전 델란시 씨 밑에서 일하게 돼서 기뻤어요. 그는 최고였어요. 심지어 지금도 그가 저를 도로 받아 준다면 다른 사람이 주는 것보다 더 적은 돈을 받더라도 그의 밑에서 일할 거예요. 하지만 그녀는 ㅡ! 으이구! 돈만 있었다면 전 오늘 아침에 변호사를 보러 갔을 겁니다. 그녀가 제게 한 말들에 대해 그녀를 고소했을 거예요."

"그녀는 죽었습니다." 휴가 딱딱하게 말했다.

"압니다." 린니는 당황하지 않고 말했다. "그렇다고 해서 그녀가 제게 한 말이 옳은 게 되지는 않죠. 그녀는 제가 친구에게 열쇠를 빌려준 게 틀림없다고 했어요. 또, 제가 주머니에서 열쇠를 꺼냈을 때도 계속해서 말하는 거예요. 그때는 '근데, 열쇠는 두 개밖에 없어.' 그녀가 말했죠. '네 거와 델란시 씨 거.' 그리고 그녀는 계속해서 '그런데 저 문은 열쇠로 열었어. 네가 열어두고 간 게 아니라면 말이야. 일부러 그랬겠지!' 그러고는 그 자리에서 저를 해고했어요. 뭐 괜찮아요. 그녀가 바로 그 차를 몰다가 죽었잖아요. 심판을 받은 것처럼 말이에요."

"그런 식으로 말하면 안 되죠." 휴가 말했다.

"그렇죠, 선생. 하지만 그녀가 오늘 아침에 제게 한 말을 당신이 들었어야 해요. 항상 모든 사람에게 잔소리하는 여자였어요, 그 여자는. 델란시 씨는 그녀가 시바 왕국의 여왕이라도 되는 듯이 항상 깍듯하고 상냥하게 그 여자를 대했죠. 그녀는 자기가 정말 그렇다고 생각하는 것 같았다니까요."

휴는 마치 악령이 자기를 쫓아오면서 그 불운의 여인을 악마화하는 소리를 끝도 없이 듣게 만드는 것만 같았다. 살해당한 데다 아무도 애도하지도, 가슴 아파하지도 않는…. 보호막도 없는 머리 위에 비가 쏟아지듯 그녀에게 주먹질이 이어지는 것만 같았다.

이제 시간은 점점 늦어져 가고 그는 지쳐 있었다. 죽어라 운동을 하고 난 뒤보다 더 피곤했다. 석양을 받으며 집으로 차를 몰고 오면서 그는 엘시를 생각했다. 자신들이 끝없이 싸워야 한다는 사실이 그는 유감스러웠다. 매우 유감스러웠다. 그는 그녀가 가여웠다. 그럼에도, 그녀가 그 모든 고통을 겪고 있다고 해도, 그녀가 가여워서 자신이 가야 할 길에서 돌아설 수는 없었다. 그녀는 지금 충분히 안 좋은 상황이고 조금 있으면 상황은 더 나빠질 것이었다. 화이트스톤이 재판을 받을 때 그녀는 그와 함께 그 무서운 고통의 시간을 견뎌야 할 것이었다. 그녀는 '끝까지'라고 했었고 그 말은 진심이었다. 그리고 휴는 그 끝이 어떻게 될지 충분히 확신하고 있었다. 변호사가 베시라고 해도 가망은 거의 없었다.

"배심원의 관심에서 볼 때 정상을 참작할 만한 게 사실 하나도 없습니다." 베시는 그렇게 말했었다. "화이트스톤 씨 부인은 도덕적인 여성이자 훌륭한 주부였고, 이웃들은 그녀를 좋아했습니다. 그는 갑작스러운 분노에 휩싸여 그녀를 죽인 게 아니었어요. 일시적 심신상실을 증명하는 건 거의 불가능할 겁니다. 그리고 순수한 증오가 아닌 다른 어떤 동기를 제시하는 것도 절대적으로 불가능하죠. 그가 새킷 양과 사랑에 빠져 있었다는 사실은 그에게 도움이 되지 않을 겁니다."

"그 사실이 드러나면 절대 안 됩니다."

"이미 드러났어요." 베시가 대답했다. "게다가 그녀는 너무 젊고 예쁩니다. 그녀는 일종의 피해자로 보이게 될 겁니다. 그게 다예요. 화이트스톤 본인이 어떤 변명도 하지 않고 있어요. 그는 이 모든 걸 가능한 한 빨리 끝내고 싶다고 말할 뿐입니다."

화이트스톤에게 모든 것이 끝일 때 엘시에게는 끝이 아닐 것이었다. 그녀는 너무 젊었다. 이 모든 일을 기억할 시간이 그녀에게는 너무 많이 남아 있을 것이었다. 그것은 그녀에게 지독한 일이었지만 그럼에도 그녀를 생각하는 휴의 주된 감정은 연민이 아니었다.

"나도 모르겠어." 그가 혼잣말을 했다. "어쩌면 무신경한 것보다는 그녀처럼 괴로운 게 더 나을지도 모르지."

그렇다. 엘시 같은 사람들은 그들에게 무슨 일이 일어난다고 해도 부러움의 대상일 수 있었다. 그녀는 그가 "이해하지" 못한다고 말했었는데 어쩌면 그건 사실이었다.

그는 거의 저녁 식사에 늦을 뻔했다. 그는 서둘러 옷을 입고 계단을 뛰어 내려가 라운지로 갔다. 러프가 그곳에서 칵테일을 만들고 있었다. 그리고 영문을 알 수 없는 침묵이 그를 맞이했다. 엘시는 거기 없었다. 의자에 등을 기대고 있는 러프 씨 부인에게 평소의 쾌활한 모습은 거의 보이지 않았다. 러프는 계속해서 칵테일을 흔들고 또 흔들었다.

"엘시는 두통이 심해서 자러 갔어." 러프 씨 부인이 곧 말했다.

휴는 그녀의 말투에서 비난의 기색이 감지되자 기분이 좋지 않았다.

'그러니까 내가 인정머리 없는 인간이군.' 그는 생각했다. '그래 좋아!'

러프는 원래 말이 많은 사람이 아니었으나 오늘 밤에는 평소와는 다른 아내의 침묵으로 인해 더욱더 과묵해져 있었다. 그래서 휴는 그녀가 계속 그렇게 책망하는 부당한 태도를 유지한다면 자신도 노력하지 않겠다고 마음먹었다. 식사의 화기애애함은 없었다. 한 번씩 러프가 애써 몇 마디 예의를 갖춘 말을 하면 휴도 똑같이 예의를 갖춰 대답했을 뿐 그들의 말 사이에는 지루하고 텅 빈 침묵이 흘렀다.

휴는 힘들었다.

'이런 걸 끝까지 지켜보고 있는 건 나로선 썩 유쾌하지 않은걸.' 그는 생각했다. 한결같은 성품을 지닌 그이지만 쓰디쓴 감정 같은 것이 느껴졌다. '내가 재미로 그 불쌍한 악마를 추적해서 잡으려는 게 아니잖아. 난 그가 안됐어. 하지만 법을 어기는 사람들을 한없이 동정하면서 피해자들에 대해서는 조금도 그러지 않는 건 위험하고 무서운 일이야. 사람이라면 누구나 사는 동안 유혹에 빠지곤 해. 대부분의 사람은 그 유혹에 저항할 힘이 있어. 그리고 우리가 존중할 대상은 그런 사람들이지 그 반대의 사람들이 아니야. 델란시는 아마도 '부아가 몹시 치미는 일'을 당했겠지. 화이트스톤이 그런 것처럼 말이야. 델란시는 근본적으로 약한 구석이 있고 그걸 어쩌지 못하는 게 분명해. 그렇다고 해도 그가 신뢰할 수 없는 사람이라는 사실은 변함없어. 그는 어떤 일로 부아가 치미는 순간 무너져 버렸던 거지. 그가 아무리 후회한다고 해도 그런 나약함은 언제나 남아 있을 거야. 그리고 또 다른 그런 일이 생기면….'

한순간 그는 이 모든 것을 엘시에게 말할 기회가 있었으면 좋겠다고 생각했으나 한숨을 쉬며 그런 희망을 버렸다. 그래봐야 아무 소용 없을 것이었다. 그녀에게 정의란 아무런 의미도 없었다. 그리고, 사실, 그가 만난 사람들 대부분은 조세핀의 죽음에 대해 비정할 정도로 무심해 보였다. 그는 혼자서 계속 나아가야 할 것이고 성공을 거둔다고 해도 아무도 좋아하지 않을 것이었다.

그는 지금 마음속으로 확신하고 있었으나 자기가 가진 증거가 경찰에 제시할 정도로 충분하다고는 생각하지 않았다. 내일 그는 델란시의 동선을 분석하고 그의 행동을 샅샅이 해부할 작정이었다. 그는 조세핀을 죽음으로 불러낸 한 통의 전화가 델란시에게서 왔다는 증거가 필요했다. 그는 델란시가 차고에서 차를 빼내 갔다는 것을 증명하고 싶었다. 그의 생각으로는, 그 정도라면 경찰은 충분히 부검을 지시할 수 있을 것이었다.

그렇지만 부검을 한다고 해서 조세핀이 사고가 나기 **전에** 이미 죽어 있었다는 것이 증명될 수 있을지 그는 확신하지 못했다. 그런 문제에 관해 그는 가끔 읽었던 추리 소설에 나온 것밖에는 아는 것이 거의 없었던 것이다. 그는 자신의 주장이 약하다는 것을 알고 있었고 증거를 얻게 된다고 해도 여전히 약할 것임을 알았다. 자기가 가장 중요하다고 여기는 사실, 즉 델란시가 치명적으로, 그리고 위험할 정도로 나약한 사람이라는 사실은 보여줄 수가 없었기 때문이다. 그는 그 점을 알지만 다른 사람들은 믿지 않을 것이었다. 그들은 델란시를 덩치 크고 건장하며 혈색 좋은 사람으로 볼 것이었다. 그들은 그의 쾌활함, 그의 인기를 염두에 둘 것이었다. 그가 자신감 넘치는 분위기의 소유자라고 인정할 것이고 모든 사람이 그가 그런 극악무도한 일을 저지를 사람이 아니라고 할 것이었다.

'그런데 한편으로는 그렇지 않지.' 휴는 생각했다. '그는 나약하지만 그건 법과 규칙에 순종하는 그런 나약함이 아니라 그에 저항하는 나약함이야. 그가 '나쁜' 사람이 아니라고 한 엘시의 말은 맞아. 그는 엄청나게 화가 치밀지 않았다면 절대 이런 일을 하지 않았을 거야.'

그는 델란시의 성미를 그토록 돋우게 할 수 있는 일이 무엇인지 상상해 보려고 고도의 집중력을 발휘했다. 사랑은 아니었다. 델란시는 치정 범죄를 저지를 사람이 아니었다. 돈…? 돈이 없어 절망스러운 상황에 이르렀다면 그럴 수 있었다. 그러나 어떻게 그럴 수 있었을까? 그의 아내가 그에게 흠뻑 빠져 있었다는 것은 의심의 여지가 없었다. 그녀는 그가 결핍을 느끼도록 하지 않을 것이었고 그도 그 점을 잘 알고 있었을 것이다.

'아니야.' 그는 생각했다. '아니, 난 모르겠어.' 그때 엘시가 했던 말이 다시 떠올랐다.

"만일 델란시 씨가 그랬다면, **왜 그랬는지 당신은 모르겠어요?**"

그랬다. 그는 몰랐고, 왜 그랬는지 알 수 없었다. 그러나 그에게 이제 보이기 시작하고 있었다. 엘시가 그에게 실마리를 제공했던 것이다. 그녀는 알고 있었다. 화이트스톤을 사랑했기 때문에 그녀는 알고 있었다. 화이트스톤을 이해했기 때문에….

'그래, 바로 그거야!' 그가 속으로 소리를 질렀다. '그녀가 말하려던 건 그거였어! 델란시를 그렇게 하게 한 사람은 화이트스톤이었어. 화이트스톤이 그의 머릿속에 그 생각을 집어넣은 거야. 델란시는 그랬다는 것조차 모를 수도 있어. 남의 영향을 잘 받는 사람들은 자기들 행동의 원천이 되는 그런 영향이 어디서 오는지 알아차리지 못하는 경우가 종종 있지. 화이트스톤은 그의 대단한 친구였지. 화이트스톤이 그에게 **그의** 아내에 관해 무슨 말을 했던 것이 틀림없어.'

지금 그는 많은 일들이 떠올랐다. 로절린드의 사망 소식을 알리려고 그들이 화이트스톤을 찾아갔을 때가…. 그 집이 비어 있는 것을 보고서 델란시는 겁에 질렸었다. 진실을 추정했기 때문에, 아니면 진실을 알았기 때문에 겁에 질렸던 것이다.

그 저녁 모임, 로절린드 화이트스톤이 마지막 저녁을 먹었던 식사 자리에서 델란시는 겁에 질려 있었다. 그리고 식료품 저장실에서 그들이 나눈 말이 있었다. "아, 자네 계획에 관해서는 입 닥치라고!"

'델란시는 그때도 이미 알고 있었어.' 휴는 생각했다. '화이트스톤이 그에게 말을 했던 게 틀림없어.'

델란시가 그런 계획을 듣고서 그걸 막을 어떤 조치도 하지 않았다고 상상하자니 믿을 수가 없었다. 그가 완전히 화이트스톤의 영향력 아래 있지 않았다면, 혹은 그가 그 계획을 믿지 않았던 게 아니라면 말이다.

그때 휴는 불현듯 새로운 생각이 들었다. 화이트스톤은 이미 자백했다. 델란시를 불러 자백하도록 할 수 있다면? 그건 어렵지 않은 일일 것이다.

'아냐!' 그는 그 생각을 뿌리쳤다. '그건 내가 할 일이 아니야.'

그 비참한 남자에게 덫을 놓아 자백하도록 하는 것은 그의 일이 아니었다.

러프 씨 부인이 일어나자 그는 자리에서 일어섰고 그들은 응접실로 들어갔다. 그러나 러프는 그들을 따라오지 않았다.

"휴!" 러프 씨 부인이 말했다. "엘시에게 무슨 말을 한 거니?"

그는 이것이 너무나 불공평한 질문이라고 생각했기에 대답할 의향이 없었다.

"죄송합니다." 그가 말했다.

"휴," 그녀가 말을 계속했다. "엘시에게 상황을 더 악화하는 무슨 말을 네가 했다면 그건 잔인한 거야."

"저는 누군가에게 '잔인하게' 굴 의향이 없습니다." 그는 짤막하게 대답했다.

"하지만 휴, 넌 너무 냉정하잖아." 그녀가 말했다. "넌 다른 사람들이 느끼는 감정을 몰라. 나만 해도 이 모든 일이…" 그녀의 갈라진 목소리를 듣자 그는 거의 설득될 뻔했다. "난 직접적으로 관련된 사람이 아니잖아. 난 화이트스톤 씨 부인이나 델란시 씨 부인, 어느 쪽도 그다지 좋아하지 않았단다. 그럼에도… 난 잠을 이루지 못하고 있어."

그는 그녀의 눈에 맺힌 눈물을 보자 깜짝 놀라서 그녀의 손을 꼭 잡았다.

"엘시에게 이게 뭘 뜻하는지 생각해 봐!" 그녀가 소리를 질렀다.

다음 순간 그녀는 마음을 진정시켰다.

"네가 잔인하지 않다는 건 알지." 그녀가 말했다. "이 얘기는 더 이상 하지 말자. 그런데 한 가지 상당히 위안이 되는 일이 있단다. 인간적이고, 괴롭지 않은 한 가지 일 같구나. 헬렌 필립스가 내게 전화했어. 그녀는 사고 소식을 들었다고, 가엾은 델란시 씨가 누구와 지내는지 알고 싶다고 했어. 그리고 내가 아무도 없다고 하자 **자기가** 돌아오겠다고 하더구나."

"그건 안 되죠." 휴가 딱딱하게 말했다.

"물론, 그녀는 다른 사람을 데리고 올 거야. 그녀에게 나이 많은 숙모가 있잖니. 사람은 정말 좋지만 지독하게 가난한 노인네야."

"그녀가 거기 가는 건 안 돼요!" 휴가 반복해서 말했다.

"왜 안 되는지 난 모르겠구나. 그녀는 내게 그 가엾은 사람이 너무 안됐다고 했어. 그는 완전히 혼자잖아. 그리고 그녀는 그를 좋아해. 그건 사실 그렇게 나쁜 일은 아닐지도 몰라." 러프 씨 부인이 생각에 잠긴 눈빛으로 말했다. "그가 정확히 그녀의 타입은 아니겠지만 어쨌거나…."

휴는 그녀의 표현이 무엇을 의미하는지 아주 잘 알고 있었다. 그녀는 모험심 강하고 가난한, 꽤 괜찮은 여자인 헬렌 필립스와 쇼 델란시가 맺어질 가능성을 견주어 보고 있는 것이었다.

한순간 그는 마치 이 세상 모든 사람이 자신에 맞서 쇼 델란시를 지키고 위로해 주기 위해 연대하고 있는 것만 같았다. 모두 델란시를 안쓰러워하는 것이었다.

'한 가지는 확실해.' 그는 생각했다. '헬렌이 거기 가서는 안 돼.'

헬렌은 그와 마찬가지로 러프 씨 부인이 "냉정하다"고 부르는 사람이었으나 만일 휴가 의도한 일을 성공적으로 해낸다면 그런 그녀조차도 그 집에 손님으로 있는 것이 굉장히 기분 나쁠 것이었다. 그는 헬렌을 오래전부터 알고 지냈었다. 그는 그녀를 좋아했다. 그는 다가오는 재앙에 그녀가 휘말리도록 할 생각이 전혀 없었다.

그에게 제일 먼저 든 생각은 그녀에게 전화해서 오지 말라고 경고하는 것이었다. 그러나 그는 그래봐야 소용없을 거라고 판단했다. 그녀가 그에게 설명해 달라고 우길 수 있었다. 그러다가 지치면 '가엾은 쇼 델란시'에 관해 얘기할 것이었다. 그는 오늘 저녁 여자들에게 정말 믿음이 가지 않았다.

'그런데 내가 틀렸다면?' 그는 생각했다.

그는 항상 그럴 가능성을 인정해 왔었다. 그러나 지금 그는 계속해서 부딪치고 있는, 자기에게 반대하는 바로 그 태도들 때문에 자기의 확신이 더욱 강해지고 자기의 주장을 증명해야겠다는 마음이 더 간절해지는 것이라는 생각이 들었다. 그 하녀의 말을 듣고 그에게 처음으로 의혹이 생겨났을 때 그는 모든 추측을 하나하나 확인하려 노력했고 마음을 열고 공정한 태도를 보이기를 진심으로 바랐다. 그러나 그는 어쩌면 그렇지 않았을지도 몰랐다. 어쩌면 델란시의 성격을 극히 잘못 평가했을 수도 있고 그의 주장 전체가 그런 평가에 기반한 것일 수 있었다. 어쩌면 그는 냉담하고 독단적이었을 수도 있었다.

그는 혼자인 것 같은 느낌이었다. 자신만이 델란시를 의심할 능력이 있는 유일한 생명체인 것 같았다.

'그를 다시 만나봐야 해.' 그는 생각했다. '그리고 또 헬렌이 올 가능성이 있기 전인 오늘 밤이 더 낫겠어.'

그로서는 조사를 계속해 나가기 전에 델란시와 반드시 다시 대면하는 것이 사활이 걸린 필수적인 일로 여겨졌다. 그는 델란시

가 정말로 자기가 생각했던 그런 사람이라는 것을 확실히 알아야
했다. 이런 의심은 그에게는 전적으로 새로운 것으로서 그가 진
짜 그렇게 자기 자신을 의심한다고는 할 수 없었다. 자신의 관찰
력에 대한 그의 믿음은 그렇게 쉽게 사라질 수 없는 것이었다. 그
것은 희미한 불안감 같은 것에 불과했다. 그럼에도, 모든 사람이
그와 반대되는 입장이라면 오만하게 굴어서는 안 되는 것이다.

'그래도 엘시는 나와 같은 생각인걸.' 그는 생각했다. '그녀는
그가 그럴 수 있었을 거로 생각해. 그가 그 일을 했다고 생각한
다고.'

그는 곧바로 델란시를 만나서 편견 없이 그와 얘기해 보고 싶
었다. 어떤 구실을 대야 할지 이리저리 궁리하고 있는데 천우신
조처럼 한 가지 생각이 떠올랐다. 주머니 속에 델란시의 담뱃갑
이 있는 것을 발견했던 것이다. 로절린드가 죽기 전날 오후에 그
가 여기 두고 간 것이었는데 휴는 그것을 돌려준다는 것을 깜박
잊고 있었다. 자기가 찾아온 것에 대해 델란시가 조금이라도 놀
라는 기색을 보인다면 그게 효과가 있을 것이었다. 그렇지만 아마
도 그는 놀라지 않을 것이다. 아마도 델란시는 그 방문을 통상적
인 친절 이상으로 생각하지 않을 것이었다.

"산책 좀 하고 오겠습니다." 그가 말했다.

"너무 늦게 들어오지는 마라." 러프 씨 부인이 기계적으로 말
했다. 그것은 손님으로 온 젊은 사람들에게 그녀가 항상 하는
말이었다.

그는 바람 부는 시원한 밤거리로 나갔다. 여태 생각하고 있던
모든 것들을 마음에서 털어버리려고 애썼다.

248

'내가 이런 사실들만 아는 상황에서,' 그는 생각했다. '이 사건의 당사자가, 예를 들어, 러프 씨 같은 사람이라면 그 사실들을 심각하게 생각했을까?'

그는 가정에 기반해서 어떤 주장을 하는 것을 좋아하지 않았다. 러프 같은 사람이 이런 상황에 있는 것을 그는 생각할 수가 없었다. 관련된 인물은 델란시였고, 그가 원하든 아니든, 그는 델란시에 관해 이미 분명한 견해를 갖고 있었다. 그는 교양 있고 정말 친절하고 상냥하지만 마음에 치명적인 결함이 있어 후회하게 될 행위를 충동적으로 할 수 있는 사람이었다. 그는 암시받은 행동을 하고 자신을 정당화할 사람이었다.

'화이트스톤은…' 휴는 생각했다. 그리고 수척한 얼굴의 난폭한 화이트스톤이 친구에게 그 무시무시한 제안을 속삭이는 모습을 마음속으로 그려봤다. 너무나 비현실적이고 마음에 들지 않는 생각이어서 그는 그 모습을 지워버렸다. 그는 한 번도 만난 적이 없는 사람을 만나듯이 델란시를 만날 작정이었다. 감정에 치우치지 않고 냉정하게, 절대적으로 정직하게 그를 보고 싶었다. 그는 사람들에 관해 잘못된 판단을 내려본 적이 없었다. 그러나 유한한 삶을 사는 모든 사람이 그렇듯이 그도 실수하기 쉬운 사람이었다. 게다가 엘시에 대한 걱정과 화이트스톤 사건에 관한 불편한 감정이 천부적으로 명징한 그의 통찰력을 흐리게 하고 있었다. 그는 델란시를 이번에 한 번 더 만나서, 자신의 내면에 관찰과 경험, 그리고 직감으로 다져진 판단력에 전적으로 의존해 볼 것이다. 그것은 여태껏 그를 배신한 적이 없었다.

이것은 그에게는 극도로 중요한 문제였다. 그는 아무것도 생각하지 않으려고 애쓰면서, 다른 무엇보다 엘시를 생각하지 않으려고 애쓰면서 천천히 걸었다. 바람이 불어 길가에 먼지 회오리를 일으켰다. 오늘 밤에는 구름이 구불구불한 검은 물줄기가 되어 빠르게 이동하고 있었다.

'비가 내리겠군.' 그는 생각했다.

델란시의 집은 꼭대기부터 바닥까지 환하게 불이 켜져 있었다. '그 친구가 다시 술을 마신 상태라면?' 그는 생각했다. 그렇다면 그를 가늠하는 것이 훨씬 더 쉬워질 것이고 장벽은 낮아질 것이다. 그는 초인종을 울렸다. 그리고 한참을 기다렸다. 초인종을 다시 울리자 두 사람이 현관으로 오는 소리가 들렸다. 하녀가 문을 열었고 그녀의 뒤에 더 나이 든 여자가 서 있었다.

"아, 선생님이시군요!" 그녀가 소리쳤다. 안도하는 기색이 역력했다. "정말 반가워요. … 사장님은 여기 계세요. 계속 혼자서요. 집 안이 뭔가 너무 흉흉한 분위기여서… 전 혼자서 문까지 오고 싶지 않았어요."

그녀는 이제 휴를 그 가족의 오랜 친구처럼 대하고 있었다. 그녀는 그에게 공손한 태도였지만 그렇다고 해도 그가 젊은 남자이고 자기는 젊고 예쁜 여자라는 것을 의식하고 있었다.

"제가 사장님께 말씀드릴게요." 그녀가 말했다.

그녀는 곧바로 다시 돌아왔다.

"사장님은 서재에 계세요." 그녀가 말했다. "이쪽으로 오시겠어요?"

휴는 그녀를 따라 복도를 걸어갔다. 어젯밤에 조세핀 델란시가 걸어갔으나 다시는 그러지 못하게 된 곳으로…. 그는 그녀 역시도 생각해서는 안 되었다. 그는 그저 델란시를 쳐다보고 결백한 한 남자를 자기가 핍박하고 있었던 것인지, 아니면 정의를 찾는 것인지 마음을 정해야 했던 것이다.

델란시는 큼지막한 책상에 앉아 있었다. 그는 휴가 들어가도 일어나지 않았고 미소 짓지 않았다.

'안색이 엄청나게 안 좋군.' 휴의 첫인상은 그랬다.

그러나 결백한 남자 역시 죄지은 남자처럼 안색이 안 좋을 수 있었다.

"앉을래요, 애치슨?" 그가 말했다. "이렇게 들러 주다니 정말 친절하군요. 난…. 정말 친절해요. 난…."

그는 지금 전혀 술에 취해 있지 않았다. 그의 눈은 맑았고 얼굴의 불콰한 기운은 사라지고 없었다. 그러나 목소리는 불안정했고 책상 위 상자 뚜껑을 만지작거리는 손은 떨리고 있었다.

"난…. 그들이 내게 묻더군요." 그가 말했다. "그러니까, 내가… 내가… 아내를 여기로 도로 데려오기를 원하냐고…. 아내는 지금 영안실에 있어요. 정말이지, 사람이 세상을 떠났을 때… **그들에게** 중요한 게 뭐가 있을지… 그러니까… 그런 것에 대해 당신은 어떻게 느끼나요?"

"그건 다소 감성적인 문제군요." 휴가 말했다.

그는 이 흔들리고 있는 참담한 남자를 응시하지 말아야 한다. 그러나 동작 하나하나, 말 한마디 한마디를 관찰해야 하는 것이다. 그는 이 약한 모습의 남자가 어떤 형태의 죽음이든 죽음을 두려워하는 것인지, 아니면 자기의 피해자가 눈앞에 있게 되는 것이 두려워서 움츠린 것인지 결정해야 한다.

The Death Wish

"난 결정을 내릴 수가 없어요." 델란시가 말을 계속했다. "난…
병원으로 갔죠. 난, 난 **아내를** 봤어요."

그는 위태위태해서 무너지기 일보 직전이었다. 그가 무너진
다면 거의 불가피하게 본심이 드러나게 될 테지만 그것은 휴가
감당할 수 있는 수준을 넘어선 것이었다. 델란시에게 죄가 있든
없든, 벌을 받아 마땅하든 아니든, 휴의 눈앞에서 그가 능멸당
해야 하는 것은 아니었던 것이다.

"그 얘기는 지금은 하지 않는 게 좋겠습니다." 그가 말했다. "담
배 한 대 피우겠어요?" 휴는 자기 담뱃갑에 손을 뻗었다. "그건
그렇고," 그가 다른 담뱃갑을 꺼내며 말했다. "이거 당신 거 아
닌가요?"

무서운 일이 일어났다. 별것 아닌 그의 말이 무슨 위험한 주술
이라도 되는 것처럼 그의 눈앞에서 델란시가 유령처럼 핼쑥하게
변하더니 입술까지도 잿빛이 되어갔다. 그는 책상 너머로 애치슨
을 뚫어져라 응시했다. 응시하고 또 응시했다.

곧이어 그의 떨리는 손이 책상 위 상자 뚜껑에서 옆으로 툭 떨
어지더니 그 밑에 놓여 있던 것을 붙잡았다. 애치슨의 눈에 들어
온 것은 권총의 총신이었다.

18

죽음을 기원하다

권총을 잡은 손이 떨리고 있었다. 그러나 그렇다고 달라지는 것은 거의 없었다. 그토록 가까운 사정거리에서 목표물을 완전히 빗나간다는 것은 거의 불가능했다. 그리고 델란시의 손은 흔들리고 있을지라도 그의 시선은 전혀 흔들림이 없었다. 휘둥그렇게 뜬 그의 파란 눈은 어찌 보면 노려보는 것처럼 휴에게 고정되어 있었다.

극도로 위험한 그 순간, 휴는 전혀 두렵지 않았다. 다가올 일을 준비라도 하는 것처럼 신경이라는 신경과 근육이라는 근육이 모조리 팽팽하게 긴장될 뿐이었다. 곧 지축을 흔드는 굉음이 울릴 것이었다. 그러면 그 긴장은 꽉 눌려 있던 용수철처럼 거칠게 풀리면서 휴 애치슨을 구성하고 있던 모든 것이 산산조각이 돼 날아갈 것이었다.

"이제… 여기서 나가!" 델란시가 말했다.

휴는 신경이 너무 팽팽해져 있어서 그 메시지가 그의 뇌로 전달되는 데는 한참이 걸렸다. 그것은 마치 돌격 신호를 기다리고 있던 병사에게 그 대신 해산 명령이 들려온 것과 같았다.

"여기서 나가!" 델란시가 소리쳤다.

휴는 자리에서 일어났다. 딸깍, 그의 두뇌가 다시 움직이기 시작했다. 그는 이제 델란시가 유죄라는 것을 조금도 의심하지 않았다. 그의 눈빛에 드러난 그 표정은 의심의 여지가 없었다. 그는 구석에 몰린 맹수처럼 그야말로 필사적이었다. 그는 오직 달아나기만 원하고 있는 것이었다. 그걸 알아차리자 휴는 태곳적부터 존재해 온 추격의 욕망이 샘솟는 것을 느꼈다. 이 위험한 사냥감이 탈출해서는 안 된다. 그 순간 그는 힘으로 델란시를 제압하지는 못할지라도 그의 의표를 찌를 수는 있었다.

그는 모자를 집어 들었고, 그다음 놀라울 정도로 빠른 동작으로 돌진하여 책상 위 스탠드를 꺼버리고 어둠 속에 몸을 웅크렸다. 즉각 총이 발사돼야 하는데 지독한 정적이 이어질 뿐이었다. 어둠 속에서 그는 총성이 울리기를 기다리고 또 기다렸다. 어둠과 정적만이 흐를 뿐이었다. 델란시가 소리 없이 그를 향해 움직일 수 있을까?

그때 길고 긴 한숨 소리가 들렸다.

"애치슨?" 거의 속삭이는 듯한 델란시의 목소리가 들렸다. "나간 거요?"

휴는 대답하는 것이 적절치 않다고 생각했다. 그는 웅크린 상태로 찍소리도 내지 않고, 있던 곳에 그대로 있으면서 튀어 나갈 준비를 했다. 이제 발소리가 들렸다. 그러나 그것은 그에게서 멀어져 가는 소리였다. 문에서도 멀어져 가고 있었다.

'창문으로…?' 휴는 생각했다.

불이 휙 들어왔다. 델란시가 벽에 있는 전등을 켠 것이었다. 그는 주위를 둘러봤지만 휴를 즉시 발견하지는 못했다. 그가 앞으로 움직이자 휴는 튀어 올라 그에게 몸을 날렸고 그는 쿵 소리와 함께 바닥으로 나가떨어졌다.

그는 가만히 누워 있었다. 그러나 눈은 뜨고 있었다. 권총은 바닥에 놓여 있었다. 휴가 권총을 집어 들었다. 그리고 상대에게 계속 경계의 눈빛을 던지면서 커튼을 묶어 놓은 실크 줄을 고리에서 풀었다.

"일어나 앉아요!" 그가 델란시에게 말하자 델란시는 그 말에 순종했다. 그는 휴가 자기 손목을 등 뒤로 묶는 동안 저항하지 않고 유순하게 있었고, 그 뒤 휴가 그의 팔꿈치 밑으로 손을 넣어 일어나는 것을 돕자 비틀거리며 몸을 일으켜서 다시 책상 앞에 앉았다.

"정체를 드러내고 말았군요, 델란시." 휴가 말했다.

"맞습니다." 델란시가 말했다. 그리고 이를 덜덜 부딪치며 격렬하게 몸을 떨기 시작했다. "이런, 빌어먹을!" 그가 외쳤다. "**왜** 나를 내버려두지 않았어요? 그때… 그럴 수 있었는데. 당신이 오지 않았다면…. 왜 내가 머리를 날려버리게 그냥 두지 않았냐고요? 정말이지, 그럴 수 있었는데…. 하지만 당신이 스탠드를 부숴서 불을 꺼버렸을 때…. 캄캄해져 버려서…. 난, 난 어둠을 견딜 수가 없어요. 이제는 일을 저지를 배짱이 절대 생기지 않을 거요. **왜** 나를 내버려 두지 않았어요?"

그는 이제 대책 없이 무너져 내렸다. 이제 그에게는 아무런 방어책이 없었다. 휴는 이제 자기가 보겠다고 마음먹었던 것을 보게 될 것이었다. 이 남자의 진정한 영혼을 보게 될 것이었다. 그리고 그는 후회했다. 절대로 여기 오지 말았어야 했다. 그의 앞에 있는 이 남자는 고통받고 있었는데, 더욱더 많은 고통을 견뎌야 할 것이었다. 휴는 그의 앞에 열려 있던 유일한 길로 그가 달아나도록 내버려 두지 않은 것을 후회했다.

"총으로 자살하려고 한 겁니까?" 휴가 물었다.

"로버트처럼요…." 델란시가 흐느끼며 말했다.

"화이트스톤이라니! 그 말은 —?"

"아무튼, **그건** 내가 그를 위해서 한 겁니다. 그들 두 사람을 위해…."

"그게 무슨 말입니까, 델란시?"

델란시는 의자에서 몸을 바로 세웠다.

"그녀가 내게 부탁했어요." 그가 말했다. "엘시요. 그녀는 내가 인맥을 활용하면 그를 면회할 수 있을 거라고 했죠. 이 지역에서는 다들 나를 잘 알고 있으니까…. 그래서 난 그렇게 했습니다. 난 그를 만나도록 허락을 받고 총을 그에게 몰래 건넸어요. 그는 내게 감사했죠. 그는…. 그게 그가 할 수 있었던 유일한 일이었어요. … 그는 권총 자살했어요, 당신이 오기 직전에요. … 그렇게 그곳에서 나오게 된 거죠. 내가 그에게 총을 줬다는 게 밝혀지겠지만, 난 아무 상관 없어요. 난, 난 **상관없었어요**. 왜냐하면 난 생각했거든요. … 아, 주여!"

그의 목소리가 무너졌고 그는 의자에 풀썩 주저앉았다.

"아, 주여!" 그가 외쳤다. "전기의자로 가는 것보다 그게 훨씬 쉬웠을 텐데…. 이젠 늦었어요. … 그 모든 건 너무 오래 걸릴 거예요. … 당신이 나를 혼자 있게 내버려 두기만 했더라면… 지금쯤 모든 게 다 끝났을 거예요. … 이제 너무나 오래 걸리겠죠."

정의가 승리했다. 휴에게 남은 모든 일은 경찰에 전화하는 것뿐이었다. 경찰이 이 꼼짝달싹 못하게 된 남자를 데려갈 것이고 그는 다시는 자유의 몸이 되지 못할 것이다. 그러나 그가 말한 것처럼 그 모든 것이 끝날 때까지는 오랜 시간이 걸릴 것이었다.

"위스키 한잔하겠어요?" 휴가 물었다.

이 생명체가 아무런 희망 없이, 심지어 희망을 품을 의지조차 없이 있는 것을 보자니 견딜 수가 없었기 때문이었다.

"아뇨," 델란시가 대답했다. "됐습니다. 로버트를 만나고 난 뒤 — 마지막으로 말이죠 — 난 마음을 정했어요. 나는 갈 때 맨정신으로 갈 거라고요. **그가** 그랬던 것처럼요. 그는 두려워하지 않았어요. 그는 빠르게 끝이 나기만을 바랐어요. 그는 심지어 로절린드에게도 미안해하지 않았어요. 난 조금이라도 그래 줬으면 했답니다. 로절린드는… 로절린드는…." 그는 잠시 말을 멈춰야 했다. "그래요," 그가 말했다. "일이 이런 식으로 오래 걸려야 한다면… 경, 경찰이 올 거라면 난 맨정신으로 그들과 함께 갈 겁니다."

어쨌든 간에 델란시의 내면에는 무너지지 않은 뭔가가 있었다. 그는 여전히 몸을 떨고 있었고 입과 코 주변이 하얬지만, 뭔가가 있는 것이었다. 건장하고 큰 몸은 산산조각 나고 있는데 정신만은 빛을 내며 이 남자를 온전히 지탱하고 있다는 이상한 생각이 들었다.

"내가… 그 총으로… 당신을 위협하려 했다고 생각한다면," 델란시가 말을 이어갔다. "잘못 생각한 거예요. 난 그저 당신이 나가기를 바랐던 겁니다. 그래서 내게 기회를 주기를요. 난… 난…. 제발, 서둘러 줘요! 경찰을 불러줘요! 나는 견딜 수가 없어요. … 견딜 수가…." 그는 진정하려고 노력했다. "이 일을 끝내자고요." 그가 말했다.

"미안합니다." 휴가 말했다. 그리고 실제 그랬다. 추격의 흥분은 사라졌고 잡혀서 묶여 있는, 이제 고난의 길로 들어설 사냥감의 모습을 보자 고통만이 남았다. 그는 자기가 너무 일찍 온 것을 가슴 깊이 후회했다. 죽어 있는 델란시를 발견했더라면 좋았을 것이다. 그리고 화이트스톤이 죽었다니 다행이었다.

"미안해할 것 없습니다." 델란시가 말했다. "당신이 어떻게 할 수 있는 일이 아닌걸요. 이건 운명입니다. 당신이어야만 했던 거예요. 로버트에게 그랬던 것처럼요. 정확히 똑같아요! **정확히** 이게 로버트에게 일어난 일인 거죠."

"난 무슨 말인지 잘…."

"모르겠어요? 당신은 해변에서 로버트의 안경을 발견했어요. 그게 당신이 그에게 한 일이죠. 그런데 지금 당신은 똑같은 식으로 내 담뱃갑을 발견했어요. 난 그 담뱃갑을 잊고 있었어요. 얼마 전에 그걸 잃어버리고서 난 그게 내 회색 양복 주머니에 있는 게 확실하다고 생각했어요. 그런데 어제 그 회색 양복을 입었을 때 그 주머니 속을 뒤져볼 생각을 전혀 하지 않았어요. 그 담뱃갑을 잊고 있었던 거예요. 그리고 그렇게 모든 사람이 딱 한 가지를 잊어버리는 게 운명인걸요. 말이 다니던 그 길에서 내 주머니에서 그게 떨어졌을 거고 그걸 거기서 발견한 게 당신인 거죠."

휴는 지금 마치 자기가 가증스러운 속임수를 써서 승리한 것 같은 느낌이었다. 그는 그럴 생각이 아니었고 조금도 미심쩍은 생각 없이 그 담뱃갑을 꺼냈던 것인데, 이런 결과가 뒤따른 것이었다. 이제 그는 이 일을 없었던 것으로 하고 싶은 마음이었다.

"운명이에요." 델란시가 거듭 말했다. 그의 파란 눈에는 희미한 슬픔이 어려 있었다. "괜찮아요. 무엇이든 간에 내 몫이 내게 오고 있는 거죠. … 로버트에게 그랬던 것과 꼭 같이 말이에요. 자백하겠습니다, 그가 그랬던 것처럼요. 정확히 어떻게 된 일인지 얘기할게요."

"나한테 자백할 필요는 없습니다!" 휴가 서둘러 말했다. "난 당신을 심판하는 사람이 아니에요, 델란시."

"당신이 바로 하나님이 보내신 사람인걸요." 델란시가 말했다. "당신은 그 사건을 발견한 사람이에요. 내가 총으로 머리를 날리는 걸 막은 사람이고요. 어젯밤에 난 당신 꿈을 꿨어요. 운명이에요."

그의 목소리가 점점 약해졌다. 그는 손을 뒤로 결박당한 채 거기 앉아 있었다. 몸은 더 이상 떨지 않았지만 감내하지 못할 만큼 체념한 상태였다. "난 ─ 그동안 내내 ─ 내가 대가를 치러야 할 거라는 걸 알았던 것 같아요. 이런 일에 대가를 치른다는 게 뭔지 당신은 모를 거예요. 로버트는 그걸 느꼈죠. 그는 미안해하지는 않았지만, 사람은 언제나 그런 일을 한 대가를 치러야 했다는 걸 자기는 알고 있었다고 했어요. 그는 내가 뭘 하려고 했는지도 알고 있었어요. 그는 그 일이 일어났다는 건 전혀 몰랐죠. 내가 그에게 말하지 않았으니까요. 하지만 그는 미리 알고 있었던 거예요. 그는 내가 그럴 거라고 말했어요. 언제였는지는 기억이 안 나요. 로절린드가 세상을 떠나기 전날이었나…. 그가 그때 내게 말했어요. 내가… 죽음을 기원하고 있다고…."

"화이트스톤이 당신에게 당신이 하려고 했던 일을 말했다고요?" 휴가 말했다. 그러면서 그는 델란시가 그토록 좋아하고 존경했던 친구가 그에게 이 무시무시한 일을 제안했다는 것이 그의 변호에 이용될 수 있을지 궁금했다.

"로버트는 내가 죽음을 기원한다고 말했어요. 그리고 사람이 그런 마음을 갖고 있다면 나머지는 전혀 중요하지 않아요. … 나머지는 하나도 힘들지 않게 이루어졌어요. 난 담배 한 개비를 피우는 동안 그 전체 계획을 구상해 냈어요. … 지금 담배를 한 대 피우고 싶군요, 애치슨. 내 손은 풀어줘도 됩니다. 총은 당신 손에 있잖아요."

휴는 그 권총을 주머니 속에 넣었다. 여기 오지 않았더라면, 이 범죄를 전혀 의심하지 않았더라면 좋았을 것이다. 델란시는 다시는 자기 자신을 쏠 용기를 내지 못할 것이고, 그런 짓을 한 후 자유의 몸이 되어 풀려날 수 없을 것이었다. 조세핀은 죽었다. 게다가 누구도 그녀를 애도하지 않았다. 하다못해 복수라도 해야 할 권리가 그녀에게는 있는 것이다.

"경찰에 지금 전화하겠습니다." 그가 나름대로 부드럽게 말했다.

"잠깐만!" 델란시가 말했다. "내가 당신에게 말하고 당신이 그걸 받아 적는다면, 어쩌면 그들은 내일 아침까지는 나를 혼자 있게 해줄지도 몰라요. 난 **지쳐 있으니까요**. 내가 원하는 건 잠을 좀 푹 잤으면 하는 거예요."

원하는 일치고는 소름 끼치고 특이했다.

"미안합니다." 휴가 말했다. "하지만 진술은 경찰에게 해야 할 것 같습니다."

"내가 유죄를 인정한다고 해도요?"

"그래도 그렇습니다."

"내가 경찰의 신문에 답을 해야 할까요?"

"그럴 것 같군요."

"모든 건 내 마음속에 정확히 정리돼 있답니다." 델란시가 한숨을 쉬며 말했다. "단 하나도 잊지 않고 있어요. 정말이지, 그들은 전에 했던 것처럼 나를 혼란스럽게 할 수는 없어요. 나는 담배를 한 대 피우는 동안 그 모든 걸 구상했죠. 주머니에 들어 있던 마지막 담배를…. 나는 계획했던 그대로 그 모든 걸 했어요. 우선, 차고에서 차를 빼냈죠. 차를 언덕 아래로 밀어낸 다음 시동을 켰어요. 그다음엔 —."

"이것 봐요, 델란시! 이러면 안 됩니다. 당신은 변호사를 만나기 전까지는 말을 하면 안 돼요."

"난 경찰에게 얘기해야 할 거예요." 델란시가 말했다. "그들은 사람이 대답하도록 만드는 방법을 알고 있어요. 어쨌든, 이제 난 아무 상관 없어요, 애치슨. 일종의 안도감이 드는걸요. 정말이지, 난 그 일이 일어난 이래로 모든 사람에게서 차단된 것 같은 기분이었어요. 당신에게 먼저 말하는 게 좋겠어요. 내 생각에 당신은 일종의 이해력이 있는 사람이에요."

유감도, 후회도 없는 그의 모습은 불쌍하기도 하고 감동적이기도 했다. 그리고 그를 궁지로 몰아넣었던 사람으로서 무섭기도 했다.

"난 말이 다니던 길로 그 차를 몰고 갔습니다." 그가 계속 말했다.

"거기 숲속에다 차를 숨겼죠. 거기로 사람이 가는 일은 거의 없거든요. 그런 다음 난 여기로 돌아와서 연필 칼로 손을 베었죠. 헬렌 필립스에게 내가 집 안에 있었다는 걸 알리고 싶었던 겁니다. 그래서 그녀에게 붕대를 감아 달라고 부탁했고요. 지금은 그렇게 한 게 유감스럽습니다. 그녀는 내게 친절했어요. … 그녀는 내가 마음속으로 무슨 생각을 하고 있는지 몰랐죠. 그녀를 다시 못 보게 된 게 안타깝군요."

그는 잠시 말을 멈추고 담배를 빨아들였다. 그러자 그의 눈에 다시 슬픔이 어렸다. 마치 잃어버린 삶의 온갖 환희를 한순간에 눈앞에 그릴 수 있기라도 한 것 같았다.

"난 아침에 애니에게도 말을 걸었죠. 내가 집 안에 있었다는 걸 알리고 싶었으니까요. 그렇게 하면 사람들이 내가 조금이라도 그 차와 연관돼 있다고 의심하지 않을 거로 생각했어요. 나는 계획했던 그대로 그 모든 걸 했죠. 아침 일찍 사무실로 가서 조세핀에게 전화를 걸었어요. 그 모든 일의 제일 교활한 부분이 그거예요. 내가 그녀에게 말하려고 지어낸 거짓말 말입니다. 난 그녀에게 곤란한 상황에 놓여 있다고 했어요. 친구가 내게 채권을 살 돈을 좀 줬었는데 그 돈을 다른 데 투자했다가 다 날렸다고요. 난 그녀에게 말이 다니던 길에서 만나자고 부탁했고 그녀가 나를 위기에서 구해줄 방법을 말했죠. 봐요, 난 그녀의 자존심에 호소하려 했는데 그녀는 그저 나를 안쓰러워하기만 했어요. 나를 '불쌍한 내 사람'이라고 하더군요. 그 말은 죽을 때까지 내 마음속에 남아 있을 겁니다. 어쩌면 내가 죽은 후에도요."

그의 목소리가 다시 불안정해졌다. 그는 은 담뱃갑을 집어 들어 열더니 담배 한 개비를 꺼내 그 담배로 책상 위를 톡톡 두드렸다. 계속해서 두드리고 또 두드렸다.

 "그걸로 난 깨닫게 됐죠. … 그때 난 대가를 치르기 시작했던 거예요. 내 기분은… 내가 어떤 기분이었는지 말을 할 수가 없군요. 하지만 난 그 계획을 계속 밀고 나가야 했어요. 이해하실 겁니다. 난 타개책을 생각하려고 애썼지만 그러지 못했어요. 내가 아내에게 나 혼자서 곤란한 상황을 타개했다고 말하면 그녀는 수없이 많은 질문을 하며 내게 답하라고 했을 거예요. 누구에게서 돈을 받았느냐, 어떤 주식을 샀느냐 등등…. 당신은 모릅니다, 대답하고 싶지 않은 수많은 질문을 받는다는 게 어떤 건지를요. 그게 로버트와 관련해서 경찰이 내게 했던 거예요. 난 그녀에게도 사실대로 말할 수가 없었어요. 아무리 미안해도 내가 어떤 생각을 하고 있었는지는 말할 수가 없었다고요. 당신은… 그 생각이, 그런 갈망이 내 머릿속에 들어온 이후에 내가 그녀와 다시는 함께 살 수 없었다는 걸 이해하시겠죠. 그럴 수는 없었어요. 난 그 계획을 계속 밀고 나가야 했어요. 그녀를 거기서 만나야 했어요. 그리고 그녀가 그 길로 오는 것이 보였을 때…. 아, 맙소사! … 많은 사람이 조세핀을 좋아하지 않았다는 걸 난 압니다. 하지만 그녀에게는… 그녀에게는 정말 많은 좋은 점이 있었어요."

 휴는 고개를 돌렸다. 델란시를 보지 않기 위해서였다. 믿어지지 않는 이야기였다. 델란시는 계속 말했다. 그는 스스로 "깨닫고 난" 이후에도, 조금의 의심도 없이 무방비 상태로 그 길을 걸어오고 있는, 자기를 도우려고 오고 있는 그 여자를 보고 난 이후에도, 여전히 그 계획을 밀고 나가야 했다는 것이다.

 "아내는 다정했어요 ─ 전에는 한 번도 본 적이 없던 모습이었죠." 델란시가 말을 이어갔다. "아, 주여! 그 생각을 하면…. 그녀는 그냥 나를 안쓰러워했어요. 나를 비난하지 않았어요. 그녀는 정말 나를 좋아했던 거예요."

휴는 여전히 아무 말도 하지 않았다. 그는 여전히 델란시를 도저히 쳐다볼 수가 없었다. 이제 그 남자는 전혀 불쌍하지 않았다. 차가운 경멸만 느껴질 뿐이었다. 델란시는 화이트스톤과는 비교도 안 되게 야비했다. 화이트스톤은 자기 아내를 증오하고 엘시를 사랑했기 때문에 그녀를 죽였지만 델란시는 그 어떤 증오도, 사랑도 느끼지 않았다. 그는 복잡한 상황을 타개할 더 쉬운 방법을 생각할 수가 없었기 때문에 살인을 저질렀던 것이다.

"아내는 내게 수표를 써줬어요." 델란시가 계속 말했다. "그건 지금 내 주머니에 있습니다. 나를 도와주려고 했던 거예요. 그녀는 내가 했던 거짓말을 믿었어요. 난 멀리 가야 한다고, 당분간 이 나라를 떠나야 한다고 했죠. 그녀는 울었어요. 난 편지를 쓰겠다고, 나중에 내게 오면 된다고 꾸며댔어요. 그녀는 내게 키스했습니다. 그런 다음 ―."

"난 ―. 내게는 더 이상 말하지 않아도 됩니다." 휴가 말했다.

그는 정말로 이 이야기를 더 이상 들을 수 없을 것 같은 느낌이었다. 그는 이 세상에서, 아니 저세상에서도 이 남자에게 용서란 있을 수 없다고 느꼈다.

그러나 델란시는 여전히 말을 했다.

"아내는 차에 탔고, 차를 몰고 나갔어요. 그녀가 가는 걸 난 지켜봤죠. 난 그녀를 다시 보는 일은 없을 거라는 걸 알고 있었어요."

"뭐라고요!" 휴가 외쳤다.

"그 생각을 품고 있는 이상 나는 다시는 그녀와 함께 살 수가 없었어요. 난 그녀가 가는 걸 지켜봤습니다. 그 모든 상황을 봤어요. 그 모든 걸요. 그녀는 실수로 액셀을 밟은 게 틀림없어요. 그녀는 항상 그러곤 했거든요. 그녀는 운전은 최악이었 ―."

"지금 무슨 말을 하는 겁니까?"

"그게 어떻게 된 일인지 말하고 있는 거죠!" 델란시가 대답했다. "난 모든 걸 봤어요. 그녀가 다른 차에 정면으로 가서 부딪치는 걸 봤다고요. 그녀가 죽었다는 걸 알았지만 두려워서 가서 확인하지 못했어요. 난 역으로 달려갔습니다."

"델란시! 이것 봐요! 당신은 내게 그녀를 죽인 사람이 당신인 것처럼 말했잖아요."

"그랬죠." 델란시가 말했다.

휴는 이 남자가 미쳤다는 생각이 들었다.

"하지만 그녀가 사고로 죽었다면…?"

"그랬죠. 하지만 아내는 내가 죽인 거예요. 그녀가 죽기를 내가 바라지 않았다면, 그런 일은 일어나지 않았을 거예요. **모르겠어요?** 아내가 그곳으로 와서 죽게 된 건 **죽음을 기원한 내 마음** 때문이라고요. 그 모든 책임은 내게 있어요."

19

엘시

휴는 그의 앞에 꼼짝하지 않고 앉아서 그를 노려보고 있었다. 말이 다니던 그 길은 그가 잘 아는 곳이었다. 그곳을 그는 바로 오늘 다녀왔다. 지금 그는 머릿속으로 그곳을 볼 수 있었다. 나무들이 양옆으로 쭉 늘어서서 길을 이루고 있는, 고요한 녹지였다. 그는 델란시가 그곳에서 두려움에 떨며 침울하게 기다리고 있는 모습을 생각했다. 죽음을 기원할 수는 있었지만 그 행위를 할 수는 없었던 델란시를 생각했다. 얼마나 많은 다른 남자들이 부끄러움을 모르고 그런 갈망을 했는지 누가 알겠는가? 그럼에도 델란시는 자기의 의도에 대한 대가로 목숨을 내놓아야 한다고 생각한다는 것이었다.

"**제발**, 애치슨!" 그가 자포자기하듯 조바심을 내며 소리를 질렀다. "경찰을 불러줘요. 그래서 이 모든 걸 끝내잔 말이에요."

"아뇨." 휴가 깜짝 놀라 일어나며 말했다. "당신이 화이트스톤에게 몰래 넣어준 그 총 때문에 당신은 곤란해질 겁니다."

"아, 그거요?" 델란시가 말했다. 미간에 지친 듯한 주름이 살짝 잡혀 있었다. "그건 엘시가 처리한 겁니다. 화이트스톤이 자기 집에서 물건을 가져다 달라고 내게 전갈을 보냈어요. 엘시가 그 물건을 포장했죠. 그림 몇 점과 여러 가지를 넣어서 마치 가게에서 바로 보낸 것처럼 말입니다. 그 교도소에서는 나를 잘 알고 있었어요. 그들은 그 포장물을 까다롭게 검사하지 않았습니다. 권총이 거기 있었다는 걸 나는 몰랐다고 말할 수 있도록 엘시가 일을 처리했어요. 어쨌든 난 로버트를 위해서 그렇게 했어요. 내가 만났을 때 그는…"

그는 침묵에 빠졌고 휴는 그의 침묵을 존중했다. 그 역시도 화이트스톤과 엘시를 생각하고 있었다.

"이 일을 끝냅시다." 델란시가 또다시 말했다.

"하지만… 모르겠어요? 총을 가져다준 것 말고 당신이 한 일은 아무것도 없어요, 델란시."

"했죠! 그 일을 계획했어요. 아내를 거기, 말이 다니던 길로 오게 했어요. 내가 그러지 않았다면 아내는 지금 살아 있겠죠."

"그건 아무도 알 수 없습니다, 델란시. 사고라는 건 ―."

"내가 계획했다고요." 델란시가 말했다. "내 마음속에 그 계획이 있었어요. 난 아내의 죽음에 대한 책임이 있습니다. 그리고 그 대가를 치러야 하고요."

"그건 법적으로는 문제가 되지 않습니다." 휴가 말했다. "이것 봐요! 당신이 방금 내게 말해준 걸 아는 사람은 아무도 없습니다. 아무도 그걸 알 필요조차 없고요."

델란시는 그를 쳐다봤다. 모종의 참담한 당혹감이 어려 있었다.

"내 책임이에요." 그가 말했다.

"아뇨," 휴가 말했다. "델란시… 난 당신이 나와 함께 러프 씨 댁으로 가줬으면 합니다."

"**러프 씨 부인은 나를** 보고 싶지 않을 텐데 ―."

"그렇지 않을 겁니다." 휴가 말했다. "보고 싶어 하십니다. 자, 어서요! 난 엘시를 보려고 합니다."

"그녀는 그 집에 있어요."

"화이트스톤의 집에요? 혼자서?"

"모르겠어요." 델란시가 대답했다. "로버트의 사촌인가 하는 다른 사람이 거기 있었어요. 하지만 모르겠네요."

"그럼, 거기 들렀다 가죠."

델란시를 움직이게 하는 것은 어려웠다. 그는 자기가 감당할 수 있는 수준 이상으로 혹독한 시련을 겪었기에 빠르게 회복되지 못할 것이었다. 그는 멍하고 둔한 상태였다. 그래서 휴는 자기의 기분과는 전혀 다른 인내심을 발휘해야만 했다.

'그녀는 그럴 수 있는 여자야.' 그는 델란시를 재촉하면서 생각했다. 그가 말한 것은 엘시였다. 그리고 그가 그럴 수 있다고 믿었던 것은 죽음이었다. 죽음의 기운이 감돌고 있었다. 로절린드, 조세핀, 화이트스톤…. 엘시는, 엘시는 죽어서는 안 된다.

그는 델란시의 차를 차고에서 꺼내 델란시를 급히 그 안에 태웠다. 그리고 그 집까지 아주 빠른 속도로 차를 몰고 갔다. 그는 두려웠다. 정말 두려웠다. 엘시는 죽기를 원한다면 죽을 사람이었다. 경멸과 조소를 남기고 서둘러 이 세상을 떠날 것이었다. 그녀는 삶을 자기 방식대로만 받아들이고 그게 마음에 들지 않는다면 그냥 던져버릴 것이었다.

'그녀는 너무 어려.' 그는 생각했다. '늦지 않게 도착**해야 하는데**.'

그는 그 집 앞에 차를 세웠다.

"여기서 기다려요, 알겠죠?" 그는 옆에 있는 축 처지고 온순한 남자에게 말했다.

서둘러 길을 올라가면서 그는 가엾은 델란시를 그 차 안에서 기다리게 한 것은 좋은 생각이 아니었다는 생각이 들었으나 어쩔 수가 없었다. 그는 거기서, 자기 친구가 살았던 그 작은 집 바깥에서 기다리는 게 옳았다. 집 안의 창들에 불이 들어와 있었다. 휴는 현관 계단을 뛰어 올라가서 초인종을 눌렀다. 아무도 나오지 않았다.

어쩐지 그럴 것 같은 느낌이 들었었다. 그는 다시 초인종을 울렸다. 그리고 손잡이를 돌려봤다. 그러자 문이 열렸다. 그는 적막하기 이를 데 없는 그 집으로 들어갔다.

그는 재빨리 집 안을 다 훑었다. 엘시가 여기 없다는 것은 쉽게 확인할 수 있었다. 그때 그는 이전에 그녀, 그리고 델란시와 함께 여기 왔을 때 아무도 나오지 않았던 것이 기억났다.

'별채야.' 그는 생각했다.

거기서 그녀를 발견하게 된다는 건 좋지 않은 징조일 것이다. 그녀가 혼자서 거기 갔다는 것을 생각만 해도 기분이 좋지 않았다. 그는 뒷문을 열었다. 그리고 작은 정원 아래 그곳에 불이 들어와 있는 것을 봤다. 청개구리가 울고 있었다. 섬뜩하게 명랑한 울음소리였다. 나뭇잎들이 바람에 흔들렸다. 너무나 고요한 밤이라고 그는 생각했다. 로절린드와 로버트가 다 가버리고 없는 이토록 쓸쓸한 정원이라니…. 엘시는 캄캄한 밤중에 지독한 밀회를 위해 여기 왔었던 걸까?

그는 노크할 생각이 들지 않았다. 밀어서 문을 열자 거기 그녀가 있었다. 테이블 옆에 서서 고개를 숙이고 종이 위에 뭔가를 쓰고 있었다. 그가 들어가자 그녀는 몸을 곧추세우고 그를 쳐다봤다. 그녀의 눈빛에는 놀란 기색이라고는 없었다. 그녀는 뭔가에 정신이 팔린 듯했고 춥고 지쳐 보였다.

"엘시…." 그가 말했다.

"로버트의 사촌을 만났어요." 그녀가 말했다. "무서운 남자였어요. 잔인하고 무식하더군요. 로버트의 모든 작품, 이 모든 그림은 이제 그의 소유가 될 거예요. 게다가 그가 뭐라고 말했는지 알아요? 이렇게 말했어요. '내가 볼 때 이 그림들은 꽤 값이 나가게 될 거야, 이 모든 일이 지나고 난 뒤에는 말이야!' 이 모든 일이 지나고 난 뒤에는…."

그녀는 테이블 끄트머리에 앉아서 머리카락을 이마 뒤로 쓸어 넘겼다. 그녀의 손에서 이마와 눈에 더러운 자국이 묻었다. 피곤함에 절어 시커먼 그녀의 눈은 엄청나게 커 보였다. 그녀는 어리고 약하고 혼자였으나 그럼에도 그 모든 것을 견뎌내는 힘이 있었다. 그녀는 자기 힘으로 죽음과 슬픔, 그리고 고독을 대면할 능력이 있었다.

"엘시," 그가 말했다. "나와 결혼해 주겠어요?"

그녀는 고개를 저었다.

"아뇨." 그녀가 대답했다. 무심한 대답이었다.

그는 그녀 옆에 앉았다.

"그래 줬으면 좋겠어요." 그가 말했다. "이 세상에 당신 같은 여자는 다시는 없을 것 같아요. 난 당신이 나를 사랑해 줄 거라고 기대하지는 —."

"네. 난 **그런 건** 이제 필요하지 않아요." 그녀가 아까처럼 무미건조하게 말했다. "하지만 난 당신을 좋아해요. 내게 결혼해 달라고 했을 때 그건 그냥 당신이 너그러운 사람이어서, 그리고 나를 돕고 싶어선가요?"

"음… 꼭 그런 것만은 아니에요." 휴는 희미하게 슬픈 미소를 띠고 말했다.

"만일 당신이 나를 돕고 싶다면," 그녀가 말을 이어갔다. "내가 뭘 원하는지 말해줄게요."

그는 잠시 말이 없었다. 그는 그녀의 섬세한 얼굴을 쳐다봤으나 그녀는 그를 보고 있지 않았다. 그를 생각하고 있지도 않았다. 그 순간 그는 한때 품었던 희망을 영원히 접었다.

"내가 뭘 해줄까요?" 그가 물었다. "기꺼이 할게요."

"로버트의 그림들을 그의 사촌에게서 살 수 있게 돈을 빌려줘요." 그녀가 말했다. "그림들 모두를요. 지금 난 그림 목록을 만드는 중이에요. 난 장소를 빌려서 그 그림들을 전시할 거예요 — 근사하게요. 사람들에게 로버트에 관한 진실을 알릴 거예요. 그와 그의 작품에 관한 소책자를 출간하고 싶어요. 불쌍하고 비참한 그의 최후가 아니라 그의 삶의 진실을…."

두 줄기 눈물이 그녀의 뺨을 타고 서서히 흘러내리고 있었다. 그녀의 얼굴은 무아지경으로 황홀하게 바뀌어 있었다.

"기꺼이 그러죠." 휴가 다시 말했다.

그녀는 그에게 고맙다고 하지 않았다.

"로버트는 천재였어요." 그녀가 말했다. "위대한 인간이었죠. 난 내 인생을 바쳐서 사람들에게 그걸 알리고 싶어요."

화이트스톤의 그림들이 그 방에 쭉 늘어서 있었다. 휴는 그 그림들이 훌륭한지, 형편없는지 알지 못했다. 그러나 그는 알았다, 여기서 전설이, 위대한 인간이자 영웅 로버트 화이트스톤의 전설이 탄생하고 있다는 것을. 그리고 그는 생각했다, 그 전설이 점점 커져서 거짓이 마침내 진실로 여겨지게 되리라고. 그 영웅을 빚어낸 사람이 바로 엘시이기 때문에.

The Death Wish

옮긴이 최호정

서울대학교 미학과와 한국외국어대학교 통번역대학원 한노과를 졸업하고 뉴욕주립대학교 빙엄턴에서 번역학 박사과정을 수료했다. 옮긴 책으로는 『반투 스티브 비코』, 『도스또예프스키와 함께 한 나날들』, 『무엇을 할 것인가』, 『킬러스 와이프』, 『리슐리외 호텔 살인』, 『크림슨 레이크 로드』, 『샤론 저택의 비밀』, 『거울 자매』, 『린든 샌즈 미스터리』, 『사냥이 끝나고』, 『문이 열리면』 등이 있다.

나는 너의 죽음을 기원한다
ⓒ 2024 키멜리움

초판 펴낸 날 2024년 10월 07일

지은이 엘리자베스 생크세이 홀딩
옮긴이 최호정
디자인 이명아
편집 이경희
인쇄 프로메테우스 미디어
펴낸이 김찬휘
펴낸곳 키멜리움
주소 04025 서울특별시 마포구 방울내로11길 16 하나빌딩 4층
전화 02) 544-9294
팩스 070) 7614-2454
전자우편 cimeliumbooks@gmail.com
등록 2021년 4월 23일 (제2019-000016호)
ISBN 979-11-983812-4-8 (03840)

* 책값은 뒤표지에 있습니다.

* 잘못된 책은 구입하신 곳에서 교환 가능합니다.